文芸社セレクション

# JAKE THE STARDUST

中島 秀人

文芸社

小ぶりなステットソンハットを斜（はす）に被った男の似顔絵の入ったその手配書には、こう書かれていた。

ジェイク・ザ・スターダスト。

報酬５０００ドル。

生死を問わず。

それ以外は何も書かれていない。写真も無ければ、本名も罪状も。

これがジェイク・ザ・スターダストの通り名で知られる男の手配書だ。

西部一のガンマンの。

大陸を西海岸まで貫くカンザス・パシフィック線。

針葉樹の鋒が並ぶ深い森の中を、白煙を噴き上げ西へと突っ走っていた蒸気機関車が、熱る癇癪女さながらの金切り声を響かせ、不調法に急停止した。

斧で切り倒されたアメリカ杉が一本。先輪のほんの数ヤード手前で行き先を塞ぐように跨いでいた。これが引き金だった。

レールを擦って撒き散らした鉄粉の匂いが、辺りに焦げ臭く仄かに香り、吐き出す息を抑止された熱のこもる蒸気タンクは、依るところなくパチパチと膨張音を囀らせた。

そして、顔の下半分を揃いの白い三角折のネッカチーフで隠した男たちが、森の中から姿を現した。

「停まったな。おいっ」

一等車の四人掛けのボックス席でポーカーに興じていた俺は、ゲームの邪魔をされたからなのか、急ブレーキにつんのめる事を強要されたからなのか、多分、その両方なのだろうが兎に角、予定外…否、それでは言葉が弱い。不意極まりない急停車への苛立ちの同意を取り付けるべく、窓側に座るチャールズ・ゴールドスミスに、その旨、話しかけた。

が、彼は対面の肘掛に、支え棒代わりにしていた足を戻して、「ああ停まったな」とだけ、細く整えられた端正な口ひげの口角を十分の一インチも上げる事もなく、また配られたカードに目を落とし、外も見ずに請け負った。

駄目だ。この男には運行状況より、手札の方が大事なようだ。

しょうがないので俺は、勿論そんな事はないのは分かっていたが、自分の対角上、ゴールドスミスの向かいに座る、磊落さを前面に押し出した丸い顔のロブ・マクギブンに尋ねた。

「まさかと思うが、駅に着いたのかい？」

ベルトの上にたっぷり乗っかった腹をよじって、窓から汽車の前方を覗き込んだマクギブンが、平均よりもほんの少し甲高い声を出し言う。「いや、でも客が乗ってきたようだ」と。

「客？　こんなところで？」

窓の外は、森林浴を是としない限り、シケた、と称していい濃緑一色の森の中だ。プラットホームなんて、ありはしない。もし見えたのなら、それは天国行きの列車用のものだろう。聖ヤコブか、誰かが、おっ建てる類の。一般的な子羊である俺の視力では、そいつは同定できなかった。

「招かれざる客ってヤツさ」俺の問いにマクギブンが答えた。

ようするに、列車強盗御一行が、ご乗車あそばした、と彼は言いたいのだ。

車内を埋めていた一等客の紳士淑女もざわつきだした。

「狙っている賞金首（アイツ）の一味だったらラッキーだな。探す手間が省ける」希望的観測を述べる。

「な、ワケねーだろ」とマクギブン、現実的な否定。

「違うにしたって、名うての列車強盗団なら、いい小遣い稼ぎにはなるぜ」

「じゃあ、いくらの賞金首か訊いてこいよ」

「答えてくれそうかい？　何人ぐらい居る？」

マクギブンがもう一度、覗き込んで言った。「七、八人てトコか」

「行くか？」俺は、身を乗り出し、お誘い申し上げた。

「やめとけ。オレ達の仕事じゃねえ」俺の対面に座っていた顔半分ごま塩の髭に埋まった最年長のバート・ブロンソンが落ち着き払い、滅多に開かない口を開いた。

チームの頭領である彼の言葉は、ただでさえ貫禄が違う。そのうえ口数が少ないだけに吐く言葉の濃度は他者よりも断然濃くて、従わざるを得ない重みがあった。だから、ほんの少し上げた尻も下げざるを得なかった。

「いや、行こう。むしろ行くべきだ」下げた皿を喰らう声。

皆で声の主を見やると、ゴールドスミスは目を離さず、大儀そうに愛でていた手札を皆に見せた。

黒いカードでエースと8のツーペア。広く西部の男たちの間ではインケツとされている組み合わせであった。

数年前、拳銃王子と異名をとった名うてのガンファイター、ワイルド・ビル・ヒコックが酒場でポーカーの最中に、兄弟の仇討ちと称する名も知らぬチンピラに後ろから撃たれ、おっ死んだ時に作っていた役だ。だからデッドマンズハンド。死人の手と呼ばれていた。どうりでカードばかり見ていたわけだ。

「随分、キュートな役じゃねえか」と俺。

「だろ?」

ゴールドスミスは、茶化した俺に「この勝負、オレが勝っていたんだぜ」とは言わずに一言だけで済ませた。その代わりと言ってはなんだが、立ち上がりガンベルトを腰に巻いた。

他の三人は有無を言えなかった。なにせ縁起が悪い手であっても勝負はゴールドスミスの勝ちであったのだから。それをチャラにするという超法規的処置を表明したのであるからして、彼が物見遊山に出掛けると言えば、それに応じなくてはならない。抗うなどする事は西部の男の名折れとなってしまうのだ。

「行くか」

ゴールドスミスの言葉に俺、マクギブンだけでなくブロンソンも、ため息をつきながら立ち上がった。きっと彼の手札は、俺以上に安い手だったのだろう。

俺たち四人はガンベルトを念入りに巻き直しながら、ざわつく車内を不承不承、友人の立ち小便に付き合わされる不幸を負わされる体を装いながら、内心はピクニック気分で客車の扉を開け放ち、ステップを降った。

爆発音が辺りに響いた。

針葉樹の葉が悪寒を走らせたようにその身を震わせ、森をかなり遠くまで波立たせた。

列車の前方に連結してあった郵便貨車の扉を、強盗団が爆薬を炸裂させ、ぶち破ったのだろう。空に紙くずが舞い踊った。

俺は思わず、もう少し後から外に出ればよかった、と舌打ちした。タイミングが最悪だ。列車からカンザスの大地に降り立ったと同時に爆音が響いたので、鼓膜がバカになった。キーンと鳴って音が無くなった。他の三人も同様のようだ。マクギブンが何か騒いでいたが、全く聞き取れやしない。まあ聞き取る必要もないが…どうせ何ら人生の足しにもならぬ悪罵を吐いているだけであろうから。口の動きからも、そうだと断じられたので捨て置いた。

耳が機能不全になって無音の中に放り込まれただけに視覚は過敏になった。ボタ雪の様に舞い落ちる恐らくは、数分前まではドル札や証券であった紙くずの中、揃いの白い三角折のネッカチーフで顔半分隠したバカ共が騒いでいた。半分えぐれた貨車を見るまでもない。火薬の量を間違えやがったのであろう。

苛立たしい。とっとと片付けたい衝動に駆られた。が、黙って拳銃を抜き放ち、撃ち殺すわけにもいくまい。それでは後世のガンファイター達に、キュートな役を作った挙句に撃ち殺された男を、背中から撃ったチンピラと同じく、末代までの汚名を冠する事になってしまう。ついでに言うと射程距離にも遠すぎた。奴等までは五両ばかり距離がある。詰めなきゃ始まらない。だから他の三人と共に、白マスクの一団に近づいた。

距離を詰める途上で、ようやく耳が使い物になった。奴らの騒いでいる内容も理解できた。やはり猟果の半分を吹き飛ばした事への直截な抗議と罵り以上の物は無かった。いっその事、もういくらか多めに火薬を焚いて、コイツらごと吹き飛ばしてくれれば、弾の節約になったものを。

硝煙の匂いよりも焦げ臭さが香る中を、彼らの許へ歩む。

「おい。お前ら、もう少し丁寧な仕事を心がける気は無かったのか?」気持ちよく乗っていた列車を停められた事と、その起因が高い職業的仕事ではなく、雑な好事家的仕事であった事への苛立ちが、回りくどく抗議する形で口から出た。

しかし、誰も聞いちゃいない。

しょうがない。体臭が感じられるくらいまで近づいた。

「おい。お前ら何処の強盗団だ？」もう大した値段の賞金首ではないな、とは思ったが一応、訊いた。

「あ？ 俺達ぁ、ギャグニー強盗団よ」俺の問いに、足元のドル札をかき集めていた大柄な三十男が、立ち上がりながら応えた。

「ギャグニー強盗団？ 知らねえな」

俺の言葉に苛立ちを抑え、大柄な男は田舎者を憐れむように言った。「お前ら、カンザスでギャグニー兄弟のフランク・ギャグニー様の事を知らねえとは、もぐりだな」と。

「知ってるか？」俺は他の三人に向かって聞いてみたが、皆かぶりを振ったので「悪いな、寡聞で。俺達、今日シカゴからはるばる来たんでな」とフランク・ギャグニーとやらに殊勝に断りを入れてやった。

が、これが良くなかったのかもしれない。

シッ。フランク・ギャグニーはシカゴから来た四人組を野良犬のように手で払った。俺たちは大人の仕事の最中だ、と。ここは男の世界だぜ、と。都会っ子はおうちへ帰りな、とでも言いたかったのであろう。

トサカにきた。特にガキ扱いには。俺は自分で言うのもナンだが、小柄でただでさえ齢二十一という年齢よりも若く見られる質なので、こういう舐められ方をされるのには特に腹が立った。背丈の関係上、致し方ないのだが見下ろしながら、くっちゃべりやがるのも気に入らない。何か言ってやらなければならない。このバカには。が、腹が立ちすぎて言葉が出ない。

「で、兄貴なのか弟なのか?」マクギブンが、俺の出幕を奪うように素っ頓狂な質問を投げかけやがった。

なんだ、その質問は。どうだっていいだろ。このバカがギャグニー兄弟の兄だろうが、弟だろうが。

フランクの答えも至極まっとうだった。

「それを聞いてどうする?」と。

「訊いちゃいけねえか?」とマクギブンは、なお重ね「何人兄弟だ?」とも訊いた。

「おめえら何なんだ?」

「俺らか? ポーカーを邪魔された男たちの群れだ」今度はゴールドスミスが答えた。かなりクールな言い回しだった。

が、フランクを始め、何人かの兄弟とその一味は俺達が列車内でポーカーに興じていた事など知る由もないし、ましてゴールドスミスがデッドマンズハンドをキメていた事も。それを御破算にし、今、自分たちの眼前に立っている事も。だから、かなりの精神的熱量で腰のピースメーカーの火を噴かそうとしている事も理解してはいなかった。

ピースメーカー…。皮肉な異名だ。コルト社のシングルアクションアーミーってのが本名らしいが、この腰に下がる六連発リボルバーをそう呼ぶ奴はいない。皆が異名の方で呼んだ。後家作りや父無し子作りとは呼ばず、ピースメーカーと。

で、ゴールドスミスの腰に下がる一物も発火寸前だった。いや無理に発火に持っていったというべきか。

「じゃあ客車に戻ってカード遊びでもやってな。後で勝った金、回収しに行ってやるから」とフランクが銃口を向けながら言った。

やっと抜きやがった。普通は強盗の最中に見ず知らずの男たちが近づいてくれば、それだけで銃を取り敢えずは抜いとくもんだ。が、このカンザスの強盗団はテメエらが吹っ飛ばした金を拾う方に注力を注いでしまっていた。だから一手間増えた。やっとスタートラインだ。

「ああロイヤルストレートフラッシュ作って待っとくよ」

ゴールドスミスは、とっとと撃てばいいのに、まだ相手するようだ。今は彼主催の宴なので、しょうがなしに付き合う。

「お前は博打はやらないのか?」とゴールドスミス。

「見りゃ分かるだろ。人生そのものが博打よ」とフランク。

知るか。

が、ゴールドスミスは「見て分からないから、訊いたんだが」と努めて静かに言い放った。

手数を踏みすぎた。相手だってカンザス一帯に雷名を轟かすと自認する強盗団の一員だ。一見してガンファイターだと分かる男たちが四人も列車から降りてきてやる事といえば、楽しいお昼のひと時のお上品な茶飲み会話のみなどというワケが無い事ぐらい当然、弁えている。ひょっとしたら鉄道会社が雇った用心棒だという事もありえる状況なのだ。よってドル札の落穂拾いをしていた連中に周りを囲まれてしまった。とっとと撃たないからこうなる。

「なんでえ、お前ら?」郎党の一人が言う。

「ロイヤルストレートフラッシュを目指す男だ」とゴールドスミスは丁寧に答えてやり、「知らねえか? シカゴではかなり有名なんだぜ。もぐりさんよ」と後半をマクギブンが、平均よりもホンの少し甲高い声で受け持った。

もうカンザス人達の銃口は全てこちらを向いていた。

が、ゴールドスミスは構わず続けた。「将来、この辺にクリケットのチームでも出来たらロイヤルズと名乗るといい。今日の俺たちに因んでな」

余裕をぶっこいてる場合か? これは世間一般で言う絶体絶命ってヤツだ。なるべくしてなったのではなく、なる必要も無かったのになったのだ。自ら進んで地獄の一丁目の泥の中に片足を突っ込ましているゴールドスミスとマクギブンの二人に嫌気がさした。先輩面されるのは勘弁願いたいが、普通年長者というのは若輩者に道を説くものだろう。なのに、この二人は作為的に俺を生命の危機的状況に誘いやがった。

「フランク、とっとと殺っちまえよ」

白マスクをズリ下げながら強盗団の一人が言った。よく見るとフランクとよく似ている。きっとコイツが兄弟の片割れだ。で、コイツはまともな神経を持っている。手間をかける事の無駄と、早く片付ける事の優位性を説き、さっさと盗るモン盗ってズラかる事を第一義とせよ、と提案したのだ。だから「とっとと殺っちまえ」と言った。コイツとは話し合えそうだ。だが勿論そうはならなかった。彼が至極当然の行為としてゴールドスミスに向けて銃口をかざした途端、彼の頭蓋が飛び散ったからだ。

強盗団どもはビクついて、せっかく向けていた銃の引き金すら引く事が出来なかった。ゴールドスミスの早抜きの鮮やかさと殺傷する事への躊躇の無さに。

俺たち他の三名もこれを契機に銃を抜いた。

「てめえ…」

フランクも怒髪天を衝きながらも身動きがとれないでいた。他の三名で強盗団の動きを、銃を抜き打ち、制したからで、彼らも銃の腕の格段の違いを認識せざるを得なかった。俺も腰の二丁拳銃を抜き放ち、目の前の白マスクの二人を牽制した。

全ての銃の撃鉄が上がる中、煙の上がる六連発の銃口に息を吹きかけながら、ゴールドスミスがフランクに言い放つ。「お前も盗った金置いて、とっとと失せろ」と。

込んだ。

「そっか」

ゴールドスミスの銃口が火を噴いて、足を撃ち抜かれたフランクがもんどりうって倒れ

「じゃねーと兄貴みてえに、脳みそに穴空くぞ」

フランクが骸を見やり言う。「そいつは弟だ」

「なにッ」

強盗団どもは、もう血の気が引いて指一本動かせず、だ。

ゴールドスミスが宣う。「おい皆、覚えとけ。片足の方がカンザスのギャグニー兄弟の兄の方だ」

「右足か左足か分かりづれえな」とマクギブン。

「そっか？」ゴールドスミスはマクギブンの指摘に鉛玉で答え、フランクにもう一発ぶち込んだ。今度のは無事な方の足にめり込んだ。

もう片方の足も撃たれ、フランクは悶絶した。

「両足使えねえ方が兄貴だ」

これでいいだろ？　と言わんばかりのゴールドスミスに、マクギブンは「と言うか生きてる方が兄貴で、死んだのが弟と覚えた方がいい」と宣った。

それもそうだ。

ゴールドスミスはフランクに近づき、引き金を引いた。鈍く乾いた音が辺りに響いたが、

て、フランクは地獄へ誘われた。きっちり脳天に一発喰らい。

ゴールドスミスが言う。「両方死んだから、もう覚える必要はねえ」と。

「臭うくらい麗しいぜ」マクギブンが快哉の声をあげた。

これで終わりだ。あとの奴等は逃がしてやった。ゴールドスミスに慈悲の心が芽生えた、という事ではなく、ブロンソンが殺生の無益さを説いたからだ。賢明で勇敢なコヨーテは、食う分だけしか羊を狩らないなどという内容だったが、妙に納得して羊たちが森の奥へ姿を消すまで見送ってやった。そしてギャグニーなる名を持っていたバカ兄弟の骸だけが足元に転がり残った。

「賭けに負けたな」

数分前に生前の彼が言った「人生そのものが博打よ」という言葉に掛けたゴールドスミス特有の痛烈な皮肉であった。これが言いたいがために随分な冷や汗をかかされた。

万事が万事、こんな調子で事が進む。これが西部の流儀だ。男の世界だ、という事なのだろう。

これがガンファイターの日常であり、全てだ。決してガンマンではない。ガンファイターだ。ガンファイターの定義ってもんは銃を自分の法律とし、いざという時その使用を躊躇わない男の事だ。ガンマンはただの無法者。職業的殺し屋を指す。要するに政治家と詐欺師くらいの決定的だが薄氷の差がある。どちらが氷の上で、どちらが氷の下で溺れているかは知らないが。

薄氷の上である。どっちにしろ長く乗っかってれば、底が抜けて溺れ死ぬのだから、どちらに属してようが気にすることは無い。が、当人たちにとっては大きな違いで、俺もガンファイターの世界の住人である事に誇りを持っていた。法を遵守し、させるのだ。どこの誰の法かはその時に決めればいい。

俺たち四人は、ピンカートン・ナショナル探偵社（一八五〇年、アラン・ピンカートンによって創設された私立探偵社。一八六一年、リンカーン暗殺計画を未然に防いだ功績で全米に名を広め、南北戦争では諜報活動に従事。戦後は悪漢の追跡、捕縛などを業とした。一方、大企業の依頼によって労働階級の弾圧なども請け負っており、その事から権力の犬とのレッテルも貼られる結果となった）の一応、探偵ってやつだ。もし誰かが「あなたの職業は？」と聞けば、の話だが。

要は、銃の腕を買われての雇われ兵だ。鉄道会社の依頼を受けての列車の護衛だったり、銀行の警備。保安官が追えない管轄外に逃げ込んだ犯人の捕獲、殺害などが主な業務となる。その際、手段を選ばない事から、随分と悪名も馳せる結果となっているのは、ご愛嬌。

今回の仕事は、これまでに非公式ながら二十一人の男を屠ったとされる賞金首ジェイク・ザ・スターダストの通り名で呼ばれるガンマンの捕獲である。勿論、殺したって構わない。

西部一のガンマンを撃つのだから、こちらも手練が必要だ。

で、この四人が選ばれた。四十を幾許か過ぎた最年長のバート・ブロンソンを筆頭にチャールズ・ゴールドスミス、ロブ・マクギブン、そして俺、テリー・ウェインの四人が。

俺は他の三人とは違い、年齢的にもまだまだ駆け出しといった身分であったので、この仕事に選ばれたのは大抜擢と言えた。前任者が前の仕事で撃ち殺されたが為のやむ無しの補充兵であろうが構いはしない。俺にとっては名を上げる一大好機である。ジェイク・ザ・スターダストを倒した男ともなれば、この西部でも一廉の男として認められよう。本人が謙遜しても皆が放っておくまい。俺自身が熱烈な読者でもあるダイムノヴェル（実在或いは架空の西部ヒーローを主人公にした大衆小説。一冊一〇セント（一ダイム）である事からこの名前で呼ばれた）の主人公に躍り出る事も夢では無い。自然、気合も入った。俺の視界に広がる西部の無人の荒野には薔薇色の未来しか広がっていなかった。俺の視界には。

だから先達たちの後処理も我慢して引き受けた。バカ兄弟の死体の処理の事だ。生前の本人の談によるところも大きかったが、カンザス一の強盗団の首領の賞金首なら、かなりの実入りが期待できるから列車に積んでおけ、と有無を言わせぬ懇願を受けたからだ。

小柄な俺が、兄弟二人。特に大柄の俗名フランクを担ぎ上げ、列車のオープンデッキまでの三段ばかしのステップを上がるのには、骨が折れるどころではない。背骨ごとへし折れるような作業になってしまった。血だまり。泥濘む足元。二度ほど地面に落としてしまった。生前の所業からも察せられるように、独りでに登ってくれるほどデキた男でもなかったし、勿論、誰も手伝ってはくれない。先達たちは、とっとと客車に戻っていってしまった。三人きりでポーカーなんかやらかして面白いのかね？　恨めしい。愚痴っぽくなる。いっその事、このフランクの体も、万が一の時のために腰の後ろに差しているボウイーナイフ（刃渡り二〇cm程度の狩猟ナイフ。アラモ砦の戦いで戦死したジム・ボウイーに由来する。一八二七年、彼が銃を持つノリス・ライトとの決闘で、このナイフを用い勝利した事から一躍広まった。アーカンソーの爪楊枝（トゥースピック）の異名も持つ）で運びやすいように一〇インチ角程度に切り刻んでやろうかとも思った。

　こんな頭半分吹っ飛ばした死体を持っていったところで、金になるのだろうか？　自分なら一セントの足しにもならない方に賭ける。なにせ、もう身元不明の死体に成り下がっているのだから。身元特定作業を押し付けられる役場や保安官事務所の官吏たちもきっと、この死体に向けて恨み辛みを散々に述べる事だろう。

　考えると気の毒な男だ。死してなお、多くの人間の悪罵に晒されるとは。

　しかし勉強になった。賞金首は、ど頭かち割っちゃいけない。後の作業を煩雑にするし、商品価値に響く。勿論ゴールドスミスは、ああいう状況に陥ったのだから（自ら意識的に泥に足を突っ込んだのだが）反撃を喰らわぬよう一撃必殺を求められた故の処置だったのだが、よくない仕事だ。

　フランクに関しては蛇足としか言いようがない。もう反撃の余力は無かったのだから、胸に一発でよかったろうに。きっちり兄弟同じところにぶち込みやがった。これが彼の美意識なのだろうが、これで兄弟揃って人別不詳になってしまった。さあ、この兄弟にいくらの値が付くか見ものだ。

　そんな事を思いながら、何とか兄弟二人を列車のオープンデッキに運び上げた。

俺たちを乗せた列車は、きっかり半日遅れで平原の街、キャマロについた。

「きっちり全部ある」

駅に降り立ち開口一番、マクギブンが言った。彼の言う「全部ある」とは街の機能の事だ。サルーンがあって、ゼネラルストア（雑貨屋）があって銀行があって郵便局があって、それなりの規模の保安官事務所があって、葬儀屋、床屋、鍛冶屋、馬具屋、銃砲店がある。勿論サルーンの二階には宿屋と娼館。これが彼の言う「全部ある」だ。ちなみに彼曰く、全部の中に教会は含まれない。

このキャマロは、大通りには安いのから高いのまで大小様々な店が軒を並べ、キャトルドライブ（牧牛の群れを南部テキサス辺りの牧場地帯から東部への鉄道に乗せる輸送基地のある街まで運ぶ牛追いの旅の事。牧童たちは二ヶ月近くをかけ、野営をしながら鉄道駅のある街を目指す）の終点でもあったので、駅を挟んで繁華街の反対にあたる南側には、巨大な牛囲いが延々と続く大変栄えた街であった。

俺は、ダイナマイトで右半分が吹っ飛んだ郵便貨車の切り離し作業を横目に保安官事務所に向かった。他の三人は今頃サルーンで一杯だろう。なのに、こっちは客車から死体を引きずり下ろすのに、また手を汚してしまった。死体は今、お情け程度に奴らが着ていた上着を、上からおっ被せてホームの端に転がしてある。とっとと保安官を連れてきて、死体を引き取らせて、可及的速やかに風呂に入りたい衝動に駆られた。

死体の件を、駅員に断りをいれ、駅を出る。

駅前は、駅馬車乗り場も兼ねる大きなロータリー広場。

広場から伸びる形で、中央に幅三〇ヤード（約二七ｍ）はあろうかという大通り。大通りの両側に板敷のボードウォーク（歩道）が敷かれ、マクギブンが言った通り、全部ある。

目的の保安官事務所は駅のすぐ前、街一番と思われる大きなサルーンの向かいにあった。

広場を真っ直ぐ突っ切り、サルーンを恨めしげに望みながら保安官事務所に向かう。一大交易都市の保安官事務所に相応しいガッシリとした梁の立派な建物だ。上がり框を一段上る。日除け庇の影の中、事務所の壁には幾つかの手配書が張り付けてあった。端からザッと見る。フランク・ギャグニーの物は無い。思わず舌打ちする。カンザスでは知らぬ者のいない大人物だったろうが、と。

保安官事務所の扉を開け、中に入った。無駄に分厚い扉だ。一インチ半はある。クソ重い。ショットガンが貫通しない仕様なのだろう。この街の物騒さが、これだけで理解できた。

「なんだ？　若いの」その全てを西部の大地に捧げたであろう男盛りの終盤を迎えている年嵩のカイゼル髭の男が、机に両足乗っけたまま言った。

随分な歓待だ。

努めて下手に出て言う。

「賞金首の報酬、受け取りに来たんだけど」

「あん？　賞金首？」この保安官と思われる男は、外へ顎を振りながら「その前に載ってるヤツか？」と続けて訊いた。

「いや、ギャグニー兄弟のフランク・ギャグニーって奴と、その弟だ」

「ギャグニー兄弟？」

「ああ」保安官はピンと来ていなさそうだったので「列車強盗の」と付け加えた。

「列車強盗か」と保安官。

やっと興味が湧いたようだ。

「いつの件だ？」

「今さっきさ。今、駅にダイナマイトで吹っ飛ばされた郵便貨車が、止まっている」と教えてやった。

「ギャグニー…」カイゼル髭が記憶を紐解く。

「ああ」と俺。

「ビリー。手配書全部持ってこいッ」首だけ回し、保安官が事務所の奥に声をかけた。

保安官の指示に事務所の奥から引き出しをひっくり返す音が聞こえてきて、俺と同じくらいの歳の男が紙束を抱えて出てきた。流れからして、彼がビリーだろう。

ビリーが持ってきた紙束をひったくった保安官は、手配書を一枚ずつめくってゆき、中程までめくったところで、一枚の手配書を俺にかざした。

フランク・ギャグニー。

賞金　＄750。

予想より低い。とんだ小物だ。

「弟は?」取り敢えず訊いた。

保安官は、あと数枚だけめくって、言った。「弟はねえな。二人で、七五〇で引き取ってやるよ」

がっかりの骨折り損だ。一ドルにもならねえんだったら、弟の方はあの場に捨ててくりゃ良かった。

「しかしお前、列車強盗とは随分盛ったな。ここにはケチは駅馬車強盗としか書いてねえぞ」保安官が手配書を見ながら言った。

もうどうでもいい。どうせ七五〇だ。叩き売りだ。

判別できて値が付けば、だが。

「どこにいる?」と保安官。

「ん?」

「その列車強盗のギャグニー兄弟さんとやらは」

「あ、ああ。駅だ。駅に転がしてある。担いでこれなかったんでな」

「死んでんのか?」

「ああ。言ってなかったかい?」

「聞いてねえ。が、どうでもいい。で、お前が殺したのか？　その列車強盗を。二人まとめて」

どう言うか逡巡する。仲間が撃って、俺はその使いだ。なんて言ったら、この保安官は今以上に俺に舐めてかかりやがるのは明白だ。かと言って撃ってもいねえのに撃った、と言うのは虚偽申告ってヤツだ。人の手柄を横取りするようだし、そもそもそんな言葉を発するのは俺の流儀に反するし、プライドが許さねえ。西部の男の矜持ってもんがある。きっとダイムノヴェルの主人公もそんな事はしない。物語に出てくる悪漢の所業だ。と、ここまで考えて、いい案が浮かんだ。上着の前をはねてベストにつけたバッジを見せつけた。鈍く輝くピンカートン探偵社のバッジだ。本当は金ピカだったのだが、この仕事に就く前にわざと汚して古ぼけ使い込ませておいた。だから効果を発揮するだろう。

「ほう、お兄さんピンカートンの探偵さんかい」と保安官。

貫禄をかまし「ああ」と答える。

「なら列車強盗二人ぐらいワケねえな」

保安官がどう考えようと知ったこっちゃない。俺は何も言ってない。バッジを見せただけだ。それで仕事が捗るのなら、それ以上の事はねえじゃねえか。そう胸の中に落とし込んで黙っておいた。

「おいビリー、この探偵さんと一緒に駅まで行ってこい」

ビリーが俺に歩み寄る。保安官は一歩も動く気はなく全部、このビリーとかいう若造に任せるつもりのようだ。大丈夫なのか？　と危惧しているのが、彼にも伝わったのだろう。ビリーはゆっくり上着の前を開いた。保安官助手のバッジが輝いている。誰の真似をしているのだ？　と訝しむまでもない。今さっきの俺の真似をしているのだ。銃把で殴ってやろうか、とも思ったが、ここは保安官事務所だ。そのあとの面倒を想像して止めておいた。代わりに口笛でヒューと吹いておいた。かなりクールに決まったはずだ。この口笛にはコチラの余裕綽々ぶりと、お前より上手（うわて）なのだよ、という意思表示を込めておいたのだが、ビリーの野郎にどこまで伝わったかは定かではない。

　現に「おい、こっちだ」と顎を振って、案内されてしまった。

　待っている間に、保安官事務所の前の手配書の張り紙を、今度は端から一つずつじっくり見やった。五〇〇〇ドル級の賞金首が並ぶ。どいつも聞いたことある名前だ。勿論、我らが標的ジェイク・ザ・スターダストの手配書も張ってある。賞金首共（コイツら）は、この西部のどこかにいて、そしていつか誰かが、コイツらを狩るのだ。その立場にならなきゃいけない。ずっと軽輩のままでは。仲間たちを顎で使えるようにならなきゃいけないし、保安官が自ら出向いて御用聞きに来るぐらいの貫禄にならないと。

　なんて考えていると、思ったより早くビリーが保安官事務所の裏手から荷車を引いてやってきた。そして「おい」と荷車の引手を俺の方に向けてよこしやがった。

　お前が引っ張っていけ、という事だろうから、無視して駅へ向かった。

「おい待てよ。お前の仕事だろうがッ」

聞こえないふりして先を急ぐ。

ビリーは荷車を引いて、すぐに追いついてきた。

「お前よォ、普通は保安官事務所まで持ってくるのが、当たり前なんだぜ。馬の背に乗せてくるとか。なんで俺が、テメエの仕事手伝ってやらなきゃなんねえんだ」

「それは保安官に言えよ」

「せめて引っ張れや」

「それも保安官に言えよ」

「お前、舐めてんのか？」

「お前に指図される覚えはねえ」

「俺だってお前に指図される覚えはねえ」

「でも、俺を手伝う覚えはあるだろ？」

「ん？」

「保安官に言われたろ？　じゃやれよ」

「お前大体、幾つだ？　俺より年下だろ」

「歳は関係ねえ。俺は一端の賞金稼ぎで、お前は助手だ。大きく違うぜ」

ビシッと立場の格の違いを知らしめてやったつもりだったのだが、

「お前本当にピンカートンなのか？　もう一回バッジ見せろよ」と上着の中をまさぐって

「触んじゃねえよ」

抗う。舐められたもんだ。ガンファイターの懐に手を突っ込んでくるとは。本来ならこれだけで撃ち殺されても文句は言えねえ。が、こいつは平気でそれをやってきた。馬鹿なのか、肝っ玉が据わっているのか、とほんの一瞬、ほんの一瞬だけ思案したが、そばかすの残る鼻っ面を見て、ただのガキだと結論付けた。

言っているうちに駅に着いた。そりゃそうだ。保安官事務所が駅前一等地に建っているのだから。時間の掛かりようも無い。コイツとの言い争いにもう一往復してやろうか、とも思ったが論破したところで一セントにもならないので止めておいた。

駅舎の脇を抜けてホームへ出る。

俺たちを運んできた列車は、たっぷり蒸気機関のタンクに水を含み、カリフォルニアへ向けて街を後にしたようだ。引込線にお役御免の郵便貨車だけが女房に肘鉄喰らわされた挙句、逃げられた亭主の様にしょぼくれた姿で取り残されていた。

最早あの貨車だけがギャグニー兄弟の生きてきた証と言えるかもしれない。アレが無ければ、ただのケチな駅馬車強盗でしかないところ、アレがあるから列車強盗への格上げもして貰える。ただカンザス一帯に雷名轟かすギャグニー大強盗団の首領とは、なりえそうにはないが。

ビリーに向けて「ほら」と顎を向けておいた。半分吹っ飛んだ郵便貨車を見て、彼も俺の話が本当だと、やっと信じたようだ。

「ほう」と唸り声を上げた。

百聞は一見に如かず、という事か。これで素直に言うこと聞いてくれりゃいいがそうはならず、一言付け加えやがった。

「大列車強盗だな。そのギャグニー兄弟ってのは」

明らかに茶化し気味に言い放ちやがった。いちいち気に障るガキだ。もう相手にするのも嫌になってきた。早いトコこの仕事を片付けてコイツともオサラバしたい。

ドギツイ西日が眩しい。歩く影も長くなった。

ギャグニー兄弟を転がした所まで、枕木の廃材らしい角材を延々と敷き詰めただけのプラットホームを行く。インディアンの死体を縦に十人ばかし並べられる位に無駄に幅が広く、十両編成の列車が停まってお釣りが来るほど長い。ブーツを踏み込むたび安普請の床は軋んで、ギシギシと鳴った。

列車が到着した直後は乗降客、物資の荷揚げ、荷下ろしでごった返していたホームも今は列車も行ってしまい、ひっそり、しんとしていたので荷車引いての行軍は殊更、軋む音をあたりに響かせた。その一角に屯している男たちの耳元にも確実に届いたはずだ。現にこちらに視線を送ってこられ遊ばしたのだから。

その一角。死体の周りの先客達は、すでに唾を付け終わった獲物をコヨーテに奪われまいとする禿鷲の様に三羽、雁首揃えてこちらを見ていた。色あせたフランネルシャツや幅の広いテンガロンハットから牛追いのカウボーイだと推測できる。こういう輩が一番面倒だ。田舎者に理屈は通らない。俺も十四歳で家を飛び出してから、しばらくの間、牛追いをやっていたので、よく知っている。基本、まともな奴はいない。南北戦争で負けた側の南軍に与して食い詰めた南軍くずれや、職場の同僚に本名すら語らず「ブロンコ・ジョー」だ「アラバマ・スミス」だと名乗る様な、つい数日前まで何をやっていたか分からない素性の知れぬ男たち。大体、辛く長いキャトルドライブを日給一ドルや二ドルで請け負う輩だ。それなりの理由があるのが赤子にでも理解が出来るってもんだ。

で、このキャマロの街はそういう輩が、その辛く長い牛追いの一仕事を終え、羽を伸ばしている。あらゆる欲を開放している。そういう街だ。当然、旅の間二ヶ月近く我慢していた禁酒も解かれている。だから、これから起こる事を想像するだけで、先が思いやられた。

奴らの影を踏める所まで近づく。

「おれのモノになんか用か？」

禿鷲が所有権を主張してきやがった。

呂律すら回っていない。

案の定だ。ため息をつく。

努めて冷静に言う。

「俺の物だ。お守りご苦労だったな」と。

「お前のモノだぁ？　どこに名前が書いてあるってんだ？」

邪魔くせえ。当然、断りを入れておいた駅員はどこにもいない。いらぬ騒動に巻き込まれるのは御免だろうし、賢明な判断だ。しかし、そうなるとコチラの所有権を証明する手立てもない。まさか彼らの言うように名前なんて書いちゃいないし、まして元フランクが「僕はテリー・ウェインさんの持ち物です」などと殊勝に訴えかけてくれるはずもない。もしそういう思いに駆られてくれていたとしても頭半分吹き飛ばされている身空では、機能的にその思いを達する事も儘ならなかったろう。

兎に角、交渉する他なくなった。

振り返って、ビリーを見やる。ずいぶん後方で荷車に腰掛け、ニヤついてやがる。高みの見物を決め込む腹だ。頼みにしていたワケではないが、ああやられると無性に腹が立つ。

「おい兄ちゃん、他所見してる場合じゃねえぞ」カウボーイの一人が言った。

確かにご尤も。

奴らをじっくり見る。牧童が計三人。年の頃なら二十代半ばと言ったところか。年齢から言って、この二ヶ月あまり牧童頭に扱き使われて、やっと解放され、ハメを外した直後。使い込んではいるが、汚れていないフランネルシャツから推測するに、綺麗なべべに着替えてサルーンでフィーバーしたであろう事が想像できた。

楽しい思い出だけ詰め込んで、帰りゃいいものを。

できれば穏便に済ませたい。

奴等の為にも、己の為にも。

「なあ、黙って返してくれねえか」下手に出て、言った。

「返す？　何をだ？」そう言った後、何が面白いのか三人、顔を合わせ笑いだした。

酔っ払いめ。

グッと堪え言う。

「その足元のお二人さんを、だ」

「二人？　コレの事か？」と死体を、真ん中の男が蹴っぱぐった。

罰当たりな奴らだ。どっかの大工の倅のように復活したらどうするつもりだ。殺しといて言うのもナンだが。

「ソレの事だ」と俺。

「お前の母ちゃんだって言うんなら返してやらなくもねえぞ」

穏便に済むのならいっその事、母ちゃんだ。と言ってやろうか、とも思ったが明らかに母親ではないし、いくら酩酊しているといっても彼らにもそれは理解できるだろうし、何より母親を諧謔の道具にする事を由としなかったので止めておいた。

「父ちゃんでもねえが、俺の物だ」

奴等の一人が何かを言おうとしたので、機先を制し畳み掛けた。

「名前も書いちゃいねえが、俺の物だ」と。

「いや、ここに落ちて…」

奴らが言葉を言い切る前に被せる。

「死体は落ちねえ。置いてあったんだ」

汽車に乗せるとき散々、落としたが言い切った。

交渉事は相手に好き勝手に喋らせてはいけない。相手の話に綻びがあったら、そこを突く。で、こっち七分。相手三分でカタを付けるのが最もよい、と十代の頃世話になった牧場主から教えを受けた。

が、今回は「フランク・ギャグニーの片足持ってって下さい」と言うわけにもいかないので十分丸ごと頂いてカタを付けねばならない。そうすると決めた。

よって「落ちてた」この言葉尻をとらえ橋頭堡とする。

「死体は勝手に落ちねえ」と。

「オメエなんていなかったぜ。置いてあっただァ？　オメエが置いたって誰が証明するんだ？」

この酔っ払い、意外と弁が立つ。

しょうがないので脅しにかかる。

「上着が被せてあったろう。誰が被せたと思う？」

「オメエだってのかい？」

「だったらどうする？　俺に占有権があると思わねえか？」

「オメエの上着かい？」

「じゃねえが、捲ってみな。お前らの成れの果てだぜ」

牧童たちは、二体の死体の上着を勢いよく捲った。

砕けた頭蓋が露わになる。

これでブルって言うこと聞いてくれると思ったが、逆効果だった。銃を抜きに掛かりやがった。銃を抜きやがったのだ。三人ほぼ同時に。

こちらも二丁拳銃を抜き放つ。奴らより素早く。こちらはガンファイター。一日の長ってヤツだ。左右に陣取る男たちがガンベルトから完全に銃を抜き切る前に額に銃口を当ててやった。

が、奴等は三人だ。手が一本足りねえ。このままじゃ真ん中の男に撃たれちまう。しかし真ん中の男もガンベルトから銃を抜けずにいた。

「？」

「保安官事務所の者だ。そのまま、ゆっくり銃から手を離して失せろ」

俺の背中越しにビリーが真ん中の男に銃口を向けながら言った。上着の前を跳ね保安官助手のバッジを見せつけながら。

誰も抗わなかった。牧童たちはビリーの言う通り、ゆっくり銃をガンベルトに戻し、三、四歩後ずさった。

夕焼け空の中、線路の向こうの牛囲いの方へ駆けてゆく牧童たちの背を見送りながら、ビリーが言う。「大した手際だ」と。

付け加えるように兄貴ヅラの講義を聞かされた。きっちり自分の物だと主張できるように何か目印を付けておくなり、何かを奪っておくなりしておけと。黙って持って行かれていたら、死体を探す旅に出なきゃいけなかったぞ、と。挙句には、東洋の賞金稼ぎは、テメエの獲物に笹の葉を噛ませておいて自分の所有物だ、と証明したなどという博学まで披露されてしまった。

うるせえ。

ビリーが傍まで来たので、フランク達の死体を改めて見下ろす。ビリーは持ってきたフランクの手配書と見比べながら、直截に感想を述べた。

「ひでえな。頭半分吹き飛んでる。これでフランク・ギャグニーだって言われてもな。それで通るんなら、ケビン・コルブライトだって言われても通用するぜ。もしコルブライトのお袋が現れてウチの息子だと言い張ったら、俺は抗わねえ。事務所の奥に連れてって書類作ってやるよ。相手するだけ面倒だ」

ケビン・コルブライトってのがドコの誰かは知らねえが、ガタガタ言ってくんなら、そのお袋ごと撃ち殺せ、と言ってやる。

が、ビリーにニヤつきながら「お前がその二丁拳銃でヤッちまえよ」と返された。

完全にイニシアチブを握られた。認めたくはないが生命の危機を救われたとも言えるので尚更だ。いや、認めないが。

結局、一人で荷車に死体を二体積み込まされた。日が暮れる前にビリーの引く荷車を後ろから押して、保安官事務所まで運び込む。

ビリーには七五〇ドルは期待するな、と釘を刺された。人別不詳にも程がある、と。せめて吹っ飛ばすなら後頭部だけにしろ、と。あれでフランク・ギャグニーだと認定されたら、俺もそこらの婆さん撃ち殺して、コイツがジェイク・ザ・スターダストだと言い張る、とまで宣われた。

コルブライトだ。スターダストだ。と、もう言われ放題だ。

ただ書類だけは作らねばならないので、何とかギャグニー兄弟の死体と認定し、お駄賃くらいは頂ける様に取り計らってくれるそうだ。この兄弟のおかげで二度も銃火の中に誘われたのに、その対価としてはあんまりだ。

保安官事務所の裏のポーチに二人の死体を転がし、書類にサインだけしに中へ入った。保安官はまだ机の上に足を乗っけたままだ。こうなると彼の母親の躾が単に悪かったのではなく、机に足が釘で打ち付けられ、外れないのではないか、と訝しむ。名うての保安官とはいえ何が起こるか分からないのが西部だ。しかし彼が足を組み替えたのを見て、それが杞憂だと理解した。

数枚の書類に署名した後、保安官に愛想よく当方に有利に働くよう差配をお願いして、あとはビリーに任せて、俺は仲間たちに事の顚末を伝えにサルーンへ向かった。

サルーンの入口のスイングドアを両手で押し開け、店内へ入った。ドアはパッと開いてすぐ跳ね返ってきた。いいバネを使っている。妙なところに感心した。流行っていない店なら一度押したら最後、放浪癖のある伝書鳩の様に行ったっきりになるか、夜中に用足しに行ったジイさんの様に緩慢に帰ってくるかだ。そもそもドア自体が左右両方揃っていない場合も多い。だからかなり流行っている店だと断言できた。広い店だ。西部のサルーンの御多分に漏れず、泥や反吐で汚れぬよう、床におが屑が敷き詰められていた。右手に長い一枚板で設えたチーク材のカウンター。左手には丸テーブルが一つ、二つ…数えるのが億劫になる位、兎に角たくさん並ぶ。天井からは凝ったシャンデリアが吊り下がっていて、その奥に途中で左右に二股に分かれて二階に続く階段があった。そして恐らく二階には娼婦たちがいる。後で伺わなくてはならない。

仲間たちの姿を探す。ポーカーでもやっているかと思って見たが、ほとんどが牧童たちで、半分ばかり埋まっているテーブル席のどれにも彼らはいなかった。カウンター席を見やる。カウンターの向こう側、銀細工のフレームで縁どられた全面鏡の前にいる背中を向けた白シャツに蝶ネクタイのバーテンが鏡越しにこちらを睨んでいる。彼に聞くより他ない。

彼の許に近づいて、カウンターの足元の真鍮製の横棒にブーツを乗っける前に「何にします?」と先んじて伺いを立てられた。

品定めをしようとしているバーテンに、大して好きではないが舐められたくないのでバーボンを頼んだ。

カウンターの上をバーボングラスが滑ってくる。受け止めようとする俺の目の前でピタリと止まった。一滴もこぼれずに。

腕を見せつけたバーテンがニヤリと笑った。

バーボンを無理して一気にグッと飲み干す。一杯一〇セント。無駄な出費だ。でも、これで質問に移れる。

恐らく来たであろう仲間三人の居場所を尋ねる。

バーテンは目線を階段の先へやった。

なるほど、お楽しみ中か。これでは邪魔をするわけにもいかない。まあ急ぐ用事でもないし明日の朝でも構うまい。

では俺も。と夜の相手をご紹介願おうとしたが、今度はテーブル席の方へ目配せされた。

振り返る。牧童たちがいる。それがどうした?

順番待ちだ、とバーテンが言う。

かなりの人数。どんだけ溜まってやがるんだ。

これじゃ女たちの体がもたないだろう。

待ったところで朝までに順番が回ってくるかも怪しいし、無用の諍いも避けたい。だから厳しいキャトルドライブの禁欲生活を終えた牧童たちに女は譲ってやる事にした。

我ながら賢明な判断だ。

バーテン曰く、牛追いの盛んなこの時期は女が欲しけりゃ日が傾く前に来なければいけないそうだ。

仲間たちがとっとと街へ繰り出した理由が摑めた。万事が万事、小間使いをさせられている自分に嫌気がさす。もう風呂に入って寝るのみだ。女無しの宿屋を探しに外へ出た。酒場が並ぶ大通りの縁に設えられた板張りのボードウォークをぶらつく。肌寒い。夜風が身に沁みた。日が落ちると、こうも変わるものか。酒場から漏れてくる嬌声やバカ笑いも苛立たしい。この世に一人の孤独を感じる。

こんな時こそ女を抱きたい。

はあ…並んで待てば良かったか…。

そうすれば牧童たちとは、性欲を放出するという点で感情を共有し合え、孤独を感じずに済んだか。

明かりが点いていたので、仕舞い支度のゼネラルストアに入った。衣類から食料までなんでも置いてある。レジ横のダイムノヴェルの棚を見る。どれも読んだものばかりだ。ジェイク・ザ・スターダストものが一冊あったので、夜長の友に、と買って、外へ出た。

パンッ。と乾いた音。今日も何度か聞いた音。今日はもう聞きたくなかった音が背後で聞こえた。音源はどこかの田舎者だろう。関わりたくないので無視をする。

まず風呂だ。ついで寝床だ。

しかし、そうは問屋が卸さない。

今度は俺の足元のボードウォークを乾いた音が抉った。

大通りでぶっ放すなよ、と振り返る。

知らない男だ。

なんでこいつに撃たれなきゃならない。自身の生まれの不幸を呪う。きっと前世で、ひどい過ちを犯したのだ。今日の感じだと、銀三十枚で大工の倅を売っぱらった廉を遡求されているのかもしれない。

銃声が響いて、またボードウォークが抉れた。一歩飛び退く。

男が叫ぶ「踊れ」と。

しゃらくせえ。

これ以上ステップを踏むのは御免だ。銃を抜く。撃鉄を起こし、闇夜の中に浮かぶ、叫ぶ男の輪郭の右肩に鉛玉をぶち込んだ。

さっきより大きな乾いた音。テメエが撃ったんだから当然だ。

硝煙の臭いが鼻につく。煙をかき分け、相手に近づく。

大して距離も無いので当然だが、ほぼ狙い通り右肩をきっちりと撃ち抜いた。外しようもない。

相手は右肩をおさえ、蹲った。痛かろう。聞くまでもない。力を失いダラリと下がる右腕は何よりも雄弁だった。さっさと仕留めず、「踊れ」などというお茶目な手数など踏むから、こうなる。

これで相手の殺傷能力は完全に消えた。左利きなら厄介だが、右手で撃ってやがったので危惧する事も無かろう。もし左利きである旨、自己申告されると両肩撃ち抜かなくてはならなくなるので、彼にとっても不遇を極める事となる、と忠告するまでもなく左手を使っての反撃を試みる雰囲気ではなくなった。

仲間が二人出てきたからだ。

もう二発お見舞いする準備をする。

が、彼らは命乞いをしてきた。「殺さないでくれ」と。

彼らをよく見る。一人の時は気づかなかったが、三人集まると気づいた。撃ったのは、さっきの牧童たちの右側にいたヤツだ。

さっきのを、恨んで付け狙われたか？

ビリーはヤバイが、俺なら殺れると踏んだのか？　どっちにしても舐められたもんだ。

安眠のため、後顧の憂いを無くすためにも、撃ち殺そうか。

しかし彼らは俺の足元に銃を差し出し、あからさまなまでの恭順の姿勢を見せてきた。

これでは撃てない。西部の男の名折れとなってしまう。大通り。ギャラリーも出てきた。

失せろ、と促す。今日二度目の彼らの背中を見送った。もう二度と見送りたくない背中だ。

今晩は風呂に入るのを諦めた。

銃を置き、裸になるのが怖かったからだ。

そんな時狙われたら、ひとたまりもない。

もうぶらつきたくもない。選り好みも無しに、目の前にあった高級感よりも如何わしさの方が勝つ宿屋に部屋を求めた。

ガタのきたカウンターの中にいたオヤジに前金で支払い、安宿の部屋に入る。受け取った鍵に付いた部屋番号の書かれたキーホルダーも泥のよう。二階の部屋だ。暗い。手探りでベッドを探し、寝転んだ。

とんだ厄日だ。

狭い部屋だ。部屋の半分を賄うベッドに備え付けの文机。窓に申し訳程度の恐らく往時はカーテンと呼ばれていたボロ切れが掛かっている。それだけの部屋だ。

小突かれて目を覚ました。

寝ぼけ眼の視界の中に、朝日に照らされたビリーがいた。

確か鍵は掛けたはずだ。

「ノックしたぞ」ビリーが言った。

問題はそこではない。

どうして中に居るか、なのだが。

彼はこちらの疑念など気にせず、文机の懐から椅子を引き出して、背もたれを前に、またぎ込むように座り込み言った。

「行こうか」

どこへ？

「大列車強盗さんのお墓を掘りに」

「墓？」なんのことだ？

「とっととやらねえと臭いやがるし、蝿が湧いてかなわねえ」

「ちょっと待て、なんで俺のトコに来んだ？」

「お前の持ち物だからだよ」

「は？」

「報酬請求したろ？」

「そうなんのか？」

ビリーは頷いて「お前が死体持ち込んで、ピンカートン・ナショナル探偵社を代表して報酬請求した。で、当保安官事務所としては検視、検認作業の結果、これを賞金首フランク・ギャグニーと認め、代表請求人テリー・ウェイン氏に、その報酬を支払う事とした。よって死体の所有権は、当保安官事務所から元の持ち主に帰属する」

「その元の持ち主ってのが、俺？」

「代表請求人テリー・ウェイン氏だからな。そう書類上、処理しておいてやったんだぜ」

とビリーは恩着せがましく言った。

「いらねえ場合はどうすりゃいい？」

「遺族が引き取りに来ねえ以上、お前が持ち込んだんだから、お前のモンだ。もうこれ以上、書類を作る気はねえ。あの死体は、どっちがフランクで、どっちがその弟かは知らねえが、ギャグニーで。それを仕留めたのが請求人でもあるテリー・ウェイン氏で。後の処理はテリー・ウェイン氏が恙無く収める。そうなってる」

兎に角、保安官事務所も在庫整理がしたい事だけは寝ぼけ頭でも理解できた。

「どうする？　自分で掘るか？　墓掘り人雇って、してくれてもいいぜ」

その費用すら出ないようだ。

七五〇ドルはどうなった？

聞くだけ野暮か？

こっちの気持ちを察したのだろうビリーが答えた。「あれは俺が貰った。事務手数料として天引きだ」と。

「七五〇全部か？」

「なワケねえだろ。あの死体がフランク・ギャグニーだって認められる事自体が奇跡なんだぞ。そう事務処理された事に感謝の意を表して貰いたいね。二束三文のモノがそれ以上の価値を得たんだからよォ。後はガッツクな」

結局、保安官からはお駄賃として五ドル貰ったらしい。そして、その金は書類作成料として徴収した旨、事後報告された。

こちらとしても最低でも二ドル五〇セントの権利を主張したが、逆に死体運搬費の請求権を主張されたので、権利の放棄を公に宣言する事を余儀なくされた。書類上はそういう風に処理なされるだろう。

「早く着替えろよ」ロングジョンズ（下着。全身股引の様なもの）一丁の俺にビリーが言った。

まだ納得はいってないが、不承不承、衣紋掛けからズボン、シャツと取り出し、着る。

「銃二丁も持ってんなら、一丁くらい枕の下に入れとくもんだぜ」と、ビリーが壁に吊られたガンベルトを見て言った。

また兄貴ヅラか。

枕の下からボウイーナイフを取り出し、ビリーに見せる。

お見それしました。とビリーは帽子のつばを、ちょんと摘んだ。

「分かったかい？」

「ああ。しかし随分、重装備だな。ピンカートン社の流儀ってヤツかい？」

俺は文机の上を指さした。オレンジ色の表紙の本が置いてある。ダイムノヴェルだ。ビリーが手にとった。表紙を見て言う。

「西部の荒くれガンマン―ジェイク・ザ・スターダスト。まさかとは思うが…」

「熱烈な読者でね」

「こんなのはガキの読み物だぜ。ほとんど嘘八百だ。こんな野郎がホントにいると思ってんのか？」

「現に俺たちは、こいつを追ってやってきたんだ」

「ジェイク・ザ・スターダスト…伝説上の生き物だぜ。実在しやしねえよ。ユニコーンとかペガサスとかと同じ類さ」

「でもお前んトコの事務所の前にも手配書は張り付けてあったぜ。確か五〇〇〇ドルだ」

「見栄えさ。ホントに捕まるなんて誰も思っちゃいない。誰かホントに捕まえてきたら一〇〇〇〇でも安いくらいさ。ただ小悪党の手配書ばっか張り付けてたら、カッコ付かねえだろ？　小悪党専門事務所みてえに思われると、舐められるからな。だから貼ってあるんだ」

「なるほど」

「フランク・ギャグニーの手配書なんか店先に張ってっと、舐められるだろ？」

野郎…

「外で待ってるからよォ。つまあ寝込み襲われないように、気ィ付けてくれや」とビリーが、ドアノブに手をやった。

言われっ放しでは気分が悪い。彼の体に向けてボウイーナイフを投げつけてやる。

が、気配を察した彼はそれより素早く部屋を出ていき、先程鍵が掛かっていたはずなのに何故か開いたドアに、それは刺さり、勢いで細かく左右に震えた。

朝もやの中、まだ起きていない街を、昨日死体を並べたのと同じ保安官事務所裏のポーチに、仲良く寄り添っていた棺桶を二つ、荷車に載せビリーと共に町外れの共同墓地まで運んだ。

昨日、運んだ時より格段に重い。棺桶を載せる前から荷車に載っていた真四角に切り出しただけの磨きも入っていない無銘の墓石が二つ。コイツらの所為だ。恐らく価値は二束三文。ビリーが墓の体裁を整えるために石屋で一番安いのを見立てたのだろう。この支出の出資金も、保安官事務所経費と消えた七五〇ドルの中から捻出されているのは、容易に想像できた。

しかし重い。クソ重い。金額的価値と重量的価値がまるで比例していない。荷車の車軸を重力によって撓ませながら、なんとか、へし折る事なく共同墓地まで、背中は汗でびっしょり濡れたが、たどり着くことができた。

そこは、この街が出来て以来、死んだ数百の御霊が眠る場所だった。安物の墓標もこれだけ並ぶと壮観だ。荷車を押しながら安置する場所を探す。

「その辺にしよう」とビリーが適当に空いていた場所を指さした。場所はどこでもいいようだ。まあ土地なんて広げていけば、幾らでもあるのだから大して頓着していないのだろう。彼の見繕った場所に墓穴を掘る。この痩せて乾いた地表に。

やはり掘るのは俺一人のようだ。ビリーは荷車に腰掛け、ダイムノヴェルを読んでいる。ガキの読み物じゃなかったのか？

「『ジェイク・ザ・スターダストは髭をきれいにシェーブし、金モールで刺繍されたベスト。絹のシャツ。真紅のソンブレロ。銀メッキ、象牙の二挺拳銃。ベンガルトラ皮革のオーバーズボン。銀製の拍車を付け…』すげえ格好だな。とんだ伊達男だ。これなら二マイル先からでも視認出来る。俺なら、こんなヤツ、向かってきたら、お近づきになりたかねえから、見つけたその二マイル手前で撃ち殺してやるね。で、馬飛ばしてハゲワシにかっ攫われる前に死体見つけに行って、おう、この格好だ。なんてマジマジと見下ろしてやるがな」

アホな事言ってやがる。

二マイル先まで届く銃とその腕を、いつか拝見させていただきたいもんだ。

「ここ最高だな。『バンッ。バンッ。バンッ。銃声が三つ轟いて、ジェイクはアルバート、ブッチ、ケインの三人を星屑に変えた』ざまあ見やがれだぜ。ケッサクだ」

「ああ」バンッ、バンッ、バンッ。三度鍬を振るっただけなのに腰が痛くなった。硬い土だ。掘れやしねえ。

「おいテリー・ウェイン、つれねえな。こいつら三人、大悪党だぜ。牧場主のゲイツさん殺して、酒場の踊り子も殺して、逃げてた奴等なんだぜ」

「知ってるよ。読んだから」

ビリーは指で銃を作って「バン、バン、バン。星屑に変えた」と俺を撃ち抜き、指先の銃口に息を吹きかけた。

気に入ったようだ。

放っておいて鍬を振るう。が、痩せた土は硬く、掘っても掘っても縁を滑り落ち、一向に大きな穴にならない。やっと出来の悪い子羊一匹突っ込めるくらいの穴になっただけだ。

ここでフと思う。

「これ、お前が頼まれた仕事なんじゃないか?」

「何が?」ビリーが眠そうに答えた。

「何で俺が掘るんだ?　おかしいと思ってた」

「あン?」

「寝起きに畳み込まれて付き合ってたが、よくよく考えるとおかしい」

「深く考えるな。毒だぜ」

何が毒だ。

お前と付き合うと体中毒まみれだ。鍬を鼻先にかざし詰問すると、

「バレたか」とビリーはそばかすまみれの鼻を膨らませて言った。

やられた。朝も早よから扱き使われた。

睡眠不足此処に極まれり、だ。

しかし、もう眠ろうにも体が完全に起きてしまって二度寝はできそうにない。

朝一番から墓掘りさせられて吉日とはなりようもなかろう。

今日も厄日になりそうだ。

結局、ビリーにも当然の事として手伝わせ、昼前にようやく棺桶二つ分の穴が出来上

がった。二人して棺桶の底にロープ二本を通し左右両側からロープを緩めながら穴の底へ落とし込む。掘ってしまえば後は早い。さっさと土をかけ、墓標を突き立て一丁上がりだ。

しかし二つの棺桶、どっちがフランクのもので、どっちがその弟のものだったのだろう。ついぞ分からずじまいになってしまった。確認しようにも、しっかり釘打ちされた蓋を引っぺがし、ご尊顔を仰ぐなど以ての外である。と言うかそんな労力すら払いたくも無かった。まあ墓穴掘って納めてやったんだし、あべこべかは知らないが墓標も立てた。安物の石だった為、簡単に彫り込めたので鍬の先で削ってあたりを付け、ボウイーナイフを駆使して仕上げて、両方の墓石にギャグニーと銘まで入れてやったのだから、感謝されこそすれ、バチを当てられる事もあるまい。以上、ビリーの意見だが、積極的に同意した。

丸テーブル。対面にはブロンソン。

墓掘りを終えるとサルーンに直行し、ランチ気味のブレックファストを注文した。ハムエッグとライ麦パン。ハムエッグは塩気が強いが不味くはない。濃いめのコーヒーで流し込んだ。

この半日ばかりの顚末を話したくてウズウズしていたので、聞き上手の彼はお誂え向きだ。もう今朝と言えるかは分からないが今朝も、ブラックコーヒーをチビチビやりながら黙って聞いてくれた。コーヒー以上の渋い面をしていたのもご愛嬌だ。相変わらずの無言。フと疑問に思う。彼は昨晩も娼婦相手にどんな枕話を繰り広げたのだろう。まさか果てるまで無言で振り切ったなんて事も彼なら考えられるが。

二階から、マクギブンとゴールドスミスが連れ立って下りてきた。重役出勤たァ結構なご身分だ。ブレックファストを注文して、気だるそうに丸テーブルの席へ着く。二人共、雌の匂いがプンプンする。安物の香水の腐臭だ。彼らのもとに朝食が来て、これでやっと仕事の話が始められる。

ボブ・タネヒル。

ジェイク・ザ・スターダストを撃ったと吹聴している田舎者だ。が、捨て置けない。ジェイク・ザ・スターダストに辿り着く為には、こういった細々とした事柄を潰していかなければならない。頂に登る為のまずは一合目と言ったところか。キャマロの街から二〇マイル（約三二キロ）ばかり北に行ったアッチモア。そこにヤツが住む。

丸テーブルの会議で決まった事は、出発は明朝、夜明けと共に。上手くいけば半日仕事だ。昼前にアッチモアに着き、タネヒルをぶん取り、詳しく事情を聞く。聞き方は問わない。お茶菓子付きで歓談してもいいし、銃口突きつけての詰問もいい、ロープで縛って馬に引きずらせるってのも悪くない。兎に角、お話し願えればいいのだから。我々に有意義な話なら尚更だ。先輩たちはそうなるように持っていきたいだろうし、持っていくだろう。そして話の展開によってはタネヒルをキャマロの街まで連れ帰る。たったこれだけだ。簡単にケリのつく仕事だ。小便仕事だと言える。

よって仕事に先立ち、まずは馬の確保。馬が無くてはアッチモアまで行けないのだから当然だ。

皆が俺を見る。

やはり、この小間仕事も押し付けられるようだ。溜息すら出ない。

「後は頼んだ」三人の先輩格の誰かが言った。ブロンソンは口を開くことは無いだろうからマクギブンかゴールドスミスのどちらかだろう。テメエらだって明日の朝まですする事も無いだろうに、テメエの馬ぐらい自分で見繕ってこい、と膝を突き合わせ道理を説いてやりたくなった。

が、彼らはやる事がある旨、高らかに宣言するように朝飯を食い終わるや否や、早々に二階へ上がっていった。彼らが女どもを専有している限り、俺の順番は永遠に来そうにない。彼らはこの街に来て腰を振るか、飯を食うかしか、していない。怠惰だ。が、結果として彼らにはする事があり、俺には無い（する事といっても女を抱いているだけだが…）。

よってお前が馬買ってこい、という構図に仕上がっているようだ。

階段を上ってゆくマクギブンのデカいケツを見て、心うちで三本足の駄馬を押し付けてやると決めた。

スイングドアを撥ね開け、外へ出た。真昼間の日射し。遮るものがない。ステットソンハットを被り、日射しを避ける。荒野へ歩み出すなら、牧童達が被っている様な、もう少し幅広の物に買い換えた方がいいかもしれない。懐にはたんまり金があるのだから好きなのを選べる。ブロンソンから馬の購入資金として供託された金だ。先輩格三人は恩着せがましく眼前に差し出したが、恩に着ることもない。どうせ探偵社から出された着手金の一部であろう。だから必要経費として、それ相応額ネコババしたって誰も咎めない。恐らく彼らの夜のお代金だって、そこから賄われているのだろうし。

兎に角、馬は安く上げて、あとは頂く算段をした。さてどうするか？　まさか、この日射しの中、街中の馬屋をハシゴして「おたくの馬は、おいくらですか？」と聞いて回り、良心的なお店を探すなんて馬鹿げているし、そこまでの手間を掛けるほどの情熱も持ち合わせてはいない。手っ取り早く済ませるには郷に入りては郷に従えだか、餅は餅屋だか知らないが、その土地の者に聞くのが一番。と、向かいの建物に目をやった。そして俺は、お誂え向きの奴が居る保安官事務所へ大通りを横切り、向かった。

重たいドアを開けた。慣れたものだ。そりゃそうだ、この二十四時間で三度目の訪問になるのだから、もう遠慮も衒いもない。

保安官はいなかった。が、どうでもいい。目当ては彼ではない。

目当ての男は、押し付けられたと思われる書類の山と格闘していた。

「あン？　馬ぁ？」ビリーが素っ頓狂な声を上げた。

「ああ。安くて、もちろん丈夫で速い馬」

「注文が多いな」

「だからお前んトコ来て、訊いてる」

「じゃあアパルーサにしとけ」

「アパルーサ？　ありゃインディアンの乗り物だぜ。ついでに小汚い」

（アパルーサとは馬種の一つ。十六世紀にスペイン人が新大陸に持ち込んだアンダルシア種が野生化したマスタング種を、北西部の平原インディアンのネズパース族が改良した馬種で、丈夫で扱いやすく優秀。見た目は白黒の斑の毛並みを持っている）

「でもよく走るぜ。ついでに安い」

「あの見た目じゃ安かろうよ」

「女だって見た目じゃねえぜ。乗り心地だろ？」

　知ったような口をききやがる。ただ彼の助言は珍しく至極まっとうなものであり、こちらとしても彼に全幅の信頼を置いているワケではないが、頼りにしたところもあるし、彼と馬談義を繰り広げる手間も煩わしいので聞き入れる事にした。

　アパルーサを買う。

　実用性第一。見栄えはこの際、無視だ。

「どこで買えばいい？」

「鉄道の向こう側だな。カウボーイ達が連れてきた馬を買うのが一番だ」

　聞くと、街の馬屋達もカウボーイ達から牛追いに同行させた馬を仕入れて売っているらしく、どうせなら牧童たちが商売人どもに二束三文で安く買い叩かれてケツの毛まで抜かれる前に、お前が適正価格で買ってやれ、と。その方が牧童達にも金が回るし、馬屋で買うよりも商売人どもの儲けが乗らない分、安く買え、馬も選り取りみどりだ、と教えてくれた。

しかし昨日から都合二度もカウボーイと悶着起こしている俺に、奴らは馬を売ってくれるのだろうか？　横のつながりもあるだろうし。その辺りの危惧と、昨日彼と別れてから駅で揉めたカウボーイたちの襲撃を受けた旨を、ビリーに吐露した。

「ああ知ってるよ」とビリー。

知ってる？

「ここから見てた」

ここから見てた？

じゃあ何故、出てこない？

奴らの恨みを買ったのの何割かはお前の所為だろうが。

「こんな治安のいい街の往来で、銃声響かせりゃ誰だって気付くぜ」

治安のいいってのに、まず同意しかねる。

その上、保安官助手の本分を全うしていない、その仕事ぶりに対しても抗議の声を上げた。

「俺様の手を煩わすまでも無かったろ。なかなかの手際だったぜ」

この野郎…

鼻っ面のそばかすの一つ一つにショットガンの散弾を捩じ込ませてやりたい衝動に駆られた。もし彼がこの仕打ちの後も、そのクソのような命を長らえることができれば鏡を見ながら、捩じ込まれた散弾をピンセットで一つ一つ摘んで穿り返すという長大な作業を課されることになる。大層、骨が折れることだろう。いい気味だ。

辺りを見回す。残念ながらショットガンは見当たらない。恐らく奥の武器庫の中にはあるのだろうが、取りに行くのも「ボクの鼻っ面に散弾捩じ込ます為に、ショットガン取りに行くのですか？　それは無法行為ですよ」と咎められそうな気がしたので、止めておいた。

「で、どうすんだい？　買いに行くのか？」今まさに俺の心うちの戯言の中で命拾いした事を知る由もないビリーが購買意欲を尋ねた。答えは決まっている。

「ああ。馬が無えと仕事にならねえからな。まさか二〇マイルも歩く馬鹿は居ねえだろ」

「インディアンなら軽く歩くぜ」

「俺はインディアンじゃねえ」

「でもインディアンの馬、買うんだろ？」

「それが一番安くて、一番走るんだろ？」

テメエがそうしろ、と言ったんじゃねえかとは言わなかった。大体の概算を訊く。思ったよりかなり安い。これならたんまり懐に収められそうだ。頗る機嫌のいい日にならビリーに一杯奢ってやってもいい。一生そんな日は来ねえが、そんな気にさせるほどの釣りが出来そうだ。

「俺ならもっと安くしてやれるぜ。付いていってやろうか？」

ビリーがそばかすの鼻を膨らませて提案する。

真っ平御免だ。お前が来りゃ余計に事態がややこしくなる。彼の暇つぶしの一丁噛みに乗せられるわけにはいかない。

丁重に辞退し、線路の向こうへ赴いた。

幾重もの牛囲い。搬送待ちの牛の群れ。

大儀なこった。テキサス辺りから二月近く牧童に追われ、歩かされ、今度は列車に乗せられ、シカゴや東海岸まで連れて行かれる。そのあとの運命は硬いステーキだ。辺りに漂う家畜臭い匂いがおセンチな気分にさせたのか、こんな事を思ってしまった。毎日、肉を食らっているのに勝手なもんだ。

「相変わらずコッチは臭えな」

ビリーが同意を求めてきた。結局、付いてきやがった。帽子で鼻先を扇ぐ。匂いを避けているというより、そばかすを飛び散らせようとしているようにさえ見える。丁度、蛾が翅をバタつかせて鱗粉飛び散らかすような、あんな塩梅だ。

確かに臭いが、他人に同意を求められると否定したくなる。が、否定したところで臭い慣れしている田舎者呼ばわりされるのがオチだろうし、肯定したところで一ドルの足しにもならぬので放っておいた。

　牛囲いの縁を二人連れ立って奥へと歩んだ。糞の匂いが一層キツくなる。真昼間の日射し。糞の先に陽炎が立つ。囲いの先が歪んで見える。鼻腔も歪む。最悪の生存環境だ。自分が、カウボーイ生活をとっとと切り上げたのは正解だったと勝手に頷いた。

　糞まみれの地べた。泥濘に足跡を付けてゆく。一歩踏みしめる度、味わう嫌な感触。泥だか糞だか分からない物がブーツにまとわり付く。

「ケッ、糞街道だ」ビリーが吐き捨てる。

「ああ。糞の先にも、また糞だ」

　思わず同意してしまった。しかし上手い事言いやがる。ダングだかシットだか知らないが、クソの道である事は代わりない。糞の丘（dunghill　特に道徳的にひどく悪い状態を指す隠語）とはこの事だ。

　その糞の先の馬囲いの中に、我らが欲するアパルーサたちは雁首揃えて突っ立っていた。三〇頭ばかりは居るだろうか。どれもこれも統一性の無い柄を付けている。全身斑なのや下半身だけ斑なの、首元にだけ斑の付いたのや腹にひとつだけ付いたものまで。斑の色も黒いのから茶色いの等、見るからに安っぽい。白馬を用意しろ、とは言わないが、およそダイムノヴェルの主人公が乗る馬の風貌ではない。

　馬囲いの脇に簡易の掘っ建て小屋があって、俺たちに気づいた歯抜けの牧童が柵を乗り越え、近づいてきた。こちらも、にこやかに手を挙げ笑顔で近づく。敵意は無い。善良な市民だ。あなたのお馬を見に寄らせて頂きました、と。

「万事、俺に任せろ」ビリーが俺を制して言う。

一流の交渉人を気取りやがる。ここはお手並み拝見。

「なんだい？　兄ちゃん達」歯抜けが言った。警戒心八割、商売っ気二割ってトコか。

「馬を分けて欲しい」とビリー。

「売り物じゃねーんだが」と歯抜け。警戒心は解かない。相手はクソガキのビリーだ。当然だ。

「売らねーんなら何でこんなトコまで連れてきたんだ？　散歩にしちゃ遠すぎるぜ」

不躾過ぎやしねえか？

「兄ちゃん等の知った事か」歯の隙間から空気を漏らしながら、歯抜けが言う。案の定ビリーの言い様に気分を害した様だ。

不安が増す。

「構える事ァねえ。売りものなのは分かってるし、知らねえ奴に売りたかねえってのも分かる。信用第一だしな。それを咎める気もねえ。ただ馬屋どもには幾らで売るんだい？俺たちは奴らの一割増で買おうじゃねえか」

「？」歯抜けはポカンとしている。よく飲み込めていないようだ。

ビリーが懇切丁寧に嚙み砕いて説明を加える。

「馬屋どもが一〇出すんなら一一。二〇で買うんなら二二出すって、言ってる」

「そんな金あんのかい？」

「おい」振り向きざまに、ビリーが俺を呼ぶ。

ビリーの求めに応じて俺は歯抜けに近づき、巾着袋の口を開けた。歯抜けが巾着の中を覗き込む。納得の表情。警戒心より商売っ気が勝った様だ。

「どうだい？　それともアンタ一人で決めるわけにはいかないのかい？　なら…」

「いや、ターンブルさんには、値付けは任されてる」歯抜けが下に見るな、とばかりに決裁できる男である事を明示した。

ターンブルさんってのが誰かは知らないが、多分、牧場主か、その信任を得ている牧童頭のどちらかだろう。歯抜けは、その男から仕事を任されている、と表明し、ここで馬の取引に応じる旨を宣言したのだ。

結局、子馬まで売りつけられそうになったのを、平にご容赦願い、走りそうな牡馬ばかり四頭を鞍付きで八十二ドルで買い取った。二ドルが気持ちの分だ。こちらも、この値なら貸馬屋で馬を借りるより安上がりだ。互いにいい商売ができたと、ほくそ笑む。

帰りは柵でブーツに付いた糞を擦り取り、買ったばかりの馬に乗って糞の山を乗り越えた。軽快である。俺の馬は、体全体に豹の様な茶色っぽい斑の付いた馬。鞍を付けると意外に見た目もシブい。中々だ。気に入った。『レオ』と乗った瞬間に名付けた。

朝もやの中。サルーンの前。馬留めにアパルーサ四頭。昨日の昼から繋ぎっぱなしにしておいた。先輩格三人が二階に上がったきり、下りて来ないのだから仕様がない。昨晩も順番は回ってきそうに無かったし、表で飲んで騒動に巻き込まれるのも御免だったので、帽子屋で実用性重視の田舎臭いテンガロンハットだけ買って、早々にベッドに潜り込んだから、朝も早いが快調だ。小便のキレも良かった。飼葉も水もたっぷりやったし、馬たちも快調だろう。あとは乗り手が来るのを待つのみ。流石に彼らも仕事の朝は寝過ごすことは無かった。ブロンソン、マクギブン、ゴールドスミスと下りてきた順に、馬を選ばせる。「このブチは何だ?」とゴールドスミスが、宛てがわれた馬の見栄えの悪さに抗議の声を唱えたので、懇切丁寧にアパルーサ種についての説明をしてやった。乗り込んだ後は不満を述べる事も無くなったので、乗り味には満足したようだ。実際、腰高でもなく、足場の悪い道中もキチリと衝撃を吸収してくれて上下動も驚く程少ない。素晴らしい馬だ。我ながら良い買い物をしたと今一度、ほくそ笑んだ。

朝もやの冷気の中、視界の脇に北に向かって、どこまで伸びているのか分からない背の高さほどの柱で伝わせた安上がりな電信線を望みながら、街道と呼べるかどうか判断し兼ねるお愛想程度の轍の跡を頼りに、馬の脹脛に掛かるくらいの草を分け、アッチモアに向かった。道中は何もない。だだっ広い草原。朝露が足元を濡らすが、泥濘んではいない。愛馬の浅い息吹。鞍の左右に振り分けた水筒がカタカタ鳴る以外は音さえ無い。否応にもマクギブンの一昨日、昨日の娼婦の評価および感想を聞かされるハメになった。

勝手に耳に入るのでしょうがない。彼が絶倫である事を同僚皆で理解した。しかし一晩に六度も挑まれては相手もたまったものではない。しかも五度目のが一番良かったなどと宣う。よく覚えているものだ。そちらに感心する。

二日目の三回戦の話の最中に、初めて客を取ったばかりのそばかすの残る娼婦の胸のような小ぶりな丘を登りきると、アッチモアの町が視界に入ってきた。電信線の伸びる先の小さな町。模型細工の様だ。遠くからでも教会の十字架を突き刺した尖塔だけは目立ってよく見えた。

マクギブンが猥談を切り上げて言う。

「町の外から教会がよく見える町は、なにも無い町だ。きっとシケてるぜ」と。

吹き抜ける一陣の風が、彼の言葉を肯定するかのように俺たちの立つ草原の表面を薙いで小波立てた。風の出処の方角を見やる。草原の先のシケた町。いざ戦いの場へ。

馬の腹を蹴り、草原を駆け下りた。愛馬は速度を上げても乗り味を変える事は無かった。斜面を滑るように駆け抜ける。

アッチモアはマクギブンの言う通り、教会を中心に酒場、銀行、雑貨屋など最低限の町の機能が揃うだけの何も無い町だった。

町一番と思われる通りを並足で歩む。所謂、人通りというものがない。

「なっ」マクギブンが言う。「シケてんだろ?」

「ああ。町が死んでる」と俺。

「感傷的な言い方すんなぁ。さすが読書家だな」と言うマクギブンに、ゴールドスミスが引き継いで言った。

「鉄道が通る前は栄えてたんだろうよ。汽車が走るようになって全部、キャマロの街に持ってかれちまったってとこか…。鉄道に殺された町って言やあいいか？」

「感傷的でよろしい」マクギブンに言わせるとゴールドスミスも読書家という事になるのだろう。もっとも彼が本を読んでいる場面に出くわした事は無かったが。

教会の尖塔の鐘が鳴った。

これもマクギブンに倣い感傷的というべきか。

もう十二時になったか、と懐中時計を見やる。いや、まったく見当違いの時間だ。十一時にすらなっていない。それを証明するかのようにライフルの銃声が辺りに響いた。

「バラけろ！」ブロンソンが叫ぶ。

愛馬の腹を蹴りつける。一気に最高速に乗る。銃声にも驚かず、こちらの意思通りに動いてくれる。いい馬だ。ひょっとしたらもうすでに今、命を助けて貰ったのかもしれない。通りを横切るように走り抜ける。建物の陰に隠れ、ライフルの銃火から逃れる。他の三人もそれぞれ通りの左右の建物の脇に身を寄せ、弾の出処を探る。

狙われた。さっきの鐘が合図だ。

タネヒルの野郎か？　それとも別の？

いや、別の野郎に狙われる謂れは無い。そうなるとタネヒルの野郎だ。

よく考えればタネヒルでさえ、こっちには狙う理由はあったが、向こうにはまだ無いはずなのだが。まあ、どうでもいい。今、銃火に曝されているのは事実だ。考えるより、まず動け、だ。

少し通りに身を乗り出しブロンソンを見やる。ブロンソンが手信号を送る。狙撃手は教会の尖塔の鐘の下に一名確認。他にも居るかもしれない。教会に一番近いのは俺だ。狙撃手を始末する任務を仰せつかる。他の三人は俺の援護と居るかもしれない他の敵への警戒。

愛馬を脇のポーチの柱に繋ぎ留め、身を屈めて通りの裏から教会に近づく。周りのあばら家とは違う石造りの立派な建物。禿げた白壁に背を付ける。二丁拳銃を抜きカニ歩きで裏口の扉に近づいた。木製扉にも壁と同じく白いペンキが施されていたが、風雨に晒され殆ど木の年輪の窪みにしか色は残っておらず見窄らしい。真鍮のノブに蝶番。これなら破壊できそうだ。一気に蹴り飛ばし、中に侵入した。

いつでも発砲出来る態勢で、目に入った説教台の陰に飛び込む。誰も撃ってこない。説教台から顔を出した。

吹き抜けの天井。説教台から伸びる通路。その左右に3、4人掛けの信者席のベンチが十列ずつ並び、その先に表玄関の両開きの扉。扉の上には聖母マリアが恐らく大工の倅と思われる赤子を抱いたステンドグラスがはめ込まれ、午前の陽光が赤や緑に乱反射して室内のよく手入れされた白壁を色付けていた。

だが今は感傷的になっている場合ではない。ここでスケッチでも始めたら、外にいるマクギブンに何を言われるか分かったものではない。

上に続く階段を探す。入ってきた扉の反対側にもう一つの扉。蹴破る。と同時にライフルの銃声。44口径弾が目の前の壁を叩いて、めり込む。危ない。外の扉と同じ調子で突っ込んでいたら撃たれていた。外の扉より幾分頑丈だった内扉が、俺の侵入を一テンポ遅らせてくれたのだ。神の慈悲を感じた。きっと日頃の善行を見ていてくれたのであろう。

そうっと覗き込む。石造りの階段が鐘楼まで続いている。この先に狙撃手は居る。と同時に外から何発もの銃声音が乱れ聞こえた。仲間たちの援護だ。鐘にも何発も当たって時報代わりに甲高い声を鳴らす。もう何時だか分からぬ程に。もう一度、今度は上半身一杯で覗き込んだ。撃ってこない。外の仲間たちの銃火に釘付けにされているようだ。一気に階段を駆け上がる。視界が開けた。町唯一の高層建築だ。町全体が見渡せた。銃声乱れ飛ぶ中、鐘楼脇の柱の陰に蹲るライフル抱えた男を見つけ、こめかみに銃口を突きつける。ゆっくり手を伸ばしてライフルをぶん取り、遠くへ蹴飛ばした。男は仲間の誰かの弾が腹に当たったようで随分痛そうにしている。平素の行いを悔いるべきだろう。

まだ銃声は止まない。俺も撃たれては、たまったものではない。墓碑に仲間の撃った流れ弾に当たり、敢え無く死亡などと彫られる訳にはいかない。この世の終わりまで恥を晒す事になる。制圧した合図に、と急いで鐘を鳴らし散らした。

銃声が止む。合図を理解していただけて何よりだ。

同輩である旨示すように、ゆっくり立ち上がり、眼下を見下ろした。

町の外れに向かい疾走している集団が見えた。多分、ボブ・タネヒル達だ。草原を駆け上がり丘の上の牧場跡らしき石造りの建物の中に入っていった。

手間かけやがる。これで一気に電撃戦でカタを付ける事も、寝込みを襲う事も出来無くなってしまった。真正面から相対しなくてはならなくなった。相手が守りを固める、あの牧場跡に行って。ため息をつく。苛立ちと共に、もう一回鐘を鳴らしてやった。クソの様な二ラウンド目の開始ゴングの代わりでもあった。

丘の上の牧場。風情のある佇まい。元の持ち主の牧場主は羽振りが良かったのだろう。がっしりした造りの母屋がそれを物語る。しかし、こうなると要塞と変わらない。金をかけてこの家を作った奴が恨めしい。

鐘楼から担ぎ下ろしたライフル男を、どちらの弾が当たったかで言い合っていたマクギブンとゴールドスミスも俺とブロンソンと共に今や、見上げれば母屋が見渡せる岩の陰に張り付いてタネヒル達の出方を窺っている。奴等の居る母屋の中からは、俺達の事は外から屋内を窺う以上に丸見えだろう。でも、もうどうすることも出来ない。二手に分かれようにも身を隠す場所は丘には、この岩陰一つしかなく、突っ込むには人数が少な過ぎるし、兵糧攻めするにも、こっちの食物が無さ過ぎる。向こうも打つ手がないのは同様だ。だから取り敢えず、へばりついて様子を窺い合っている。ヘマした方が負けだ。戦法も兵法もへったくれも無い。もうガキの喧嘩だ。

奴等が一発撃ち込む。俺達が二発撃ち返す。俺達が三発撃ち込む。奴等が四発撃ち返す。

ブロンソンが努めて静かに言う。

「弾を無駄使いするんじゃねえ」と。

ご尤も。

弾の節約に励む。

奴等が撃ってくる。撃ち返さない。奴等が調子に乗って撃ってくる。もう挑発には乗らない。ただストレスが溜まる。ここに来たのは岩にへばりついて弾を躱すためではない。だからこのままではいけない。

が、図らずも我慢比べの持久戦へと移行する。

午後の日差し。新品の幅広のテンガロンハットが役に立った。しかし喉は渇く。予備の水筒は、弾の届かない丘の下に繋ぎ留めた愛馬の鞍に掛けてある。仲間たちを見やる。皆も喉の渇きを感じている。当然だ。朝も早(はよ)からこの町まで出張り、本日二回目の銃撃戦に巻き込まれている。これで喉の渇きを訴えないのはテンパっているだけの、もぐりのガンファイターだ。因みに血の渇きを訴え出ると、ガンマンになる。

皆が俺を見る。無言の圧力。水筒を取ってこい。そう言っているようだ。圧力に屈するのは癪なので、自ら進んで行った体を取る。おいお前ら、俺が水筒取ってきてやるから援護しやがれ、と。お前ら全員の面倒を兄貴分の俺が見てやる、と。

仲間たち皆が口角を上げる。それでいい、了承した、という事だと理解する。

皆と目を合わせる。

3、2、1、岩の陰から飛び出て、雷が通った後の様にそこだけ草木の抜けたランウェイを全速力で駆け下りた。仲間たちが岩から身を乗り出し母屋に弾丸を浴びせる。背中で銃声を聞きながら麓へ向けて疾走した。斜面で速度が増す。足の回転がついていかない。転がりそうになる。なんとか踏ん張り、馬たちの許へ辿り着く。遥か頭上に銃声。丘の上を見上げる。此処まで弾は飛んでこない。クソ田舎の丘の下に、サンクチュアリを見出した。

仲間の分も水筒を全部回収。取り敢えず一仕事後の一杯をゴクリ。一息つく。中身の入っている水筒を五つばかり首から掛け、また、あの岩の陰まで今度は丘を駆け上がる。一瞬、このままトンズラかましてやろうかと魔が差す。いや待て。おおよそ男の所業ではない。誘惑を振り切り、丘をジグザグに駆け上がった。

上り坂の全力疾走。太ももへの負担が半端ない。上着の内ポケットに仕舞っていた懐中時計がポケットの中で踊って、溢れ出た。でも、どうしようもない。駆け上がりながら、横目でチラリと行方を追う。時計は岩場で跳ね、肩や腰を何度も何度も岩盤にぶつけ、回転しながら、その身を散り散りに分解させ、丘の下へ転がり落ちていった。

それなりの値が張ったモノだったが、恨めしげに丘の麓を見下ろす余裕すらなかった。止まれば、いい的だ。

弾が当たれば、俺もああなる。御免被りたい。そうなりたくなければ、足を動かし続けねば。

俺の足元で弾丸が跳ねた。

援護の弾幕は何処へ行った？

「これじゃあ七面鳥撃ちだぜ」

屋内から野太い声が、そう言った。

七面鳥で悪かったな。

駆け上がりながら、母屋の声の主を見やる。遠目で見てもデカい。俺達の中で一番大きなマクギブンより更に縦に一インチ。横に二インチ。奥行で三インチは大きな、この世が三次元である事を胸一杯に受け止め、内外に表明しているかの様な体躯の男だ。あれがボブ・タネヒル。そう理解した。取り敢えず声と体のバランスは取れている男だ。狙いを付ける際、的としても大きく当てやすい。それくらいの価値は見出だせた。

弾丸の間を掻い潜り、弾幕の硝煙まみれの岩陰へ駆け込んだ。熱心に援護弾を撃ってくれたのだろうが、発砲火薬で煙たくてしょうがない。

「もういい」ブロンソンの言葉で撃ち方止め、となり、また弾の節約に励む。

屋内の野郎達は反撃しない相手に、より調子づく。

「おい。クリスマスの七面鳥みてえに、命乞いして鳴いてみろッ」多分、タネヒルの声。

弾丸が何度も岩を叩く。このままのペースで行けば、二ヶ月後には岩全部を削り取りそうな勢いだ。

俺たちは、より小さくなり身を屈めた。

「おい。あのバリトン、黙らせろ」弾を込め直しながら、ゴールドスミスが整った髭を歪ませ言った。

言うは簡単だ。テメエがやれ。

「テリー・ウェイン」マクギブンが言う。「投降を呼びかけろ」

「は？」

「田舎の母ちゃんが泣いてる、とか言ってよ」

言えと言われれば言ってやってもいいが、そもそも、あの馬鹿デカいタネヒルが母親から生まれたのかも怪しいし、状況から言って、むしろコチラが投降を呼び掛けて貰いたい位だ。今なら四分六で応じてやってもいい。

こんな時でもブロンソンだけは減らず口を叩かない。彼の場合、どんな時も、と言うべきか。

もし話したとしても聞こえなかっただろう。もう奴らの間断なく放つ銃声しか聞こえない。身動きとれず、当然向こうをのぞき見る事も出来ず、射撃の的になる日を待つ。インケツと呼べる状況。それ以外の言葉が見当たらない。

旱天慈雨。こんな時ほど、天からの恵みが与えられるものだ。窮地を神は見捨てない。ハレルヤ。

否、天からの恵みとは立場上、正反対に位置するものだ。

それは俺達の足元に天から降ってきた。チリチリ燃える導火線。仲間たちと顔を見合わす。これは広く下界で、ダイナマイトと呼ばれる代物だ。三十年ほど前に、遠いどこかの国のノーベルとかいう野郎が、ニトログリセリンを素に発明した、とか物の本で読んだ記憶がある。いや、ダイナマイトの歴史なんてどうでもいい。今、俺たちの足元のそれは導火線も残りわずか。ラグナロク（神々の黄昏）を迎えようとしている。世界を焼き尽くす炎ってのが迫ってる。早く消さねば。と手を伸ばそうとした時、俺より早くゴールドスミスがダイナマイトを掴み、そしてスリークウォーターの見事なフォームで丘の上へ投げ返した。

荒野に虹を架けた。と言っていいくらい美しい放物線を描いた神からの豊穣物は母屋のドア横の窓を割って不法侵入し、持ち主の許へ返却され、窓という窓の在り処を世界中に知らしめるように、全てのガラスを窓枠ごと内側から吹き飛ばした。

大地は鳴動した。ものすごい破壊力だ。フォルトゥナもクソもない。爆風と熱気と共に、木っ端が丘の下まで乱れ飛んだ。俺たちも岩の陰の庇護が無ければ木っ端まみれだったろう。しかし母屋は、窓やドアはそっくり消えてなくなったが土台ごと形もそのまま、その場に踏み止まった。中々、頑丈な作りだ。俺がカンザス州知事なら、観光名所に認定したいほどの見事な吹き飛ばされようと、踏み止まりようだった。

しかし、どいつもこいつも荒っぽい。家も列車も吹き飛ばしゃいいと思っている。もう少し上品なやり方があったと思うし、探究するべきだ。俺でなく暇な誰かがやってくれる事を願った。それは扠措き、今回はもう吹っ飛ばした後だから、四の五の言ってもしょうがない。前に進まねば。

もう反撃…母屋の惨状を見るに、まあ、されないだろうとは思ったが一応、確認して撃ち返してこないと見極め、岩の陰からおん出て、辺り一面に吹き飛んだドアや窓の残骸の中を、木っ端を掻き蹴飛ばし、仲間達と共に母屋へ向かい行軍した。

中は酷いものだった。たち込める硝煙と埃。息も真面に出来たものではない。家財道具の全てが破片と化し、壁に血糊がべったり。恐らくは誰かが体ごと四方八方に吹っ飛んだのだろう。筆舌に尽くし難い。

ボブ・タネヒルは形そのままに床に転がっていた。鼾を掻いているところからすると、のびているだけで死んではいないようだ。窓際に居たのが功を奏したのか、悪運の強い奴だ。

「何だ、このデケえのは?」

マクギブンが訊くので、俺が答える。

「これがボブ・タネヒルだろう」と。

「どうして分かる?」

「コイツ以上にボブ・タネヒル顔の奴が居るか?」名は体を表す。で決めつけた結果を直截に述べた。

マクギブンがマジマジと見下ろし、判断を下す。

「確かにコイツが一番、ボブ・タネヒル顔だ。多分、州一番だろう」

マクギブンも同意したので、この生物をボブ・タネヒルと認定し、起こしにかかる。なんてことは無い。ただ蹴っ飛ばした。

奥の間を窺っていたブロンソンとゴールドスミスも合流した。埃を避ける為に鼻口を覆っていたスカーフをずらし、訊こうとしたゴールドスミスに紹介する。

「こちらがボブ・タネヒル氏です」と。

「どうして分かった？」

と訊くゴールドスミスに、マクギブンが答える。

「ボブ・タネヒル顔だからだ」

思わず皆で吹き出した。

俺が蹴り、マクギブンが蹴り、ゴールドスミスが蹴り、ブロンソンが蹴飛ばす前にタネヒルは咳き込み、痰を吐きながら目を覚ました。

マクギブンが訊く。

「お前がボブ・タネヒルか？」

タネヒルは朦朧としている意識の中でもイキがった。

「…だったら、どうだってんだ？」

ちょうど蹴飛ばし易い位置にあったので、顎を蹴飛ばす。もう一度、タネヒルは痰を吐いた。今度は赤く染まっていた。

「もう一度聞く。お前がタネヒルか？」

「知るかッ」マクギブンの問いにタネヒルは、もう一度抵抗した。大した根性だ。この状況で突っ張れる奴はそうは居ない。

が、今度はゴールドスミスに後頭部を踵で踏みつけられた。酷い所業だ。人非人だ。ピンカートン探偵社の探偵になるだけの事はある。

そのまま踏みつけられ顔面を床に押し付けられたタネヒルは漸く自己紹介をした。「あぁ、俺がタネヒルだ」と。意地を張った為に少なくとも二発は余分に殴打を食らった。こういう時は素直さも必要だろう。蹴っ飛ばしといてナンだが素直に言ってくれりゃあ俺も小蝿単位の罪悪感すら覚えずに済んだものを。

「タネヒルだと。どうする？」マクギブンがブロンソンに伺いを立てる。

無言。マクギブンに言われる前に、俺が先に言う。

「担ぐのは無理だぜ」

「やってみなきゃ分からねえだろ」とマクギブン。

「試す価値すら見出だせねえ」と俺。

ゴールドスミスが整った髭の間から発声する。「裏に馬が繋がれてた。あれに乗っけて運びゃあいい」

「そこまではどう運ぶんだ？」とマクギブン。

「テメエの足で運ばせろ。まだ二本足は付いてんだろ？」

皆でタネヒルを見やる。付いてる。足が。他所より太いのが。乱暴に無理やり立たせ、ふらつくタネヒルを肩も貸さずに歩かせて、奥の裏口のドアがあったと思われる穴から外へ出した。

「おいコイツ、このまま連れてくのに、この町の保安官に伺い立てなくても平気か?」

「チンピラ一人居なくなっても、気づきゃしねえだろ」マクギブンの問いにゴールドスミスが答えた。

こんな屋敷一棟吹っ飛ばすような大爆発起こしといて、気づかない馬鹿は居ねえよ。保安官なら尚更だ。と思っていたらタネヒルが意外な事実を口にした。

「俺がこの町の保安官だ。無投票だがな」

マジか?

勝手名乗りとはいえ、保安官を連れ去る。不味くねえか?

が、仲間たちは知ったこっちゃ無い、とばかりだ。

「教会の鐘楼のライフルもお前の助手か何か、か?」マクギブンが訊いた。

今、訊く話か?

タネヒルは「ああ」と答えた。

「アイツももう長くはねえ。腹に一発食らったからな。俺が撃った」

「いや、俺だ」

またマクギブンとゴールドスミスの言い合いが始まった。正直、どちらが致命傷を負わせたのかなんてどうでもいい。ただ彼が長くないのは事実だ。腹に一発食らうと、そこからコーティングされていない鉛玉そのものの弾丸の鉛の毒か壊疽で、もがき苦しみながら死に至る。それを助く医術も無かった。気の毒だが負け馬に乗ったのだと思って諦めて貰う他しょうがない。

負け馬を裏に繋がれていた馬に乗せた。逃げられないように両手を後ろ手に縛り、手綱を口に銜えさせる。これで馬を操れ、という事だ。ずいぶん乱暴だが、この巨体だ。暴れられても面倒なので、この様に処置した。これで取り敢えず丘を下り、町まで駈ける。結局、口で手綱を引くのは困難だと分かったので、丘の中腹から俺がタネヒルの馬に横付け、彼の手綱も引くことになった。

口が開いたので話しかけてきやがる。

「おい、若いの」

「お前ら何者だ?」

そうか、名乗っていない。名乗らずに撃つ方も撃つ方だが、名乗ってもいない奴を身元の確認もせずに撃つ方も撃つ方だ。しかしタネヒルは俺たちを何者だと思っているのだろうか?　フと疑問に及ぶ。

俺達が来る事など知らなかったはずだ。こっちが勝手に彼の噂を聞きつけ伺った次第なのだから。しかし彼は教会の鐘楼に歩哨まで立てて要塞さながらの牧場に武器、弾薬を用意し手際よく立て籠った。こやつが普段から準備万端、用意しているとは到底思えない。

平素から用心深く生きている質の男とは一線を画する男と見受けた。まず風貌に緻密さが無い。と言うより大雑把だし、何より用心深い男なら「ジェイク・ザ・スターダストを撃った」などと吹聴はすまい。という事は他の誰かの来訪を警戒していた？

「誰か待ってたのかい？」

かましを入れる。

「んや」

知らばっくれやがる。しかも下手過ぎる。反応を見たかったので敢えて名乗りを上げた。

「俺たちはピンカートンの者だ」

彼の顔がパッと明るくなる。普通は逆だ。ピンカートン探偵社の者にとっ捕まって、快哉の声を上げる者はいない。表情に影が差すものだ。連邦保安官のように法を順守し、事に及んでくれる輩ばかりでは無く、無法者には無法で対処する輩の方が絶対数として多い集団だ。彼とてこの後、自身の身に何が起こるか想像できない訳でもあるまい。彼は分類上、無法者なのだから決してお近づきになりたい類の集団ではない筈だ。ピンカートン探偵社の一員の俺が言うのだから間違いない。

大体、俺はさておき、マクギブンやゴールドスミスを見て正義の騎士とでも思っているのなら、かなり視神経にダメージを負っていると見なければならない。

「おい、若いの」

タネヒルが俺を見て言う。どうやら俺の事は見えているようだ。俺が若い男と認識も出来ている事も判明した。それだけの視力と判断力はある。

そう言や、さっきから俺の事を「若いの」と呼んでいやがったな。舐められるのは嫌なので無視した。

「俺を、何処に連れて行くつもりだ？」

至極真っ当な疑問。

本当はただ単に吹っ飛んだ建物内では話を聞くに聞けないので、丘を下り町まで運んでいただけなのだが、彼の言葉尻にほんの少しの自身の今後への心配心からくる揺らぎを感じたので、俺のサディスティックな神経回路が作動した。丘の下、草原に生える首を吊るのに適当な高さの喬木に目をやる。

「おい、まさか縛り首にしようってんじゃねえだろうな」

こういうところだけは勘が働く。西部の男の世界で生き延びてきただけの事はある。流石だ。

含みを持たせ「気をつけろ」とだけ言っておいた。

効果覿面。無駄口を叩かなくなる。

ブロンソン、マクギブン、次いで俺とタネヒルが喬木の下を通過した。タネヒルの顔を横目で見やる。緊張の面持ち。きっと背中は汗でビッショリだろう。またサディスティックな神経回路が作動してタネヒルの乗馬の馬首を此処で返してやろうかと思ったが、あまりの行いに卒倒し馬から転げ落ちられると、担ぎ上げるのに往生するのは明白なので、やめておいた。

我ながら賢明な判断だ。決して彼の身を慮ってやめた訳ではない。俺はそんな甘い男ではない。

俺の頭上を白い雲が流れる。午後最後の日差し。視線を落とす。青い空に突き刺さる白い教会の尖塔。あの上まで階段を駆け上がったのが随分、昔に感じられる。たった数時間前の事なのに。

アッチモア。シケた町。夕闇が迫る中を、並足で大通りをゆく。今後は上から撃たれる事もあるまい。しかし、町の者は誰も出てこない。目に入ったバーを馬の上から覗く。店内、テーブルの上に椅子が反対返しで並べられている。どうやら休業中のよう。

最後尾のゴールドスミスがタネヒルに訊く。

「シケてるにも程があるだろ。他の野郎はどこに行った？」

タネヒルは答えない。

町で唯一景気の良さそうな保安官事務所が目に入る。小ぶりな町に相応しい小ぶりな建物。シケた町に相応しいシケたドアを開け、中に入った。

生活の匂いがある。タネヒルたちは此処で生活していたようだ。手前が仕事をする事務室。窓際に事務机。奥に小ぶりな台所。竈にコーヒーポットがくべてある。どうやら先程、我々はコーヒータイムにお邪魔していたようだ。台所の奥は小さく区切って二房の牢屋。檻は五インチ角の木枠で出来ていた。取り敢えず奥の方の房にタネヒルをぶち込み、折角なのでご相伴に与り、コーヒータイムと洒落込んだ。

コーヒーを飲む。薄い。これでは色が付いているだけだ。泥水と変わらない。苛立つ。胃に入れるのすら烏滸がましい、と目地が泥で埋まった床の上に唾と一緒に吐き出した。

誰もほんの少し口を付けただけでそれ以上飲まなかった。飲む価値に値しない代物だ、と評価したのだろう。

ゴールドスミスが、コーヒーの淹れ方について諭すように熱く語りだす。それに対して、タネヒルはこのクソ不味いコーヒー配給者としての反省の弁を述べることもなく、この町の流通状況の悪さを口にし、コーヒー豆の絶対数が少ないことを訴えた。シケている。カウボーイ達でも牛追いの旅に出る時はたんまりコーヒーを用意して行くもんだ。なのに、この男は平素の生活でのコーヒーが確保できないなどとほざきやがる。ここまでシケた事を耳にしたのは初めてだ。

竈の上の戸棚を探る。ビスケット缶。蓋を開ける。ほんの数枚。案の定シケている。あとは豆缶三つとビーフジャーキー一塊。

「牧場にはたんまりあった」とタネヒル。

そんなものテメエのダイナマイトでとうの昔に吹っ飛ばしたわ。

残り少ないビーフジャーキーを齧りながら、マクギブンが言う。

「おいテリー・ウェイン。丘の上まで行って丁度いい具合に焼けた肉、拾ってこい」

アホか。

しかし、何とかしなければ今晩の食物が無い。本来なら昼前にはタネヒルを捕縛して、夕方までにキャマロの街までトンボ返りするはずだったが、思わぬ抵抗に遭い時間を食ってしまった。このまま夜道を帰るのは危険と、この町で一泊する事になった以上、人数分の喰らう飯がいる。言わずもがなの皆の目線を感じた後、やはり俺が食料調達係に任命された。

背中で本部への電報も仰せつかりながら、保安官事務所を出て、遠回りに町を周回する様にぶらついた。小さな町だから探すまでもない。辺りが暗くなったのを機に、目星を付けていた郵便局を兼務するゼネラルストアに向かった。ここに無ければ万事休す、だ。

「この後、どうなると思う?」マクギブンが檻の中のタネヒルに訊いた。

檻の中のタネヒルは大変窮屈そうだった。窮屈そうではない。窮屈だった、だ。断定していい。それもその筈、檻の中は七フィート（約二一三センチ）×七フィートも無い上に、その大半をベッドが占領しているので常人の倍の体積を有する彼が入獄すると、それだけで空白部分が無くなってしまう。ぎっちり入っている。そう言って差し支えない。今度、彼が出獄する時は型枠通り七フィート×三の立方体になって出てくるんじゃないかと思わすほどの密度具合であった。ただ、まだ枠に填りきっていないので自由に首が動かせたタネヒルは、マクギブンに向き直り、質問の答えとして「どうなるんだ? と言うかお前ら、俺をどうしたいんだ?」と逆に質問した。

「答えによるな。お前、ジェイク・ザ・スターダストを撃ち殺したんだってな。何でそんな事言った？」

「殺したからさ」

「いや」マクギブンは頭を振った。

「殺してねえと思ってんのかい？」

「殺してねえだろ。そんな事分かってるし、議論する気もねえ。俺が聞きたいのはジェイク・ザ・スターダストを撃ったって言ったその後だ。どういう魂胆がある？　ただ吹聴したかっただけじゃねえだろ？　それじゃあ、ただのアホだ。その先の展開を知りたい。魂胆も何もねえなんて言うんなら、もう用はねえ。ただのバカに付き合うほど俺も暇を持て余してるわけでもねえから今、この場で撃ち殺してやる」

「魂胆なん…」

ズドン。銃声が響いた。タネヒルが発言を完了する前に、マクギブンの腰のコルトが火を噴いたのだ。弾は、タネヒルの右足と左足の接地面の丁度真ん中の床を抉り、その身をめり込ませていた。

マクギブンが銃を仕舞いながら言う。「撃つって言ったろ。次は右足を撃ち抜く。テメエのその糞デカい胴体を片足だけで支えられるのか見物だ」と。

タネヒルも負けていない。「撃ち殺すって言ったぞ」と強がった。

「殺す価値を見出だせなかった、とは考えねえのか？」

「なら、とっ捕まえんなよ」

「口の減らねえ野郎だ」

　ともう一度、マクギブンが銃を抜こうとしたところでブロンソンが間に入った。

「タネヒルさん、アンタ誘き寄せようとしたんだろ？　ジェイク・ザ・スターダストを」

「…」

「で、俺達が来た。待ち構えていたアンタは、俺たちをジェイク一味と勘違いして…」

「殺した、と言ったぜ」タネヒルは話を遮った。

「じゃあ死体はどこにあるんだ？」ゴールドスミスが言う。「殺したっ言うんなら、墓ぐらいは建ててやらねえと、そりゃ人非人だぜ」

「建てたさ。お前の墓の隣に」

　ゴールドスミスはヒューと口笛を吹き、マクギブンは腰の銃に手をやった。それをブロンソンが制して、言った。

「大した度胸だ。敬服に値する」


　ゼネラルストアの建て付けの悪いドアを開けた。俺の前にこのドアを開けた奴は今も息災であろうか、と思わす位、建て付けが悪く利用頻度も低そうだ。店内に足を踏み入れる。おそらく営業中。品揃えは思ったほど悪くはない。カウンターの中の頭部毛髪残部僅少の痩せこけたジイさんが、緩慢にこちらを見やる。客が来た、と認識してくれればいいが。

ジイさんに愛想よく会釈。ジイさんも俺に頷き返す。認識してくれたようだ。これで客と商店主の関係が築かれ、始まる。棚からベーコン、黒パン、コーヒー缶を手に取り、ジイさんの許へ行くと、カウンターの上にモールス信号機が備え付けてあったので、ついでピンカートン探偵社の者だが、と断りを入れ、タネヒル捕縛と帰還が一日遅れる旨のシカゴの本部への電報も頼んだ。

緩慢に商品を袋詰めしたジイさんだったが、電報打ちだけは速かった。このまま行けば政府公認の電報打ち機になれそうな程の速さ。兎に角、電報を打つ動作だけは機械仕掛けを思わせる俊敏さであった。絶えず油を差さねばならなさそうなのは否めないが。

チップを多めに呉れてやり、両手で袋を抱え込む。取り敢えず夕食には在りつけそうだ。手が塞がっているので建て付けの悪いドアをケツで押し開けた。やはり重い。勢いを付け、出来た隙間に体をねじ込ませる。外に出た途端、夜気が頬に触れた。と同時に背中にも硬いものを感じた。この硬さは何度か経験した事がある。本当は経験しない方がいい事なのだが残念ながら職業上の都合もあり経験するに及んだ、よく知る硬さだ。冷たくて、そして有無を言わせぬ重さがある。ライフル。そう判断した。体正面全体に受ける夜風の冷たさよりも背中に受けるほんの少しの感触の方が、より冷気を伴う。もう背中は嫌な汗でビッショリ濡れている。

情況を整理。今、俺の両手は紙袋を抱え込んでいる。自ら両手の自由を奪ってしまった無配慮さを、テメエのクソしか詰まっていなさそうな脳みそに向けて罵ってやりたいが、罵っても始まらない。取り敢えず脳みその中身をクソからミソに入れ替え、回転させる。腰には二挺拳銃。両手で抱え込んだ紙袋を落とす。自由になった両手で二挺拳銃を摑み、撃鉄を上げながら振り返り、狙いを定めてズドン。

無理だ。手数が多すぎる。恐らく袋を落とした時点で、ライフルは発火するだろう。そして袋からこぼれたコーヒー缶やベーコンの上に、俺の死体が乗っかる。ベーコンエッグで言うところの卵の役割だ。朝食にならい申し分ないかも知れぬが、死に方としては最悪の部類に入る。こんな所でくたばる訳にはいかない。しかもこんな死に様では。

事を荒立てぬ様（もう十分、荒立ってはいるが）、ゆっくり見下ろし気味に振り返る。丁度俺の目の高さに残部僅少の頭があった。手にはレバーアクション式のウィンチェスターM１８６０ヘンリーライフル。ピースメーカーと同じ弾薬が使える44口径。引き金部分のレバーを前に返すと排莢。そのまま後ろに戻すと次弾が装塡される南北戦争でも活躍した十六連発の優れものだ。冷静に銃の銘柄まで言い当てて何になる。まるで意味がない。性能評価など愚の骨頂だ。しかし無意識にやってしまった。まずは敵を知らねば、というトコか。

もう少し、念入りに覗き込む。ジイさんは小刻みに震えていた。ライフルを突きつけるという慣れぬ事をしてなのか、持病のリュウマチから来ているものなのか、判断に迫られる。どちらの理由にせよ、震えが大きくなると引き金に接触してしまい、ズドンなので努めて冷静に気を逸らす事にした。

「電報は間違いなく打ってくれたんだろうな」

グッと今までよりも強く銃口を押し付けられた。

違ったか？　やり口を間違えた？

気を逸らすため、雰囲気を柔らかくする為に言ったのだが、逆効果になった。

しかし、このジイさんに命を狙われる謂れは無い。勿論、この店で万引きなどはしていないし、釣り銭を誤魔化したわけでもない。むしろチップは多めに弾んだ筈だ。今朝、この町に来てからもドンパチは二度行っているから、全く無害な男でござんす、などと言うつもりもないが、しかし、このジイさんにライフルを突き付けられるという事はそれ相応の理由があるのだろう。二挺拳銃をぶら下げる俺を相手に、まさか根性試しでライフル突き付けました。などという事はあるまい。それでは余りに若々しすぎる。否、青々しすぎる。無謀にも程がある。刹那的な生き方にすらなっていない。

「タネヒルを…」ジイさんが搾り出すように言った。

そっちが理由か？　タネヒルを捕らえた事が。そう考えると俺はすこぶる間抜けという事になる。平々凡々と暮らしていた年配男性の前に突如、現れ、「僕が、あなたがシンパであるタネヒルさんを捕まえました。電報を打って下さい」と頼んだ事になる。

そりゃあライフルも突き付けたくもなろう。このジイさんに共感に近い同情の念を感じなくもない。しかしライフルを突き付けられているのは自分自身なので、そうも言っていられない。

なんとか穏便に済ます方を考える。

思い浮かばない。

もう一度考える。

取り敢えず「早まるな」と言う事にして、言った。効果はあまり感じられなかった。もう一度、銃口を強く押し付けられた所からして、この所見は的を射ていると断じられる。

何とか余裕をカマし、交渉の余地を探る。

「ジイさん、銃の扱い方は分かってんのかい？」

「ああ。お前さんが生まれる前の南北戦争の頃からな」嗄れ声だが、そう聞き取れた。て事は、今、俺の背中に突き付けているのは、その頃からの相棒って事になる。舐めてかかっていい相手ではなかった。歳は食ってはいるが戦争にまで行ったベテラン兵だ。ドンパチの中をくぐり抜けてきたモノホンの西部の男だ。もう何も言うまい。ご所望の通り、振る舞います。そう宣誓してもいい相手だ。

「出ろ」嗄れ声で命令された。

素直に応じる。人気のない通りを背中に冷たいものを感じながら保安官事務所へジイさんを誘（いざな）った。

保安官事務所の前。ここだけ明かりがついている。曇りガラスで中は見えなかったが、中の皆は俺が、否、俺たちが見えたであろうか？　ドアを開けた。

皆が外からの夜露の冷気を感じてか、俺の醸し出す寒々とした陰鬱な貧乏っ気を感じてか、こちらを見やる。

皆、俺が目配せせずとも俺の背中に隠れている物の存在に気が付いているようだ。流石はピンカートンの手練達だ。

皆の表情は冷め切っていて、なにやってやがる、と思っているのが口にせずとも見て取れた。

それを踏まえ、ゴールドスミスが言う。

「夕食は買ってきたのか？」

精一杯突っ張って、紙袋を差し出した。

「それは結構だが。その後ろの、お釣りは何だ？」

マクギブンが追い撃つ。「おいテリー・ウェイン。夕食を買ってこいとは言ったが、ジイさんを買ってこいとは言わなかったぞ」と。

「お店からのサービスのようです」と俺。

「おいテリー・ウェイン。断るって事も大事だぜ。その選択肢は無かったのか？」

「無かったから、こうなったんでしょうが」

やれやれ。呆れ顔のマクギブンが俺の体を飛び越えたその奥にある老体に向けて、こう入れるのだ、とばかりに俺に代わって過剰サービスに断りを入れた。「おいジイさん、押し売りはやめてくれよ」

また背中にグイとライフルを押し付けられた。どうやらマクギブンの言い様がお気に召さなかった様だ。まあ当然といえば当然だが。

「タネヒル氏を返して貰おうか。タネヒルは何処だ？」ジイさんが尋ねた。

「あのデカブツが目当てかい。だけどさして金にはならねえぜ。賞金首としては二線級だ」マクギブンが続ける。「それを取り返すなんて作業効率や得られる対価を相対的に判断するにリスクが大きすぎるってモンだぜ。ハイリスク、ローリターンってヤツさ」

「ワシが金に転んで、こんな事をしているとお思いか？　金で買われて人殺しするお前たちとは違うんだ」

ヒューと口笛を鳴らし「言ってくれるねえ。しかし俺達が悪徳ガンマンに見えたんなら、老眼が進み過ぎているとしか言いようがねえな。どう見ても俺たちは正義の使者だろ」と、ゴールドスミスが自身の見てくれを顧みず言った。

彼の口髭などはダイムノヴェルの登場人物として宛てがうなら悪徳ガンマンのそれである。本人の希望とは乖離するかもしれないが、役を割り振られるなら、それ以外の配役はありえないと思うのだが、

「年寄りの冷や水だ。やめとけよ、ジイさん」

彼はあくまで老人を労わる役をやりたいようだ。

しかしジイさんは一歩も引かない。また俺の背中をライフルで押す。

俺の背中に何か交渉が進展するスイッチでも付いているとでも思っているのか？　そう

としか思えないほどの頻度で突いてきやがる。これを三年続けられたら背中に穴が開いちまう。見世物小屋で三年間ライフルを突かれ続け、背中に穴が開いた男として、国中をサーカス団と共に廻るなんて羽目になるのは真っ平御免だ。そうなる前になんとかしなければならない。

振り返りジイさんを見やる。決死の覚悟。顔にそう書いてある。先ほどのゼネラルストアのおやじとは顔が違った。西部の男の顔だ。違っていないのは頭部の髪の量だけだった。

「タネヒル氏を出してもらおう」ジイさんが言う。反応が無い。と言うより奥の牢屋に居るはずのタネヒルの反応すらない。暮れにライフル携えた男が人質携え、お邪魔すれば、いくら鈍感な御仁でも気づかぬわけもあるまいに。ピンカートンの皆が反応しないというのは理解できる。交渉の余地など無いのだジイさん。という意思表示の意味もあるのであるからして軽々と反応を示して、相手に上手を取られるのは禁忌と言える。

しかしタネヒルの場合どういう事だ？　自身への助け舟が出ているというのに。

振り返りジイさんを見やる。ジイさんも訝しんだのだろう。行け、とまたライフルで背中を押しやがった。これ以上押されないように、また事を複雑化させる意思がないことを示す意味も込めて、ゆっくり一歩、前に踏み出し牢屋の中を覗き込む。五インチ角の木枠の隙間から投げ出されたタネヒルのデカい足が見えた。感嘆に値するほど接地面の大きなブーツの裏を見せ、のびてやがる。これでは反応出来ない筈だ。

時折起こす引きつけから死んでいないのは窺い知れたが、しかし、よくのびる男だ。恐らくピンカートンの仲間たちから敬意をもって接せられたのであろう事が想像できた。

ジイさんも俺の脇から覗き込んで確認して、理解したことであろう。すぐさまライフルで背中を突っつきやがったから、そう判断した。今の突っつきの意味はタネヒルの事は確認した。手出しされぬよう所定の位置まで下がれ。だと判断してドアの近くまで背中からライフルの銃口を離さないように、そおっとジイさんと動きを合わせ一歩半、後ろへ下がった。

「連れて帰ってくれていいぜ」出来るもんならやってみろ、とばかりにマクギブンが余裕を込め言った。

勿論、クソでかいタネヒルをジイさん一人で抱え上げ、連れて行くのは無理だ。ここにいる全員で、ですら持ち上がるか怪しい。まあ手伝う気など微塵もないので、その可能性を探る事すら野暮であり、思考力の浪費だが。

「よし交換だ。明日の朝」ジイさんが言った。

明日の朝、と聞こえた。

はて、何のことやら。

交換とも言っていた。一体、何と何を交換するというのだ。嫌な思いに口の中が蘞い味の汁で充満する。この状況で交換となれば愛馬の蹄鉄の交換を促しているわけもなく、まして銀三十枚で大工の倅をくれてやる算段でもない。俺とタネヒルを交換しようと言うのだ。しかも明日の朝。

暗澹たる思いだ。

「今、交換してやってもいいぜ」マクギブンが趨勢を完全に捉え、余裕綽々で言った。「いや、明日だ。明日の朝七時にこの表の通りにタネヒルを連れて出てこい。それまでタネヒルに危害を加えたら、コイツがどうなっても保証はできねえぞ」と、またライフルで突っつかれた。

仲間たちは、どうぞご自由に、と言わんばかりの態度だ。俺自身もそんな気分になった。間抜けだ。間抜け過ぎる。取引の道具にされるとは。おおよそダイムノヴェルの主人公のする事ではない。ノヴェルの中では足を引っ張るだけの間抜けか、女子供の役割だ。主人公なら交渉する側に回らなければならない。それが交渉の道具とは……。

「間抜けに生まれてすみません」と仲間たちに侘びを入れなければならぬ位だ。しかしジイさんはそんな時間すらくれなかった。

ジイさんは俺の上着の襟首をむんずと摑み、後ろに引っ張り込んだ。俺は、されるがままに野外の夜の闇へ引きずり込まれた。

深い深い闇だ。西部の男としては最低の糞のような闇だ……。

闇の中、一縷の望みのように漏れる保安官事務所の明かり。俺の脇からのびたジイさんの足が開いていたドアを蹴っぱぐり、明かりをドアの向こうへ押し込めた。

完全の闇へようこそ。

曇りガラス。俺の居たかった場所はこの向こう側だ。しかし俺は今、闇の側にいる。向こう側からの攻撃に備え、盾にした俺の背中にライフルを突きつけ、ジイさんはより深い闇の奥底へ俺を誘った。曇りガラスの零れ灯すら届かない場所へ。

ゼネラルストア。ジイさんの城。二十年ほど前の南北戦争の後、銃火の中を駆け回っていたジイさんが、どういう経緯があってかは知らないが行き着いた先だ。その後の人生の大半をここで過ごしてきたのであろうか？

馬と馬車の時代が終わりを告げ、忘れ去られたこの町で。

建て付けの悪いドアを開けろと命じられた。この前にこのドアを開けた奴は息災ではない。そう断じられる。そいつはライフル突きつけられドアを開けた瞬間、ケツを蹴りあげられた間抜け面の俺自身なのだから。

前かがみで床につんのめる。痴態だ。舌を噛み千切りたくなる。

「奥へ行け」ジイさんの指示を背中で聞く。

素直に応じる。出来のいい子のように。

カウンターの奥にしゃがみこまされ、俺の眼前に手前の棚から取った店の売り物のロープが垂らされた。

「縛れ」予想通りの言葉。

テメエの両手をテメエで縛り上げるのは意外と骨が折れた。知りたくも無かった事実だが、身を以て知る羽目になった。しかしこれからの人生においてこの知識を披瀝することは無いだろう。なぜ知っている、と問われた時、強要されテメエで結ぶ羽目になったからだ、とは口が裂けても言いたくない。だから披瀝する事は金輪際無いと言い切れる。

ロープはすぐに解ける様に勿論、緩めに結んだ。が、そんな事はジイさんには織り込み済みだったようだ。縛り上げましたよ、と出来栄えを品評してもらうつもりも無かったが、出来栄えを確認され、添削を受けた。これでは合格点はやれない、と彼は事も無げに、ライフルを構えながら片手で俺の両手を、きっちり懇切丁寧に縛り直した。

「後ろ手で縛らなくてもいいのかい？」

念には念を入れとかねえと怪我するぜ、とばかりに自分なりに危険な男を演出し、突っ張って言ったつもりだったが、ジイさんはニヤリと笑い、

「お守りは最後の最後まで抜かずに取っとくもんだ」と俺の背中のボウイーナイフを見越して言い放ちやがった。完全に掌握されている。後ろ手の縛りなら目を盗んでナイフでロープを裂いてやる事も出来たろうが、それも見透かし、正面で結びやがった。しかも単純な縛り口だが全く両手首を動かす事が出来ない。ロープの縛り方一つでも老練の技を見せつけられた。縛り方一つにまで腹が立つ。

結び目の出来栄えに納得がいったのか、やっとジイさんは手の一部と化していたライフルの構えを解き、カウンター裏に設えたライフルの幅丁度の受け棚の上に相棒を寝かせた。そこが彼の寝床のようだ。そこならカウンターに座っていて不審者が入ってきても相手に気付かれず、直ぐにナニを手に取り、ぶっ放せる。よくできた造りだ。足元には予備弾薬

もたんまり積んである。ここから手の届く範囲に売り物の食料品が並べてあり、背の方には小さなコンロ。要するにカウンターが少々の持久戦ならこなせる小さな要塞として機能していた。シケた町にも関わらず電信線まで引いてあったのも、この為だ。これなら仲間たちが俺を取り返しにきても、そうそう攻略、落城させる事は出来ないだろう。だからジイさんも余裕を以て振る舞った。

ジイさんはコンロで湯を沸かし、売り物のコーヒーカップで俺にコーヒーをご馳走してくれた。ジイさんによって俺の足元に無造作に置かれたコーヒーカップ。しかし手に取る気になれない。

飲めよ、と促しジイさんが尋ねる。

「若いの、いくつだ？」

毎度だが、若いのと言われ癪に障るので無視する。

「聞こえねえか？　それともライフル押し付けられなきゃ行動に起こせない性質か？」

邪魔くせえジイさんだ。思わず口をついた。

「聞こえてるさ。ついでに言うとライフル無い方が動ける性質だ」

「じゃあ教えてくれよ。若いの、いくつだ？」

邪魔くせえが答える。

「若いのじゃねえ。名前がちゃんとある。テリー・ウェインだ」

「名前があったのか。なら初めから、そう言ってくれりゃあ良かったのに」

「人を野良犬みたいに言わないで貰いたいね。普通、僕には名前があります。なんて話し出すヤツは居ねえだろ。ジイさん」

「ジイさんか…。ワシにも名前がある事を知っていたか？」

「あったのかい。じゃあ名前訊いた方がいいかい？」

「いや、名乗る程のモンじゃねえ。そんな立派な名前は持っちゃいねえから気を使わなくて結構だ。で、テリー・ウェイン、お前いくつだ？」

しつこいので答えてやった「…二十一だ」

「二十一か…」ジイさんがしみじみ語りだす。「ワシにもそんな時代があった。二十一の頃といえば…南北戦争のまだ前だ。丁度そのころ西部探検隊の徴募があってな…それに応じた。未開の地に分け入る。これぞ男の世界と感じたわけさ。実際はインディアンたちが何百年も前から住んでいる人畜無害でも何でもない土地だったんだがな。当時のワシにはそんな事はどうでもよかった。もう自慰行為のようなものさ。白人のな。笑えるだろ？」

大して笑えない。

が、なんとか笑顔をひり出そうとする。口角だけは上がった。

「そう考えるとなんだかバカバカしくなっちまってな。その後、知り合いのつてを頼りに南部に流れた。メキシコとの戦争はとっくに終わっていたが荒れ放題の土地でな、銃を鍬に持ち替えて奮闘もしたが、どうにもならねえ。生来の怠け癖も出ちまったんだろうな。悪さに走ってしまった。檻の内側にも入れられた。そんな時、愛する女ができ、俺は変わることができた。その女が小間物屋の女でな、店に転がり込んで、その店の亭主に上手く収まったというワケさ」

これで、このジイさんがゼネラルストアの店主をやっている事が理解できた、と思ったが話はこれからだった。

「やがて南北戦争が始まった。大した大義なんて持ち合わせてはいなかったが、住んでいた場所も場所だし、当時はワシも南部人の端くれだったから南軍に応召した。女房は泣いて行くなと縋り付きやがったが、俺もまだ若かった。俺は小間物屋のオヤジに収まる男では無いッ、てな。男の世界はここではないッ、てなものさ。縋る女房を蹴り飛ばし、町を出た。軍隊では来る日も来る日も戦場を駆け回った。ゲリラ部隊だ。最前線を駆け抜けるって言や聞こえはいいが、なんの事ない。北軍シンパの町を荒らして、町を焼き、女を犯す。ただそれだけの部隊だ。そんな事してりゃ戦争に勝てるわけもねえ。戦争が終わって町に帰ると町は無くなっていた。人間様の考えることに大した差は無え。同じように北軍のゲリラ共に町を焼かれたのさ。女房の姿かたちも無かった。恐らくは何人もの男に犯され、焼かれて死んだのだろう。でも恨んでもしょうがねえ。俺も同じ事をやってたんだから。何もかも無くした俺の心の中は虚無感が支配した。この心を満たすもの。真っ当なものになりたくてな。あの青く輝く制服を着れば別の者に成れそうな気がして騎兵隊に忍び込んだ。もちろん正規兵にはそうそうなれやしないが、スカウト（斥候兵）なら、南部の地の利だ。すぐになれた。入植者たちを守る正義の使者。…そのつもりだったんだが、奴等のやってた事は結局はインディアン狩りだ。金ピカの騎兵隊になったつもりでいたらインディアン殺しの手下になっていたって事さ。糞のような時間が流れた。そんな時、タネヒルに出会った。ヤツもあの時はまだ、あれほどの重量もなく、ただノッポの騎兵隊員だった。同じく嫌気がさしてたヤツと共に隊を抜け、無頼生活に戻ったんだ。列車を襲い銀行の金を奪い、追われれば、リオグランデ川を渡りメキシコへ逃げ込んだ。北や東部の奴等が作った鉄道や銀行を襲ったもんだから、南部の連中は俺たちをロビン・フッドか何かの義賊のように扱ってくれた。いい気なもんさ。メキシコでも丁寧に扱っていただいたよ。あの頃は内戦中だったからな。銃や弾薬が必要だってんで、国内でタダで頂いてきては皇帝側にも共和国側にも随分高値で売りつけてやった。結局、両方に売りつけてたのがバレちまってな、メキシコには居られなくなっちまって南部からもオサラバして北へ逃げ込み、仲間とは離れ、まだ新しい町だったこの町に住み着いたって訳さ」

喉がカラカラになった。

「タネヒルは二年ほど前にフラリとこの町にやって来た。ヤツも無頼生活にピリオドを打ちたくなったんだろうな。保安官すら、とうの昔に居なくなったこの町で保安官代わりを務めて、大人しくやってたんだが、あの頃の昔の仲間が殺られちまってな。噂ってのは風のように伝わってくる。で、その撃ち殺した相手ってのが、自分でジェイク・ザ・スターダストって名乗りやがったって話さ。これで話の大筋は読めたろ？」

どう反応していいか分からない。

しかし、喉の渇きだけは感じた。足元のコーヒーカップに手を伸ばす。縛られた手がもどかしい。カップ一つ取るのに往生した。

その様を見てジイさんが俺に、祖父が孫に語りかけるように言ってきた。

「自分の手を自分で縛り上げるのは大変だったろう?」

なぜ知っているかは訊かなかった。

と言うより訊けなかった。皮肉の一つでも言ってやろうかと思っていたのだが、ジイさんから、そういうものを超越した男の凄みを感じたからだ。恥や外聞を超えた何か、だ。それが何かは俺には分からなかったが。

兎に角、このジイさんは怪物だ。生きた西部の男の標本だ。本物の男ってヤツだ。褒められた生き方では断じて無いが。

カップを縛られたままの両手で抱き、もう冷めてしまったコーヒーを一気に飲み干した。苦い、と感じたかったが、味はしなかった。決してコーヒーが薄かったわけではない。味わう余裕が無かったからだ。味覚をこのジイさんに奪われてしまっていたからだ。またコーヒーを苦い、と感じられる日が来るのであろうか?

クソのような心配をしてしまった。

生きる。死ぬ。はもう心配しても仕方なかった。このジイさんに全て握られたのだから。だから細々とした心配が先に鼻っ柱…否、鼻先を掠めたのだろう。

「牧場の奴らはみんな片付けたのか?」不意にジイさんが訊いてきた。

「ああ」と答え「アイツ等も昔からの仲間だったのかい？」と訊く。

「いや。タネヒルが連れてきた奴等さ。気の毒にな」

「ああ、気の毒だ。ダイナマイトで跡形もなく吹っ飛んでたよ」

「ダイナマイト？　ピンカートンの奴らはやることが大胆だな。墓掘る手間を惜しんだのか？」

「結果的に手間をかけずに死んでくれただけさ。じゃなきゃ、俺達が吹っ飛んでた」

「そうなりゃ、ワシの手間は省けたんだがな」

今の俺の境遇も省けた。そう思った。

が、俺は今、生きている。そこは牧場の奴等とは違う。肉体もこの世に在り続けている。

これは決定的差と言える。

『何も無い』と『糞』とはまるで違う。

『無機』と『有機』。

『形而上』と『形而下』。

奴らとの違いは、もっと簡単に定義できる。彼らには無いが、俺には未来がある。という事だ。あと数秒なのか、数十年あるのか。薔薇色に彩られているのか、糞まみれなのかは扨置いて。

このジイさんの人生は薔薇色と言えたのか、糞まみれと言えるのか。聞いてみたい欲求に駆られた。

「何か付いてるか?」ジイさんが逆に俺に聞いてきた。どうやら俺はジイさんの顔を長らくマジマジと見つめ続けていたようだ。

「そんなに二枚目か？　ワシも二十一の頃は…」

また話が長くなりそうだ。老いぼれの女の話にはさして興味も湧かなかったので早々に切り上げていただきたく願った。

よく聞く若い頃はよくモテたという類の話であったが、その大半は法螺であろう。このジイさんの顔を見やるに到底モテたとは思えない。しかし、その若い頃、抱いたという女たちもそのほとんどが鬼籍に入っている事だろうから抗弁する事も出来ぬだろうし、よって俺もジイさんの法螺話に抗う術を持ち合わせていなかったので、さもありなんという顔で、聞いているフリして聞き流した。

が、ジイさんも当然気づく。

「嘘だと思ってるのか?」

「いや、そういうわけじゃねえが…」

「なら今の話どう思う?」

俺の感じた真偽の程を聞いてきやがったので自分なりの感想を述べた。「そのナリ見て、ホントだと思う奴を探す方が難しいぜ。多分、ミシシッピ辺りまで行かねえと見つからないぜ」と。

「今の見た目で判断するな」

ずいぶんテメエの容姿に関しちゃ抗うので、おもわず笑みが漏れた。

「真剣な話だ」ジイさんがまっすぐ俺を見る。女の話の時とは違う。男の眼で。

「いいか若いの」

テリー・ウェインだ。抗った。心の中で。

「見た目ってのは人の持つ五感。視覚、嗅覚、聴覚、触覚、味覚の中の視覚のまだほんの一部でしかねえ。見たもの。それだけで判断すると…その字面通り見誤る。西部で見誤るって事は死ぬって事だ。お前は懲りてねえな。今のお前の境遇を省みろ。どうして、そうなった?」

両手とも縛られているので物理的には出来なかったが、慣用句で言うところの胸に手を当て考えた。心の中で。

「お前が今、そうなったのはワシを舐めたからだ。そのクソの様な両目でワシを見た。視界に入った物の上にお前のクソみたいな主観が乗っかった。雑貨屋の老いぼれ。俺はピンカートンの拳銃持ち。何も出来まい。両手いっぱいに袋を掲げた。そして背中を向けた。今のお前が生まれた」

抗えない。心の中でも。

「考えなかったか? どうしてゆっくり品物を紙袋に入れたのか? どうして大きな紙袋に入れたのか? ゆっくり入れたのはお前をじっくり観察するためだ。どういう男か? どういう武器を持っているのか? その腕は? 大きな袋を用意したのはお前の両手を塞ぐためだ。反撃の機会すら与えぬ為に。品物がギリギリ入る小さな袋だと、お前は片手で持ってしまう。それでは二挺拳銃のどちらかが使える。これも右利きなら左手。左利きなら右手で持つのが西部では正解だがな。コーヒー缶を一番下に入れたのも硬いものを下に入れ、もしかしたら袋の下が抜けるかも、と思わすためだ。案の定、お前は袋を両手で抱え込んじまった。万事休すだ」

仰る通りだ。万事休してる。

「一つ一つの行動には理由がある。それを疑え。見たもの。聞いたもの。嗅いだもの。触ったもの。喰ったもの…。保安官事務所にあったコーヒーは飲んだか？」

畳み込まれ、思考回路がヘタっている中、脳みそに拍車をかけて思い出す。

確かクソ不味かった。薄くて泥水のようだとまともに飲まず、唾と一緒に吐き出したように思う。他の仲間たちも飲まなかった。

ジイさんがニヤリと笑い言った。「飲んでたら死んでたぞ」と。

毒が入ってた？　一服盛ったの…か？

恐ろしい。身の毛がよだつ。

二手三手先まで用意してやがる。

そして今、俺はコーヒーカップを両手で抱いている。

「安心しろ。そのコーヒーは純正だ。いい豆使ってる。うまかったろ？」

味は感じなかったが、突っ張って「ああ。いつものより深かった」と、飲み熟れているベテランのような口の利き方をしておいた。もうこれ以上、舐められたくなかったからだ。でも多分、それも見透かされているだろう。

でもそれでもいい。突っ張る事が大事だ。自分自身の自己を守る為にも。

今現在、生物として下である事と、下である事を甘受する事とは違う。

後者は痩せ犬だ。頭からつま先まで。体から心まで。一生そのままで終わる。前者は何犬かは知らないが、ただ牙だけはある。それは評価してやっていい。

認めるべきは認めるが、噛み付く牙は失っては終わりだ。だから俺も、このジイさんにやられっぱなしでは無く、このジイさんの喉笛噛みちぎる、という気概を持ち続けておかなければいけない。なんなら牙を全て折られて歯茎だけででも、いや最悪の場合、歯糞だけででも。それが何時になるか分からないが、気概として無くしては終わりだ。西部の男として。

「神妙な顔して、何を考えてる?」

俺が真剣な顔をしているのが珍しかったのか？　どうせだから素直に答えてやった。

「ジイさんを殺す算段だ」

ブーツの踵が飛んできた。俺の左蟀谷に鈍い痛みが走る。蹴られた事実は認めるが甘受はしない。

「生意気言うんじゃねえ」

俺は痩せ犬ではない。今は手縄だが、ずっとこうしているつもりはない。

「いつか撃ち殺す」思わず口に出た。

聞いたジイさんは諭す様に言った。

「威勢がいいのは結構だが、西部の男にそんな戯言はいらねえ。本物の男ならそう思った次の瞬間に殺してなきゃいけねえからだ。そして残るのは殺したか、殺されたか、という事実のみだ。もうすでに『過去』とも言える。必要なのは言葉じゃねえ。まして腕でもねえ。沈黙の『意思』だ」と。

これが人生訓と言うヤツか…。

「分かったら、とっとと寝ろ」と言い、ジイさんは壁に背をやり目を閉じた。

俺は寝られなかった。恐らくジイさんも本当には寝ていない。じっとジイさんの寝ていたとするなら寝顔と呼ぶものを見ていた。ジイさんもきっと俺を観察していたと思う。シケた町の、シケた雑貨店の、頑丈なカウンターの奥の、床の上で二人だけの時間が流れた。西部の男二人の。否、歴戦の西部の男と若造の、と言うべきか。今は。

相手がこのジイさんで在ってくれたから、

俺は今晩、万死の中に一生を得た。

ゼネラルストアの表通りに面した窓から溢れる朝陽は、カウンターの奥には届かなかった。薄暗い中、カウンターの奥のジイさんが背を預けた壁の上に掛けられた時計を見やる。

午前七時。約束の時間だ。誰ひとり守らないかもしれない約束の時間だ。

鳩時計より正確に、すっと立ち上がったジイさんに小突かれ、(俺は起きていたが) 縛られた両手が上手く使えず、のろのろと多少不格好に立ち上がった。

ジイさんは約束を守る。

ピンカートンの仲間達も約束を守った。

結局、夜半に抜け駆けは誰もしなかった。

全員が西部の男として振る舞った。この朝までは。

ライフル置き場から相棒を取り出したジイさんは、カウンター横の壁に掛けてあった売り物の乗馬用振り分けカバンに予備弾薬を詰め込み、昨日の夜と同じく俺の背中に銃口を突きつけた。「行け」と背中を突かれ、振り分けカバンに売り物の食料を詰め込み歩むジイさんを店の棚の間を先導し、建て付けの悪いドアに辿り着く。パンパンになるまで食料を詰め込んだカバンを左肩に引っ掛けたジイさんに、ライフルで突ついて促され、外を覗き込んだ。店の周りには誰もいない。確認して、肩で押してドアを開ける。果たして次にこのドアを開けるヤツは息災足り得る人物であろうか。またソイツは俺の身を案じてくれるだろうか?

表通りに、ライフルで俺の背中を突くジイさんを従え、繰り出した。

シケた町のシケた通り。東から昇ったお日様が教会の尖塔の影を通りに描いていた。

通りに描かれた十字架。オツなものだ。

その十字架の先、通りの真ん中、ピンカートンの仲間たちを後ろに従えタネヒルは後ろ手に縛られ立っていた。巨体。やはり影もデカい。

よく見ると彼の鼻は左に折れ曲がっていた。恐らく昨晩、彼がのびていた原因はこれだ。銃把か何かでド突かれたのだろう。彼の鼻梁は彼が北を向けば鼻は西に。彼が東を向けば鼻は北を指すという仕様になっていた。使い勝手は悪そうだがコンパスとして使えない事もない。ただコンスタントに鼻を殴打しなければ当初の使い方が出来なくなるので、その点だけは留意しなければならないが。

ジイさんに突っつかれ俺たちも通りの真ん中へ赴いた。

通りの真ん中で相対する。

俺達。間に教会の影があって、タネヒルとピンカートンの仲間たち。

両者の間は二〇ヤード（一ヤードは九一・四四㎝）あるか無いかってとこだろう。

マクギブンが声を張り上げた。

「テリー・ウェイン、生きてるか？」

うるせえ。

自分の描いた影を見やった。きっかり通りに落ちている。死んじゃいねえ。

ついでにジイさんの影も見やった。ピンカートンの仲間達の影も、もちろんタネヒルの影もみんな通りに影を落としていた。全員、生きている。夜の間に死神には誘われなかった。僥倖と言えるのだろう。特に俺には。

「おいタネヒルには危害を加えるなと言ったぞ。その鼻は何だ?」ジイさんが言った。至極当然の抗議。

一座を代表してブロンソンが請け負った。「契約前の状態だ」と。

「ジイさんはテリー・ウェインには危害は加えてねえんだろうな」

マクギブンの問いに自分で答えた。

「俺は大丈夫だ」小突き、蹴られ、突っつかれはしたがジイさんの俺への扱いはフェアと言えた。西部では紳士的と言える扱いだった。

仲間たちも俺を見て、その言葉の意味を確認したことだろう。それを裏付けるようにブロンソンが言った。

「よし、交換だ」

ジイさんが頷き、俺のケツを蹴飛ばした。不意に蹴飛ばされ、つんのめりながら前へ歩みだす。

タネヒルもブロンソンに促され、足を引きずりながら前へ歩みだした。

「ゆっくりだ」後ろからジイさんの指示が飛ぶ。タネヒルと俺、ゆっくり二〇ヤードの距離を詰める。俺の影がタネヒルに被さり、ヤツが俺の影を踏む。普段なら芽生えなかったであろう感情。何故かムカつく。

影も俺の所有物であり領域だと感じたという事か。

距離が詰まり、タネヒルとすれ違う。

真っ直ぐ見ているのに俺の方を向く鼻。酷い面だ。元から酷かったが『輪をかけた』という慣用句がピタリと塡まる面になっていた。

視線に気づいたタネヒルが俺に目配せをする。余裕をカマしているのか？　まあどうでもいい。

ヤツの影を踏み、仲間のもとへ歩んだ。ゆっくり。不測の事態を生まぬように。

俺の背後では、タネヒルも同じようにジイさんのもとへ歩んでいるだろう。

ゴールドスミスが早く来い、と立てた人差し指を振って手招きする。

不穏な空気。

俺の嗅覚がヤバい、と通りの空気を嗅いだ。

振り向いた。ジイさんとタネヒルがゼネラルストアの脇の路地へ駆け込んでゆくのが見えた。そして次の瞬間、サドルの振り分けカバンをパンパンに張らした馬に乗ったジイさんとタネヒルが現れ、拍車をかけて走り去った。

二頭の馬を見送る。

用意の良い事だ。否、感心している場合ではない。みすみす取り逃していいのか？

しかし仲間たちは何処吹く風だ。

「追わなくていいのか？」思わず訊いた。

ブロンソンが応えた。

「追う必要があるか？　尖塔に登って見てみろ。奴らは南へ行く筈だ。その方角には何がある？」

「キャマロ…」

「そうだ」

「でも、どうしてソッチへ行くって分かる？」

「ダイナマイトで吹っ飛んで体にガタが来てる奴にロングドライブは無理だ。他の方角だと次の町まで三日はかかる。そうなると行ける所は一つしかねえ。あれだけデカい街なら身を隠す所もたんまりあるだろうしな。だから俺たちは朝飯食ってから、のんびり行けばいいのさ」

なるほど。

「俺たちの仕事はキャマロで始まり、キャマロで終わる。ビル・タネヒルがキャマロに逃げ込んだって吹いて回ればいいのさ。そうすりゃ奴等が呼んでくれる。ジェイク・ザ・スターダストを」

「まあ飯でも食おうや」とマクギブンに肩を抱かれ、ゴールドスミス、ブロンソンと共に保安官事務所に向かった。皆の言う通り朝飯の時間と相成るようだ。

飯と聞いて、食堂にでも行くのかと思ったが、よく考えるとこの街にはそんな洒落たモノは無い。嘗てはあったのだろうが今はもう無かった。

たった今も人口が二人減ったところだから、商売っ気が多少なりともある奴ならこの町で店を開こう等という蛮勇に身を委ね、打って出る事はまずない。そういう町だ。

仲間たちがドアの奥に消えて独り、人の居なくなった通りを見やった。いつの間にか通りを黒く彩っていた尖塔の影は消えていた。

喰らった朝食は昨晩、俺がジイさんの店で買い、ライフル突き付けられながら仲間の許に届けた物だった。

心情的には喰えた物では無かったが、昨日の朝から何も食べていなかったので喰えてしまった。自分の胃が恨めしい。

そしてコーヒー！　例のコーヒー。

皆に昨日のコーヒーに纏わる話を披露する。

「だろうな」新しく淹れ直したコーヒーを苦そうに飲み下しブロンソンが言った。「糞マズいを通り越してた」

「そんな便利な物があったのならタネヒルに飲ませればよかった」と言うマクギブンに、「アイツなら二ガロン飲まないと死なない」とゴールドスミスが致死量の見込みの甘さを指摘した。

「ところで、あのジイさんは何者だ？」

聞いてきたブロンソンにジイさんの西部の男としての履歴を語った。今まで読んだどんなダイムノヴェルよりも壮大な物語を。

皆、黙って聞いた。

「博物館級だな」マクギブンがいつもの軽口で口直しをした。「撃ち殺した後は剝製にして飾ってやろう」と。

それもいいかもしれない。タネヒルほど展示スペースも取らないだろうし。

「しかし、あんなジイさんが来るとは思わなかったな」と言ったマクギブンにブロンソンが頷いた。

ん？　誰か来るって分かっていたのか？

俺の怪訝そうな顔を見てゴールドスミスが言う。「考えてみろ。教会の前に転がしといた例の狙撃手の死体は何処へ行った？　誰かが片付けてくれたって事だろうが」

確かに。

こいつらもジイさんと同じで納得ずくの仕掛けの中で一晩過ごしたという事か。

俺一人、分からず屋の若造であったと。

つくづく嫌になる。朝飯からは西部の男の残飯の臭いがした。

朝飯を食い終わった後、のんびり貴族的に紅茶を所望する事もなく、シケた町を後にした。

仲間たちと馬首を揃えて。

小高い丘を登ったところで馬首を返し、馬上から振り返る。断ち切られた電信線。草原の先に見える小振りな町並みと、その規模に似つかわしくない高く立派だが色褪せた白い尖塔。町の奥に見える丘の上には吹っ飛んだ牧場の残骸があって、これからも誰も建て直すこともなく朽ち果てるまでその身を晒し続けるのであろう。

シケた町。名前は何と言ったか…そうだアッチモアだ。でも覚える必要もない。もう二度と来ないシケた町なのだから。

ただ、忘れえぬ町になった。西部の一端の男になる勉強をさせられた…否、させて貰った町。授業料は高くついたが、くれてやるさ。いつかいい思い出になる事を願って。

ブロンソンに「早くしろ」と促されて愛馬に拍車をかけた。キャマロ。勝負の街へ俺達は歩を進めた。

キャマロの街に舞い戻ったのは暮れなずみ時だった。濃々しい橙色が夜の黒に変わってゆく中、目抜き通りを仲間たちと馬首を揃え闊歩した。俺達は身を隠す必要もない。敢えて『帰ってきたぞ』と身を晒した。これは、この町のどこかに身を隠しているであろうタネヒルとジイさんへの示威行為だ。所謂、西部の男の納得ずくの仕掛けってヤツだ。お前たちの魂胆は分かっている。敢えて乗っかってやったぜ。その代わりご相伴には与らせてもらう。という。

通りの両側の店は、夜はまだ始まったばかりだというのに酔っ払いまみれで、どこも大賑わいだ。サルーン、小ぶりなバー、食堂、どれもが煌々と明かりを照らし俺たちを誘ってくれる。東部のニューヨークやボストンとは違うカンザスの牛追い旅の中継駅の街なのに、昨晩居た町と比べてしまったからか、この世の全ての繁栄を注ぎ込んだ魅惑的な街だと感じてしまう。

結局、俺たちは、仲間三人がよっぽど気に入った商売女が出来たのか、定宿と決め込んだ駅前の保安官事務所の向かいのサルーンで腰を落ち着けることに相成った。

店の前の馬留めで下馬し、小遣い稼ぎの少年に四頭分の小銭を渡した。これで、この少年が裏の馬小屋まで愛馬たちを引っ張って行ってくれ、飼葉から何まで全て世話してくれるだろう。丁寧な扱いを希望して、また気風のいい男を演出して多少多めに勢んでおいたのだが、よく考えると何故この役を俺がやっているのか。これは一番軽輩の役である。確かに一番若いし、一番経験も少ない。昨晩それを嫌というほど思い知りもしたが仲間達とは立場上は同僚。同等の身分である。これは一度、再考の余地があるし、その旨、提案しようと思うに至った。最低限、テメエの馬の始末くらい自分で付けさせなくては。これでは召使いだ。

店の上がり框でブーツの底に付いた泥をこそぎ落とし、皆から遅れてサルーンの中へ入った。今晩はカウンターも丸テーブルも全て埋まっている。いつも以上の盛況ぶりに仲間たちの座る席が無かったくらいだ。席が無いのなら諦めて別の店に行きゃいいものを、仲間たちは奥の丸テーブルの前を、囲む様に突っ立ち、動かずにいた。

怪訝に思い、突っ立っている三人の許へ近づいた。

知った顔の男たちが、奥の丸テーブルの一つを独占していた。

サム・スワンソンとそのチームの連中だ。彼らもまた俺たちと同じくピンカートン・ナショナル探偵社のエージェントであった。

スワンソン以外の三人の名前は何と言ったか…覚えていないが、チーム全員がよく似た金髪碧眼。一服盛られたか、と言うくらい気味の悪い青白い顔をして、いつも揃いの駱駝色のダスターコートを羽織っていたので、彼ら四人には縁戚関係は無かったのだが、俺たち探偵社の身内の者は、スワンソン家の四つ子と呼んでいた。

スワンソンが、俺が来たのを見て、グラスを掲げながら口を開いた。

「先にやってたぜ」その言葉には中々、貴方達が来られないので、仕方なく小生達だけで先に戴きましたよ、等という類の遠慮の意味は微塵も無かった。

マクギブンが訊く「どうしてオメエらがここにいるんだ？」と。

「電報打ったろ。ビル・タネヒルだか…」

「ボブ・タネヒルだ」ブロンソンがすかさず訂正した。

「悪かったな。その本筋とどう関係あるかは知らねえが、ボブ・タネヒルってのを捕まえたってんで、すわ本番かと、援軍に参ったってわけさ」

「途中経過の電報は打ったが、援軍は頼んじゃいねえ」

「知らないね。会社が必要だって判断したんだ。俺たちに抗議の声を上げる前に、お前らの力の至らなさを省みろ」

苛立つ男だ。

「そのボブ・タネヒルってのは、何者なんだ？」

四つ子の三男坊が訊いてきた。否、コイツは四男坊か？　瞳の色が少し違う。コイツは四男坊だ。三男坊の方はもう少し緑がかっている。コイツのは緑というよりコバルトブルーに近い。だから四男坊だ。

四男坊にゴールドスミスが答える。

「ジェイク・ザ・スターダストを撃った男だ。ご存知無かったか？」

「本気にしてるのか？」スワンソンが、さっきより血の気を引かせた呆れ顔で言った。

「本人が、そう言ってる」

「じゃあリンカーンを暗殺したのは俺だ。と言ったら、お前ら、俺を追い掛け回してくれるのかい？」

「ご所望なら」

「お前達と違って、男にケツを追われる趣味は無いんだが」

スワンソン一家は皆が薄い唇の口角を上げ微笑んだ。彼らにとってはかなりの諧謔的発言だった事が窺えた。

「で、ジョン・ウィルクス・ブースさんよ。アンタらは、お呼びじゃねえんだ。お帰り願おうか」ゴールドスミスは、スワンソンをリンカーン暗殺者の名で呼び、帰宅を促した。

しかし勿論、彼らが帰る筈はない。

「呼ばれちゃいねえのは、お前らの方だろ」と次男坊。

「テメエは黙ってろ」口を開いた次男坊にピシャリと言い、ゴールドスミスはスワンソンに続けた。「これは俺たちの仕事だ。横槍は勘弁願いてえ」

「横槍も何も、お前たちはお前たちの領分で仕事してくれりゃあいい。俺たちはお前たちの至らない部分を補うだけさ」

「それすら必要ねえ」

「じゃあ、それを証明しろ」

「証明しろだぁ？」

「大体、電報のタネヒルってのは何処に居るんだ？　連れて歩いていないようだが」

「まさか逃げられたなんて、やめてくれよ」と三男坊。意外と核心を突きやがる。

答えに窮する俺たちに、

「そんな間抜けはピンカートンにはいらないぜ」と四男坊。

「笑えるか？」マクギブンが聞いた。

「ああ。笑えるね」

「テメエの顔の方がずっと笑えるよ」苛立ちを隠さずマクギブンが言った。

一番冗談に近い顔のマクギブンに言われて、四男坊も困った事だろう。それを激烈に証明する様にスワンソン家の弟達が座っていた椅子を蹴り上げ、立ち上がった。マクギブンが応じ、場が荒れる。

「顔はさておき」一人、落ち着き払っていたスワンソンが手下達を制して言う。「お前らの仕掛けの出来について品評してやるから、聞かせろ」

口を挟もうとしたマクギブンとゴールドスミスを制し、「俺達が言える事は一つだ」静かに語り始めたブロンソンが、店中に聞こえるように大きく声を張り上げ、宣誓をかます様にして言った。

「ジェイク・ザ・スターダストを撃ったと宣うボブ・タネヒルは、このキャマロの街に逃げ込んだ。俺達がきっちりカタを付ける。テメエらの出る幕はねえ！」と。

これで噂は広まる。

第二幕の始まりだ。

脇役は隅っこで大人しくしてろ。

主役は俺たち。罠を仕掛け、獲物を待つ。

その後、ブロンソンから店中の男達に酒代の提供が公告され、皆がブロンソンの奢りで朝まで騒いだ。スワンソン家一同も流石に辞退して立ち去るのは野暮だと思ったのか、不味そうに夜明けまで雁首揃えて飲んでいた。

因みに、その費用は馬購入の際の余剰金が宛てがわれた。俺の苦心の末のへそくりが露と消えたのだ。

「昨日は随分、大盤振る舞いだったそうだな」

まだそのほとんどが眠った状態のままの脳みそだったが、何かを言われたのには気づいた。

ベッドから体を起こす。頭がズキズキする。完全なる二日酔いだ。体が重い。目脂だらけの眼を出来る範囲で見開いた。

どこの部屋だ？　そうだ駅前のサルーンの二階の部屋だ。階下で朝まで飲んで十二段ある階段をフラつき、多少踏み外しながら何とか上った記憶がある。そして部屋までたどり着き、ベッドにダイブしたのだと理解した。現況から見て、そういう事だろう。

「ジェイク・ザ・スターダストを撃つんだろ？　宣言した男がこの様か？　これは痴態と言えるぜ」そばかす面がドアにもたれ掛かりながら言った。

何故、ヤツが此処にいる？

しかし、その答えは無く、彼は続けた。

「ほかの三人は朝からビッとしてたぜ。って、もう昼過ぎだが。ここに来るまでに三度も検問に遭った。太いの、口髭の、ごま塩の」

マクギブン、ゴールドスミス、ブロンソンだ。

「その度に保安官事務所の者だ、と断り入れる俺の手間を考えろ」

テメエが勝手に来たんだろうが。

ここは彼の勤める保安官事務所の真向かいであり、昨日は大通りを闊歩して、この店に入ったのだし、入ってからも朝までドンチャン騒ぎをしていたのだから彼が、俺が此処に居るのを知っていても不思議ではない。と言うより彼の職務から考えて知っていて当然だ。が、それとこれとは違う。彼を呼んだ覚えはない。何故に彼はいる？　仲間達も何故に通した？

その旨、彼に詰問する。答えはこうだ。

「本を返しに来た」

この町に来た日に、そこの雑貨屋で買ったジェイク・ザ・スターダストもののダイムノヴェルを差し出し、ビリーが言った。

そもそも彼に貸した覚えはない。

勝手に持って行って返しに来た、は無いだろう。ついでに聞きたくもない書評まで述べられた。「銃撃戦の描写が秀逸であった」との事。

知らんわ。

丁寧に『バンッ。バンッ。バンッ。銃声が三つ轟いて、ジェイクはアルバート、ブッチ、ケインの三人を星屑に変えた』と書かれた彼のお気に入りシーンのページには折り目まで付けてあった。

その後もしつこく食い下がるので、もし作者に会う機会があったら、今日の賛辞を伝えておく旨を承った。そもそも作者の名前すら覚えていなかったが。

ベッドの上で胡座をかいた。目をこすり視界を明確にする。脇の椅子の背に垂れ下げていたガンベルトが視界の端に見えたので、たぐり寄せ、リボルバーの中身を検めた。

まだビリーは帰らない。

「用が済んだんなら、とっとと帰れよ」

「その銃で撃つのかい？　ジェイク・ザ・スターダストを」

「だったら、どうだってんだ？」

「その格好見てみろよ」

自らの格好を省みる。壁にかかった鏡の中に、しばらく着た切り雀の薄汚れた下着一枚の俺がいた。

「それがジェイク・ザ・スターダストを撃つ男のナリかね？　田舎のおとっつぁんでも、もう少しマシな格好で寝るし、警戒感ってもんがあるぜ。いつ撃ち殺されてもいいようにパンツだけは新しいのに換えとけよ」

ムカついた。投げつけてやろうと思い、枕下をまさぐる。ナイフが無い。

ニヤケ顔のビリーがベッド下を指さした。床の上にズボンと一緒に転がっているボウイーナイフを見つける。ビリーの言う通り痴態だ。酔っ払って何もかも出来ていなかった。これでは撃ち殺される側だ。俺はジイさんとの一夜で何を学んだのか。それをまたビリーに指摘されるとは…。不徳の極みだ。

「まあパンツは穿き替えるとしてよォ、お前らボブ・タネヒルとかって野郎、的に掛けてんだろ。確かソイツ探しにアッチモアまで行ったんじゃなかったかと記憶してんだが」

「昨日の酒場の話じゃ、そのタネヒルってのが、このキャマロの町に逃げ込んだってな事、言ってたらしいじゃねえか。一体どういう事だい？」

流石に耳が早い。やり手の保安官の、その助手だけの事はある。勿論、こうなる事を見越して、ブロンソンは酒場で皆に聞こえるように公言したのであるからして作戦通りとも言えた。確実に噂は広まっている。タネヒルとジイさんにも、この西部のどこかにいるジェイク・ザ・スターダスト本人の耳にも近々に伝わる事だろう。

保安官事務所とは敵対する関係では無いし、どちらかと言うと懐柔しておくべきだと思ったので、ビリーに、シケた町アッチモアでの顚末を話した。舐められるのは嫌だったので勿論、ジイさんに捕らえられ交換道具にされた件は省いて掻い摘んで、ではあるが。

最後まで聞いてビリーが言う。

「だからタネヒルって野郎はキャマロの街に居るってんだな」

「ああ」

「ああ。何処にいるか調べられるか？」

「あたりめえだろ。お前、俺を誰だと思ってんだ？　このキャマロの次期保安官候補ナンバーワンのウイリアム・ドナヒュー様だぞ」

少し整理をしたい。

ウイリアム・ドナヒューってのは誰だ？　恐らくはコイツの口ぶりからして出生上の名前をフルネームで表すると、そうなるのであろう。ウイリアムだから愛称ビリーってのは理解出来たが、やはり苗字も持っていやがったか…。下手すると、ウイリアムとドナヒューの間にクソのようなミドルネームが入るのかもしれないが、興味も無いし、彼の両親が信仰心厚く、教会で信仰名を貰っているとは考えにくいので無い事にして、存在の有無すら訊く事も止める事にした。俺の中では断じて、そばかすのビリーでしかないのだから。

もう一点。コイツはいつ、キャマロの次期保安官候補ナンバーワンになったんだ？　勝手気ままにも程がある。

その勝手気まま男は「俺に任せておけ」と言い、勇んで部屋を出て行った。張り切ってくれるのは有難いが、次期保安官候補ナンバーワンの面目躍如と相成ろうか。期待せず見送った。それより先にパンツを穿き替えねばならなかったからだ。結局ヤツの言葉を気にしている俺がいた。

サルーン二階の共同浴室で、久しぶりの湯船に浸かった。湯はぬるかったが爽快だ。みるみる泥の色に染まる湯を見て、自分がいかに小汚かったかを痛感した。頭を洗う。染み出す泥。顔を洗う。染み出す泥。腕を洗う。染み出す泥。胸からも背中からもだ。足の指の間まで綺麗に洗い、無精髭も剃って下着も着替え、抜いた湯船の栓の奥へ泥水が渦巻きながら流れ落ちてゆくのを見て、やっと全ての汚れが落ちて、さっぱりした気分になり、階下に下りた。

昼下がりのサルーンは人もまばらで、入口のスイングドアの隙間と通りに面した窓から侵入した陽光以外は影に覆われていたため、一日の中で最も暗く陰気な時間を持て余していた。この後、西日が差し込めば店内はオレンジ色に染まるし、人が集まり、日が暮れればシャンデリアに燈が灯って、いつもの顔になる。そうなる前の眠った時間だ。

十二段の階段を下り、おが屑を敷き詰めた床に踏み出すと、

「おい、ブロンソンとこの若いの」と声を掛けられた。

声の主は分かっている。大した義理はないが一応、同業の先輩でもあるし、俺自身が義理堅く年長者を敬う、感じのいい若者であったので、しょうがなしに声の方へ近づいた。

スワンソン達は影の中の丸テーブルに雁首揃えて座っていた。影の中、こちらを見る青い瞳が八つ。異様だ。地獄の淵を思わせる。勿論、行った事は無いし、これからも行く予定は無いが、多分、こんなだ。

「テリー・ウェインだ」若いの、に対する答えとして言った。

「テリー・ウェインか…。いい名だ。覚えておこう」スワンソンが言った。

そう言えば何度か会っているが、彼に名乗るのは今日が初めてか…。思いのほか紳士的な対応だった。今まで俺の事を、若造呼ばわりした奴の中では最もスマートな応対と言えた。

「じゃあテリーと呼んでいいか?」と訊くので、俺も気持ちよく「ああ。どうぞ」と答えた。少し陰気な印象を与えるが、中々の人物のようだ。

「テリー、首尾はどうだ?」スワンソンが訊いた。

「首尾?」

「網には何か引っかかったか?」

「いや…」

「昨日言ってたタネヒルとかいう男は、本当にこの町に来ているのか? もし来ていると仮定しても列車には乗れるぞ。たとえ爆風に吹き飛ばされ、ガタのきた体であってもな」

確かに。

スワンソンはベストのポケットから年代物の懐中時計を取り出し、時計を見ながら続けた。

「この町の列車は西行きが午前十時。東行きが午後二時に到着する。午前十時の分は、俺達が見張っててやったから心配しなくていい。だが、もうそろそろ行った方がいいぜ」

彼が俺の眼前に示した時計は短針が2に被り、長針が10を割り込んでいた。つまり一時五十分を幾ばくか過ぎている時刻という事になる。『もうそろそろ行った方がいいぜ』よりは『早く行った方がいいぜ』な時間だ。

彼の言う通り列車に乗られれば何処へでも行ける。礼もそこそこに俺はサルーンの影の中から陽光の下へと駆け出した。大通りに出ると、駅舎の向こうに機関車の灰色の蒸気煙が駅へ向けて近付いてくるのが見えた。今日に限って時間通りに来やがる。心うちで運転士たちの正確で誇り高き仕事ぶりを罵りながら、駅舎の中へ滑り込んだ。

脇の吹き出し口から蒸気を吐き切り、入線する列車を横目にプラットホームを見やった。大きな鞄を抱えたご婦人。旦那に三行半を突き付けて街を後にするのか？　着飾った商売人らしき中年男。コイツは牛の仲買人だろう。他にも何人か居たが、タネヒルは居ない。こういう時、彼の無駄にデカい体躯は役立つ。あの図体を見落とすことはまず無いからだ。連結器の下を潜って列車の反対側にも回ってみた。列車の最後部では牛を乗せた貨車を連結作業中。裏手には連結作業員とその作業を見守るカウボーイが数名いるだけだった。自分が連れてきた牛の出荷を最後まで見守るとは、仕事熱心なんだか、ただのおセンチなんだか判断しかねるが、今はそんな事を考えている場合ではない。連結作業にはまだ少し時間が掛かりそうなので列車に乗り込み機関車のすぐ後ろの一号車から順に見て回った。二号車、三号車…と最後尾の客車まで探したがタネヒルの姿は無い。念のため、カウボーイ達に『このアンチャン、さっきから何してやがんだ？』という好奇の目に晒されながらも、彼が牛並みの体躯という事も加味して、牛用の貨車も、空気取り窓から中を覗いて確認したが、彼の姿は無かった。

結論。乗っていない。

どっと疲れた。これが肉体的疲労からくるのか、ヘマせずに済んだという精神的安堵からくるのか、と考えたが、恐らくは両方だ。

連結と給水を終え、西日に晒されながら東へ向かってゆくの列車のケツをプラットホームの端にヘタリ込みながら見送った。

揺れる貨車。牛の鳴く声。きっと牛達が貨車の中で暴れているのであろう。腹立たしいのも理解できる。つい数日前まで大平原を闊歩していた身空から、あの狭い貨車に押し込められる立場に追いやられたのだから尚更だ。

その日の夜、サルーンの隣り合わせの丸テーブル二脚に集まった俺たちブロンソン組とスワンソン一家の皆々様に、俺は午前十時と午後二時の列車の監視の割り振りについて提案した。皆で担当を決め、均等に受け持とう、という趣旨のものだった。そうすれば皆が朝か昼に休息が取れ、担当を持つ事によって責任感も生まれ、複数名で監視する事によって取り逃すリスクも軽減でき、不測の事態にもある程度の数を以て対処できる。と結構な熱量で語った。俺が思うに皆々にとって平等、フェア、公明正大な条件だった。

「担当？　もう担当は決まってんじゃねえか」マクギブンが言った。

これで話し合いは終わった。

俺が担当だと言うのだ。否、そうは明言しなかったが、皆がそういう目で俺を見た。有無を言わせぬ目が都合、十四個。蒼いのから緑色の、黒いのもあった。目は口ほどにモノを言う。

「朝も昼もか？」

俺の問いに答えはなく、もう十四の瞳の視線はウイスキーグラスに注がれていた。

翌日、朝十時の西行きの便。昼二時の東行きの便。と昨日と同じ手順で監視した。

一両目から最後尾まで、牛の貨車の中も勿論の事。不測の事態にも備え、銃把に手を添えながら。

今日も奴等は居なかった…。

目当ての男たちが乗っていない、少し遅着した午後の便を夕焼けの中、見送ると、やはりその場にへたり込んでしまった。乗っていなかった事への悄愴と乗っていた時に感じるであろう焦燥が綯交ぜになったからだ。

まったく毎日なにをやってんだか…。

これがいつまで続くのか、と考えると途方にくれてしまう。

「お取り込み中のとこ悪ィが」

へたり込む俺の耳元に、そばかす面がしゃがみこみながら言った。

不意をつかれた。後ろを取られるとは、またしても痴態だ。多少早くなった鼓動を悟られぬよう平静を装い、彼に応じる。

「何の用だ?」

「乗ってなかったろ?」

「ん?」

「例のタネヒルって野郎の事さ」

「だったら、どうだってんだ?」

ぶっきらぼうに訊いた俺に、彼がニヤリとさして白くもない歯を見せた。

「見つけたのか?」思わず声が上ずる。

「見つけたんですか、だろ」

洒落くせえ。

「見つけられ遊ばしたのですか、ドナヒューさん。とまで言えとは言わねえし、駄賃も求めやしねえが、敬意は表して貰いたいね」

そばかすビリーが何言ってやがる、と思ったが何も無いところに輝く一筋の光明。一縷の望み、垂らされた蜘蛛の糸。彼がそれを齎したのだ。少し心苦しいが、これは敬意を表してやってもいい。そう思ったので、「見つけてくれたんですか、ドナヒューさん」そう言ってやった。

「ついて来いよ」

顎を振り、同行を促したビリーは、何処に行くのか、と訝しむ俺を、商店の立ち並ぶ大通りを外れ、その裏手にある居住区へ誘った。

大通りの立派な建物と違い、とりあえず屋根と壁だけ付けました、といった安普請の家が何区画にも渡り続く居住区。鉄道が通り、急ごしらえで作られ、栄えた街の面目躍如といったところか。否、暗部とも言える。魔窟と言うまでの陰気さが無いのは、この街の保安官の仕事の成果と言えるだろう。街のほとんどの住民はここに住んでおり、ここに何千人もの人の営みがあるのだ。

狭い通路を何度も折れ曲がった先、ボブ・タネヒルは、そんなあばら家の一角、ポーチに出したロッキングチェアーに身を委ね、揺られていた。ギシギシ軋むロッキングチェアーは、明らかな重量オーバーで強度検査の如く耐えていた。

「隠れもせずに、何してやがる」

斜向かいの家の壁に背中を付けながら覗き込み、思わず罵りが口に出た。

「アイツだろ?」

「ああ。ボブ・タネヒル氏だ。ご承知のとおり、書類上ジェイク・ザ・スターダストを撃った事になってる」

「承知しちゃいねえが、しかしデケえな。牛並みだ。俺ならさっきの列車に乗せて出荷してるところだ」

「ああ。俺もそう思って貨車の中も調べたくらいさ」

「だが出荷はされなかった」

「だから、あそこで寛いでやがる」

「結構な身分でいいじゃねえか」

ビリーの評するタネヒルの今現在の境遇に『確かに』と頷き、俺は踵を返した。

「何処行くんだい?」俺の背に、ビリーが言った。

「サルーン。仕事終わりの一杯だ」

「じゃあ、あの馬鹿デカい山賊の親玉はどうするんだ？」

「泳がす」

「泳がす？」

「居るトコ分かりゃいいんだ。あの態度だとトンズラこく事もあるめえ」

「それでいいのかよ？」

「的が居なくちゃ、ジェイク・ザ・スターダストを呼べねえだろ？」


その夜、駅前のサルーンで俺は仲間たち（この場合はスワンソン一家も含まれる）に事の次第を報告した。

皆、今回の俺の処置には納得してくれ、ブロンソンからは「それでいい」とのお言葉まで頂戴した。

まあ彼の張った網を張り直したのだから、そう言う他ないのだが。

「それで一杯奢ってやったのか？」マクギブンが訊いてきた。

「ん？」

「保安官助手に、だ」

「いや」

「シケた野郎だ」

その評価は至極、正しい。確かに今の俺はシケた野郎だった。ビリーにはお礼の一つもしていないが、持ち合わせが無いのだからしょうがあるまい。いい格好をして人に酒を奢っておいて、ウェイターに実入りがあったら後で払うから付けといてくれ、では天衣無縫にも程がある。『無縫』で言うならこっちの『無法』だ。無法者の所業だ。否、無作法者だ。しかし先輩共には一言言ってやらなきゃ収まらない。テメエらが飲み散らかした所為だ。

その日もピンカートン探偵社の金で、サルーンで飲み食いしたが、女代は自費という事で、持ち合わせのない俺は二階の部屋で、一人で早々に眠りについた。貧すれば鈍する、だ。

翌朝、ドアがカチャリと開いた。きっちりとその音を聞き取った俺は、枕下のボウイーナイフに手をかけた。

「投げんなよ」

ビリーだ。コイツにモーニングコールを頼んだ覚えは無いのに毎朝起こしに来やがる。しかも今朝はいつもより随分早い。朝の散歩に誘い合う程、お互いに年老いたわけでもなかろうに一体、どういう了見だ。枕の下からナイフを投げる意思がない事を示すようにゆっくりと腕を抜き出し、上体を起こしながらビリーの方へ視線を向けた。

「今日は用があって来た」とビリー。

「そりゃ珍しい」

「ふざけてる場合じゃないぜ。ピンカートンの探偵さんよぉ。お仲間が撃たれたんだぞ」

「撃たれたあ！？　誰が？」

「名前は知らねえ。金髪に青い目の野郎だ」

どいつだ？　ブロンソン組なら、ビリーも顔を合わしているから、ごま塩の、太いの、口髭の、と彼も表現するだろうし、金髪となると兎に角、スワンソンの家中の者なのは間違いなさそうだ。

「今朝、大通り横のボードウォークの上で冷たくなって発見された。酔っぱらいの証言だが、夜中の三時に銃声を聞いたって話だから、多分、昨晩のその時間に殺られたんだろう。ご丁寧に風穴空いた胸の上にピンカートン探偵社のバッジが乗せてあった」

「で、ピンカートンのエージェントだって、すぐに分かったたってワケか？」

「ああ。しかし随分、挑戦的だな。死体の上にバッジなんて。こりゃピンカートンへのメッセージだぜ。テメエらを的にかけたぜ。ってな」

ビリーは随分、愉快そうに言い放った。彼としては他人事であり、しかも彼の管轄する街で起こった久々の大事件になりそうな要素が満載の事案で、よって彼としては普段の書類整理から解き放たれ、働き甲斐があり、また名を売る好機とも言える天から降った僥倖なのであるからして愉快にもなろう。

しかし、当の本人と云うモノの末席に座するピンカートン探偵社の一員である俺からすると、仲間の一人の命を奪われたばかりか、自らの命をも奪うとの意思表示が示されたとあれば、名を売る好機到来とはいえ、舌なめずりしているだけではいられない。狩る側でもあり、狩られる側でもあるからだ。

とりあえず、上着を羽織って表へ出て、ビリー達、保安官事務所が行うという検分に付き合った。

ボードウォークの上で、足をくの字に折り曲げ寝転がり、虚空を見つめる金髪碧眼の男。スワンソン家の四男坊だ。そのコバルトブルーの眼は今、何を見つめているのだろうか？　また、最後に見たものは何だったんだろうか？　生前でも青白かったが所謂、死の淵に誘われ血の気の引いた顔に不釣り合いなほど鮮やかな一点。彼の持つ、否、持っていたその蒼い眼を見ているとそんな事を考えてしまった。

死体は胸に一発、きっちりと正面からぶち込まれていた。これは不意打ちでない事を表しており、また一発必中の腕で屠った事を意味していた。

そして彼の懐に携帯していたであろうピンカートン探偵社のバッジをわざわざ外して死体の上に飾った。

挑戦だ。そう捉えるのが妥当だ。

検分を指示していた、今朝は机の上に足を釘付けしていない保安官（彼が二本の足を駆使し引力に抗っている様を見たのも今朝が初めてだった）の意見も同様だったし、後から駆けつけたブロンソンたちの意見も同様だった。

保安官の命で客に出払って貰い、空になったサルーンで丸テーブル二脚を突き合わせ、話し合いの場が持たれた。

参加者は丸テーブルに俺たちブロンソン組とスワンソン一家。四男坊が座っていた席には保安官が座り、ビリーがカウンターに寄っかかってウェイターと二人、こちらを窺う。そんな感じだ。

開口一番、スワンソンが言った。

「タネヒルがやったんじゃないのか?」

「いや、それはない。アイツの目的は昔の仲間の仇討ちだ。俺たちを的にかける道理はねえ」ブロンソンが答えた。

「仲間の仇討ち?」

「ああ。その仲間をやったというのがジェイク・ザ・スターダストだ。だからヤツは仇討ちの為、自分がジェイク・ザ・スターダストを撃ったと噂を流し、仇敵を誘き寄せようとしたのさ。自分が餌になって。それがアッチモアの町での顚末だ」

「お前らは、その尻馬に乗ったって事か?」

「まあ、そうなる。俺たちの仕掛けた網に付けた餌がタネヒルって事にもなるな」

「だからタネヒルではないってんだな?」と保安官。

「ええ。そうです」保安官の問いに、年長者に敬意を表した口調でブロンソンが是認した。

「タネヒルも俺たちも実は利害が一致している。ジェイク・ザ・スターダストを撃つ、という点で」

「じゃあ一体、誰がやったと言うんだ？」

保安官の問いに、ブロンソンは皆を一周見回して言った。

「ジェイク・ザ・スターダスト」

ブロンソン組の皆の顔がパッと明るくなり、スワンソン一家の顔はより青白くなった。さすがキャマロの保安官を努める男は眉ひとつ動かさなかった。ビリーの顔は見ていなかったので、表現できないが、きっとそばかす面だった事だろう。

「タネヒルを追い、キャマロへ来たんだ」

「なら、なんでタネヒルを狙わない？」ブロンソンに、保安官が冷静に訊いた。

その通りだ。

ジェイク・ザ・スターダストの獲物は、自身を撃ったと吹聴するタネヒルだけの筈だ。

「だからサルーンで宣言した。タネヒルは俺たちピンカートンの獲物だ、と。俺たちはジェイクがタネヒルを撃つのに邪魔な存在なんだ。ジェイクはタネヒルを撃ちたい。しかしタネヒルの身元はようとして知れない。俺たちピンカートンは大通りを闊歩する。ヤツにとって獲物を奪われる事は耐え難い屈辱だろう。なら同じ獲物を追うものを一掃しよう。で、俺たちは奴の的にかけられた。こういう考えもできなくないか？」

ちょっと待て。

タネヒルを餌に網を張り、ジェイク・ザ・スターダストを撃つ段取りだと理解していたが、今の話だと俺たち自身も餌になっているぞ。

と言うより敢えてそうしたのだ。タネヒルの行方が掴めようと掴めまいと自分たちの所にジェイク・ザ・スターダストが現れるように。

この年長者たちのアホさ加減にはホトホト呆れかえる。テメエを餌にするとは…。

保安官も呆れたのか、お前たちに任せる。及び、この件には深く関わらないと表明し、「あんまり死体は増やすなよ」とだけ言ってビリーを連れ、事務所に帰ってしまった。

残ったのはピンカートン探偵社のエージェントが七人。否、ジェイク・ザ・スターダストの餌が七匹だ。

その中には残念ながら俺も含まれる。

保安官事務所の奥の執務机。ビリーはスワンソン家の四男坊の殺害事件に関する書類作成に追われていた。

一人分の書類を作成するのも骨が折れているのに、恐らくこの後、数日間で数人分の殺害事件に関する書類や死亡に関する証明書、報告書を作成する事になるのかと思うと机の上にある山済みの書類の束（バカ）にため息を吹きかけ、途方に暮れてしまった。

ビリーは、あのテリー・ウェインの死亡届も書く羽目になるかもしれないな、と思うと尚一層、心が重くなった。

スワンソン家の三男坊は夜半に目を覚ました。今晩もサルーンの二階の一室で娼婦を相手に何度も何度も挑んだ。こんな日に、と人は思うかもしれないが女でも抱かなきゃやってられない。というのが彼の心境だったのだろう。大人しく一人で眠るなど余程の禁欲家か、男色家か、性的不能者か、類まれなるガンファイターか、もしくはテリー・ウェインでなければ出来ない芸当だったろう。

彼、三男坊は子宮の体温と陰茎への摩擦からくる快楽。及び女体の柔らかい抱き心地に救いを求めた。そして何度も果て、いきり立った状態の陰茎からの射出物を絞りきり、疲れ果てて情緒、情調も枕詞も、すなわち相方を務めた女の事もそっちのけで泥のように眠りに就いた。

朝まで眠れれば良かったのだが、小便がしたくなって起きてしまった。射精後にくる尿意というヤツだ。大きかった陰茎が中身を吐き出し小さく萎れると、とたんに線路のポイントが切り替わった様に小便がしたくなる例の衝動だ。陰茎の用途が変更されましたよ、という事なのか？　この日は射精した後、余韻も感じる前に睡魔が来て眠ってしまったので感じなかったのだが、夜半に目が覚め、今、その尿意が体を支配しているという状態だ。頭を誤魔化して、寝る。と決めて、この衝動を回避しようと思ったが、夜はまだまだ長い。

それは無理と判断した。小さくなった陰茎が朝まで耐えうるとは思えなかったからだ。

そうなると厠へ行かねばならない。

サルーンの厠はこの頃の建物の御多分に漏れず野外。店の裏手にあった。あそこまで行かねばならない。この部屋からだと、まず部屋を出て、二階廊下を中央の踊り場まで行き、階下から見ると途中で二手に割れてYの字になっている階段を下りて一階のバーへ出て、表のスイングドアを撥ね開け、外へ出て店の壁沿いにグルリと裏手へ回る。もしくは二階廊下をドンつきまで行き、内側から掛かった鍵を開け、厠の横まで伸びる外階段を下るかのどちらかだ。

三男坊はベッドの中で起きがけの頭でシミュレーションしてみて外階段を使う方が良い、と判断した。

バーを抜けていく方だと、まず歩く距離が長くなる。それよりバーまで下りると多くの人に会ってしまう。早々に二階の部屋に引っ込んだ男が夜半に用を足しに下りてきた等というのは格好が悪い。頻尿の気があると思われるのも癪に障るし、恐らくバーの酔客たちは俺たちピンカートン探偵社の面々が、ジェイク・ザ・スターダストに狙われていることも周知しているだろうし、その好奇の目に晒されるのも御免だ。

用を足しに下りただけなのに、ビビって小便漏らしやがった等と噂立てられるのは以ての外だ。だから誰にも会いたくなかった。本来なら身の危険をできるだけ回避するため、人の目に触れる位置に身を置いていた方が良い事も分かってはいるが、今晩は人目につかない外階段を利用する事にしたのだ。

三男坊は、隣で寝ている女を起こさぬよう、そっと裸のままでベッドを這い出た。裸のまま、ベッドで眠る女を見下ろす。本当はこの女を連れて行きたい。一人では不安だ。起こして一緒に厠までついてきてくれと言いたい。なんなら手を繋いで行ってもいい。そんな思いに駆られた。昨晩、ずっと組んでいた仲間の一人が撃ち殺されたのだから当然だ。ピンカートン探偵社の人間とはいっても人の子だ。当然恐怖はある。リーダー格のスワンソンだって、あの頭の悪そうなネジの二、三本飛んでそうなブロンソン組の連中だって恐怖を感じているはずだ。じゃなきゃ阿呆だ。

だが、先程まで性の捌け口に、己の欲望の被打撃物として使っていた女に、来る日も否、女性として機能している限り永遠に近い間、朝も昼も夕も夜も客を取る彼女にとって恐らく唯一の安らかなる時である睡眠を妨げてまで「怖いから一緒に厠に付いてきてくれ」などとは言えはしない。それをしてしまうと、まず、女として買っておいてなんだが人非人と言える。それより何より自分自身が今までの人生で曲がりなりにも築いてきた男としての尊厳が損ねられる。

だから突っ張る事にした。眠る女を見下ろしながら床に散乱していた服を下着から順番に着込んでいく。徐々に目が覚め、頭が冴えてきた。ズボンに通したベルトの穴をいつもより一つキツめの穴に通して巻き、ベッドの横にあった椅子の背にかけていたガンベルトを締め込んだ。

女はまだ、ぐっすり寝ている。起きていたら思うことだろう。小便一つしに行くのになんて格好しているんだ、と。

三男坊は窓に近づき、外の様子を見やった。今日は月が出ている。いつもの夜よりは明るかろう。外へ出る踏ん切りが、なんだかついた。

しかし、でもまだ何か足りない気がした。

足元からじっくり確認する。ブーツ。ズボン。ガンベルト。シャツもベストも上着も全て、ちゃんと着込んでいる。鏡の前でもう一度確認した。上着をはねる。ベストに付けっぱなしのピンカートン探偵社のバッジが窓から入った月明かりに反射して鈍く光った。

足りなかったのはバッジ（これ）かもしれない。

その結論に妙に納得した三男坊は部屋のドアをガチャリと開け、部屋の外へと踏み出した。


ひっそり寝静まった二階の廊下を、部屋から出た三男坊は突き当たりまで歩んだ。一階のバーで飲む酔客たちの騒ぐ声が漏れ伝わってきた。階下では牛追いを終えたカウボーイ達が明日の事など考える事もなく酒を浴びるがままに呷っているのだろう。理解できる。当然だ。彼らは二月近くの間、泥にまみれ、陽に照らされ、風雨に曝され、あの場所にいるのだ。自分とは違う。彼らは仕事を終え、享受したのだ。あの場所を。自分とは違う。自分は今、仕事の最中だ。いつもなら感じなかったろう立場の違いを痛切に感じた。だから声だけ聞こえる彼らが羨ましく思えた。自分もこの仕事を終えたら、彼らのように明日のことも考えず浴びるがままに酒を呷るとしよう。そう思いながら廊下の突き当たりの外階段へ続くドアの鍵を内側から開けた。

夜風が心地よかった。

外の二階踊り場へ出る。目の前にドンと、サルーンの背向かいの立派な石造りの二階建てにしては背の高い建物が迫るように見えた。確かウエスタンフェデラル銀行とか言った筈だ。表の看板など掛かった華やかなナリとは違い、窓一つ無い愛想のない背中だ。

三男坊は、手すりから階下を覗き込んだ。目指す厠はこの外階段の踊り場の丁度、真下だ。下の様子を窺った。誰もいない。下りても問題なかろう。

狭い場所に無理に拵えたからか、店の壁に沿って下へと続く木製の外階段は上から見ると随分、急な傾斜の造りだった。踏み外す訳にもいくまい、と一インチ半ほどの幅の角材を上から下まで渡しただけの手すりに左手を添え、一段踏み下りた。

ギシッ。踏み面板が軋んだ。思わずその軋音に反応し右手で銃把を握ってしまった。恐れからきたのではない。ガンファイターとしての習性がそうさせたのだ。自身にそう言い聞かせる。

辺りを見回した。誰もいない。誰も見ていない。それでいい。

次の段、その次の段と、ゆっくりと一段下りる毎に踏み面板を軋ませながら、誰も来ていない、誰の気配もない事を確認して、階下まで下りた。

ブーツの踵に感じる土の感触。ブーツの尖ったつま先が、厠を利用する者たちに毎度のように踏まれても踏まれても尚、生命を宿す雑草の穂先を凪いだ。

サルーンの背向かいの建物を見やる。銀行だけに頑強、質実剛健な意思表示をしているように思えたが、生気は感じられなかった。この建物から一〇ヤード（約九・一ｍ）程の緩衝地があってサルーンの壁に引っ付くように個室が三つの厠がある。臭いが漏れないようにか、扉は全て閉まっていた。

三男坊が最善を期する事を誰が咎めようか。

外階段の下り口に近い扉から順番に、中からの抜き撃ちを喰らわぬ様、扉に正対せずに横合いから二度ノックを施した。

一番手前の扉。

反応がない。

銃把に右手を添えながら、勢いよく扉を開けた。誰も居なかった。

続いて真ん中の扉をノックした。

反応が無かった。

勢いよく扉を開ける。誰もいない。

最後の扉。

ノックした。

反応がない。

扉を開けたが、誰もいなかった。

杞憂に終わった。

三男坊は、最後の扉の中に入り、後ろ手で扉を閉め、ズボンを下ろし小便をした。思った程の量ではなかったが、尿道を生暖かいモノが通って行く気持ちよさに連動して背中が震えた。その暖かさは立つ湯気でも窺えた。射精後の放尿だったため多少、拡散し狙いも定めづらかったが、大体は便器の中に収め切れたので悪くない放尿だ。

体内の液体を出し切り、いつもより念入りに陰茎を振り、小便を切ってズボンの中に仕舞い込んだ。もう今晩は二度も小便に立ちたくないという気持ちがいつもより念入りに陰茎を振らせたのだと思う。

三男坊はズボンのベルトを締め直し、ガンベルトの位置も直して扉を開けた。

月明かりに照らされ、男が立っていた。

男の後ろには愛想もないウエスタンフェデラル銀行。

辺りの夜の暗さと、月明かりの逆光で腰のガンベルトに差し込んだピースメーカーだけが輝いて見え、男の顔は窺えなかった。ただ、思ったより小柄だな、という印象を受けた。

男が言う。「ピンカートンの者だな?」

三男坊は発声できなかった。声帯の機能の問題ではない。他の別の何かが、彼から声を奪ったのだ。だから彼は、男の問いに薄く顎だけを下げ頷いた。

男は三男坊の腰のガンベルトだけに視線を合わせ、掠れるような声で言った。「抜けよ」と。

三男坊は逡巡した。自分が銃を抜く、という事は相手も銃を抜くという事だ。即ち早抜き合戦になるという事だ。自分がその先鞭をつける。

確かに先に抜く方が有利だ。男がそれを譲ってくれた。

自分が先に抜いたとして、果たして男に勝てるのか？

男はそれでも勝てる、と判断して『先に抜け』と促したのだ。つまり銃の腕で圧倒的に優っていると思われている。自分は舐められているのだ。

三男坊は思った。このままではピンカートン探偵社の名折れだ。舐められたままでは男が立たぬ。銃を抜くしかないのだ、と。

男との間合いを整える。

男は肩の力を落とし、泰然自若と構えていた。

三男坊は自分の呼吸が荒くなっているのに気づいた。だから鼻で大きく吸って、大きく吐き呼吸を整えるのに努めた。肩に力が入っている。一旦、ぐっと力をいれ、そのまま指先にまで血が巡るよう指の関節を一つ一つ曲げ動かした後、脱力し肩の力を落とした。

上手く凝りほぐれた。

ホルスターの位置を確認した。自分の手の長さ、腰の高さを鑑み一番、銃が抜きやすい場所に位置している。準備は完了している。後は銃を抜くのみ。

果たし合いも初めてではない。三男坊もピンカートン探偵社の男だ。何度も経験していた。勝敗の行方は言うまでもない。今、彼が生きている事こそがその証左だ。

もう一度、男との間合いを整えた。

鼓動が世界を支配した。

そして…

三男坊の右手は電光石火の早業で銃把を摑んだ。

次の瞬間、彼は星屑になった。


厠の木製便器を枕代わりにするように横たわる三男坊の骸。彼の美しい緑色の瞳は厠の天井の何を見つめているのか？

右手で握る銃はついに発射される事は無かった。そしてこれからもその引き金が引かれることはない。

胸のど真ん中を撃ち抜いた男は、三男坊に近づき、彼のベストに留められていたピンカートン探偵社のバッジをもぎ取り、きっちり撃ち抜いた三男坊の胸の上に飾り付けた。


俺たちブロンソン組一同は朝一番からウエスタンフェデラル銀行の壁に寄りかかり、実況見分の様子を眺めていた。

太陽があがると熱気が籠るのか厠は重く生ぬるい酷い臭気を辺りに漂わせた。

大した死に様だ。

便器を枕代わりに体半分を便所に突っ込み撃ち殺されたスワンソン家の三男坊の事だ。

彼の死体には四男坊の時と同じく、胸のど真ん中を一撃で撃ち抜かれ、その上にピンカートン探偵社のバッジが飾り付けられていた。

保安官とスワンソンが見守る中、次男坊とビリーにそれぞれ片足ずつ受け持たれ、厠から引っ張り出された三男坊を見て、

「いい腕してるな」とブロンソンがポツリと言った。

彼の一言は重く腹に響く一言だった。他の誰が言うよりも。

「次はお前かもな」しゃがみこんでいたマクギブンが俺を見上げ言った。

縁起でもねえ。冗談にすらなっていない。

会心の冗談を言ったつもりなのか、俺の身を案じ先輩として忠告してくれたのか、はたまた占術、呪術を駆使した預言者としての能力が突然開花しての発言なのかは知らないが、言った後、満足げに振る舞う彼にだって『次』の可能性が無いわけではない。言い換えれば、数年に渡り、この大西部を渡り歩いてきたマクギブンですら立派な『次』の資格候補者なのだ。

否、彼だけではない。ここにいる全員が『次』の資格を有しているのだ。残念ながら。

実際、厠の前で三男坊の死体は柩に納められたのだが、朝一番から呼ばれ、その作業を

にしていた。皆が『次』はどいつになるのだろう、と思っているのかもしれない。もしマクギブンなら、彼の体では俺たちと違って規格品の棺桶では賄えないだろうから、特注品を発注しなければなるまい。でなければ、その出っ張った腹の死体を棺桶が設え終わるまで半日ほど、そこいらに晒さなければならぬ羽目になる（コートくらいは掛けてやってもいいが）。それも気の毒なので、彼に採寸に応じる様に勧めようかと思った程だ。

無論、彼は断るだろうし、俺もそんな気遣いをする程、気が触れちゃいなかった。

「いい死に方だったんじゃねえか？」保安官事務所のいつもの執務机で書類作成をしていたビリーが顔を上げ、言った。

「どこが？」

「昨日の晩の相手してた女に聞いたんだが、四度もイったってよ。しつこくて、かなわねえとも言ってたが、そんだけ楽しんでションベンしに行って撃たれて、一発で苦しまずに死んだってんなら、悪い夜じゃ無かったはずだぜ」

死んだ本人に反論の機会を与えてやりたい。そう思った。恐らくは女でも抱かねばやってられない精神状態だったと推測される。俺だってブロンソン組の誰かが殺られた後なら、そんな心理状態になるだろう。まあ昨日も金さえあれば女は抱いていたろうが。この場合は性的欲求の話で、彼の場合は精神的欲求からの希求だろうが。

兎に角、便所に体半分預けての昇天は良い死に方ではない。その点はビリーも同意してくれた。便所に体半分よりも最悪の死に方を考える。

「ハゲワシの生贄になる」ビリーが言った。

「それなら生き埋めの方が酷い」と俺。

その他、バッファローの群れに踏み殺される。婆さん相手の腹上死等、いくつか候補が出たが便所に体半分預けての死というのは、最悪の死に方部門において、かなりの上位に位置する死に方であることが分かった。

もう少し箸にも棒にも掛からない話をしていたかったが、保安官に「いつまで下らない事言って駄弁っているんだ」と怒られ、保安官事務所を後にした。

ビリーのおかげで気を紛らわす事が出来た。礼は言わないが教会に行ったら代わりに拝んでおいてやることにした。最後に教会に拝みに行ったのは三年ばかし前の事だったが。数年後、覚えていれば、きっとするだろう。ただ賭け事の対象になるのなら俺は躊躇無く『覚えていない』の方に賭ける事だろうが。これに関しては配当金が欲しいからに他ならない。

三男坊の遺体は、前日に殺された四男坊の遺体と共に街の教会での葬式に駆り出された。列車に乗せ、シカゴまで運んで彼らの家族の許に届けてやろう、という案も出たが最後は「墓の位置と信心深さは比例しない」というマクギブンの何だか分からない論理で、キャマロの街で荼毘に付される事になった。

キャマロの街に相応しい景気の良さそうな石造りの背の高い巨大な教会。中に入った事は無いがボストンの大聖堂と比べたって、悪くない勝負が出来そうな立派なもので、アッチモアの教会の倍はあろうか。兎に角、大きな荘厳極まりない礼拝堂の一番奥にある説教台の後ろには会った事はないので実際にはどの位の寸法の男だったかは知らないが、等身大はあろうかという大工の倅が磔られた十字架が鎮座しており、説教台の左右の空いたスペースに右に三男坊の棺桶、左に四男坊の棺桶が置かれ、説教台から伸びる中央通路の両側に五人がけの椅子が間に柱をはさんで二組みずつ、前後に二十列並んでいた。

参列者は俺たちピンカートン探偵社の者達だけ。俺やブロンソン、スワンソン、次男坊は神父の声が聞こえる前の方の席に陣取っていたが、マクギブンとゴールドスミスは始まる前から退屈さを隠すこともなく、随分後ろの席で二人並んで座った。神父が祈りの言葉として話すラテン語など誰も理解していなかったので何処に座ろうが同じ事ではあったが、信心深さと席の位置は比例する。という事だと理解した。

葬式を執り行った神父もひょっとしたら、また明日になれば新たな死体が生まれるのだから全部まとめてやりゃあいいのに、と思っていたかもしれない。

が、この時点で葬式を行ったのはリーダー格のブロンソンとスワンソンによる、もうこれ以上、死人は出さないという明確な意思表示によるものであった。

俺も図らずも教会に拝みに来ることになった。ビリーの件は保安官事務所を出た時点で完全に忘れていたので、彼の平安を拝むことは無かったが、三男坊と四男坊の冥福は祈った。レスト・イン・ピース。安らかに眠れ、と。


「葬式っつうのは、どうしてこう陰気臭いのかね」自分の遥か前方で執り行われている葬式を見ながら、マクギブンがまるで部外者のように言った。

「それが葬式だからだろ」聖書片手に祈りの言葉を捧げる神父そっちのけでステンドグラスを眺めていたゴールドスミスが、背もたれに両肘を乗っけてベンチに体を預け、さほど長くもない足を組む葬式には適当ではない態度のマクギブンに答えてやった。

「お前、好きなのか？」マクギブンが訊く。

「何が？」

「葬式が、さ」

「阿呆か。葬式好きな野郎が何処にいるんだ」

「此処にいるじゃねえか」

「俺が、マクギブンさん、お葬式好きです。なんて言って、葬式が好きな点を五つばかり挙げた事があったか？」

「いや、ないね」

「何故無かったか分かるか？　葬式が好きではないからだ。嫌いと言い切ってもいい」

「じゃあ、お前も含めて何故、皆、出席する？」

「お前、深いな」

「深いか？」

「深いね。ただ答えは出てる。義理だよ」

「義理で出てるのか？」

「ああ。俺の場合はそうだ」

「義理だってんなら仇討ちした方が良くねえか？　俺たちガンファイターだろ？」

「まあな」

「その方が俺たちの流儀だぜ」

「まあな」ゴールドスミスは、今度の『まあな』は少しゅっくりと言った。彼風に言うところの深い『まあな』だった。

　長い付き合いの中で、その感情の機微を感じ取ったマクギブンは「俺たちでやろう」と突き出た腹を折り畳みゴールドスミスの眼前に自らの顔面を突き出した。

「二人でか？」

「おう。俺たち二人で」

「スワンソンが構わねえってんなら吝かじゃねえが、まずはアイツの仕事だぜ。道理からいったってアイツ等を立たせてやらなきゃならなくねえか？」

「構いやしねえだろ。誰がやったって」

「考えてみろよ。お前やテリーが殺られた後、スワンソンが仇を取ったら俺たちの立つ瀬が無いだろ？　それと同じよ」

「例えが悪かねえか？　テリー・ウェインはまだしも俺は死なねえ」

「誰でもいい。じゃあブロンソンとテリーにしろ」

「お前とテリー・ウェインかもな」

「それは無い」

「じゃあテリー・ウェインだけだ」

ゴールドスミスは納得したのか、マクギブンに向かって頷いた。

「テリー・ウェインが殺られたら、どうする？」マクギブンがゴールドスミスに聞いた。

「それを俺が聞いてる。どうするんだ？　と」

「まあ行くかな…他のヤツに取られる前に」

「だろ？」

「でもそれはテリー・ウェインがどうこうって話じゃねえぜ。俺の腹の虫が治まらねえって話だ」

「そういう事さ。それを言ってる。だから、まずはスワンソンに譲らねえといけねえよ。分かるか？」

マクギブンは玩具を奪われた駄々っ子の様に不遜な目で「ああ」と不承不承に頷いた。

葬式の後、俺たち信心深い方が、マクギブンとゴールドスミスの陣取っていた後方の席を訪ね、皆で話し合いの場が持たれた。教会がその内容に似つかわしい場所であったか、は誰も咎めなかったが、もちろん議題は三男坊と四男坊の仇討ちの話だった。

マクギブンが、スワンソン一家の生き残りたちに「お前たちがやらないなら俺がやる」と追討者となる意思表示を示したが、当然スワンソンには「手出しは無用だ」と却下され、結果的に満場一致で仇討ちはスワンソンと次男坊に委ねられる事となった。

居合わせた誰もが、ジェイク・ザ・スターダストの獲物ではあったが、誰もがその討手になりたがった。

恐れを知らぬ前向きな発想というよりは、タガが外れた西部の男たちの群れが為す業だった。

もう夕刻を迎え、オレンジ色に染まる大通りへと、教会から出てきたスワンソンは、連れ立つ次男坊に耳打ちした。そして最後にこう付け加えた。

「俺が囮になる。お前がジェイク・ザ・スターダストを殺れ」と。

スワンソン達の後から教会を出た俺たちは、オレンジの中に伸びる教会の影を踏み越えてゆく二人の背を見送った。

その背は、自分達の長く伸びる影を追いかける様に、サルーンの中へ消えていった。

相手は闇夜にしか現れない。しかも一人のところを必殺。

スターダストの異名通りの男だ、等と思いながら暗闇の中、サルーンの二階廊下の突き当たりまで来たスワンソンはベストのポケットから懐中時計を取り出した。数時間かけて闇に慣れた目を凝らす。きっかり午前三時。作戦決行の時間だ。スワンソンは時計を懐に仕舞い、外階段へ続くドアの鍵を外した。

ドアを開けると夜霧がねっとり頬に絡みついた。しかし視界を妨げる程のものではない。眼前に広がるウエスタンフェデラル銀行の背中が、壁の窪みまでしっかりと確認できた。

これなら作戦に支障は来さない。

スワンソンは手すりに体を預け、眼下を見やった。誰もいなかった。念入りにもう一度確認して階段を下った。一段下りる。軋む。織り込み済みだ。

二段目を下りる。軋む。織り込み済みだ。

三段目を下りる。軋む。織り込み済みだ。

四段目を下りる。軋む。織り込み済みだ。

五段目を下りる。軋む。織り込み済みだ。

六段目を下りる。軋む。織り込み済みだ。

七段目を下りる。軋む。織り込み済みだ。

八段目を下りる。軋む。織り込み済みだ。

九段目を下りる。軋む。織り込み済みだ。

十段目を下りる。軋まない。拍子が抜けた。

そして、また軋んだ十一段目を下り、スワンソンは地上に降り立った。銃把に手をやり、辺りを窺う。銀行と厠の間の空き地には誰の気配も無い。あるのは踏み乱されて出来たブーツの跡と三男坊を安置するために運び入れた棺桶の跡だけだ。

この地面にジェイク・ザ・スターダストの骸を寝かすことができるのだろうか？　と考えて、スワンソンは出来る。と判断した。三男坊や四男坊の死に様から、相手は決して不意討ちでカタをつけていない事は分かっていた。純然たる勝負を挑み、その結果、二人を屠ったのだ。しかも圧倒的力量の差で。しかし俺は違う。とスワンソンは思った。彼自身はピンカートン探偵社からチームを一つ任されるような男である。殺された二人とは圧倒的に力量が違う。そう自負していたし、実際そうだった。しかも今夜は埋伏の計も凝らしてある。二重の網だ。逃しはしまい。自身がジェイク・ザ・スターダストを倒す。もしそれが叶わなくとも次男坊がそれを完遂してくれるだろう。なにせピンカートン探偵社の手練二人によって張った網だ。逃れる術はないはずだ。

スワンソンは、もう一度辺りを見回し誰も居ないのを確認して階段下に設えられた三つ並んだ厠へ歩みだした。

一番手前の厠の脇へ行き、厠の中から撃ち込まれぬよう横合いからノックをした。

反応が無い。予定通りだ。

扉を一〇インチ（約二五㎝）ほど開けて銃口を突っ込みながら中を確認。誰もいない。

次の扉へ。

中央の扉の脇に行き、ノックをした。

反応があった。予定通りだ。

扉を一〇インチ程開け中を確認。次男坊と目が合う。次の扉へ。

一番端の扉の前へ行きノックした。

反応がない。予定通りだ。

薄く扉を開け、銃口突っ込みながら中を覗き見て誰も居ないのを確認し、厠の中へ体をねじ込んだ。

今朝、三男坊が殺されていた厠だ。スワンソンはその光景を思い出していた。丁度自分が立っている場所に彼は横たわっていた。木製便器を枕に、である。彼は朝まで死臭と汚臭にまみれ、ここに横たわっていたのだ。自分の配下の者にこのような汚辱を味わわせた男を許しておくわけにはいかない。そう強く決意しながら左手でベストのポケットから懐中時計を取り出し秒針を検めた。

右手で銃を抜き出し、リボルバーの中身を念のため点検する。45口径の弾が六発きっちり入っている。手首を返して銃を振り、弾倉を回転させてスムーズな動きを確認してホルスターに再度仕舞いこんだ。もう一度、左手の懐中時計を見る。機械式の秒針がカチカチと動き、丁度、厠に入ってから一周した。頃合いだ。懐中時計をポケットの中に戻したスワンソンは扉を開け放ち、厠の外へと歩みだした。

外へ出たスワンソンは目を凝らした。

幾何、待ったろう…、

夜霧の中、男がウエスタンフェデラル銀行の脇から現れた。

影のような男。ただ、腰に差したピースメーカーが、その輪郭をあやふやな物ではなく明確な物としていた。死の淵を縁取る様に。

思わず笑みが漏れる。目当ての男の来訪に。

男は、ゆっくりとこちらに近づいてくる。

随分な余裕だな、とスワンソンは思った。しかしそんな事はどうでもいい。ゆっくり歩いて来ようが、早足で来ようがする事は決まっている。そして結果も。だからスワンソンは好きにさせた。

自分の前まで来た男を見て、スワンソンは思ったより小柄だな、と思った。ジェイク・ザ・スターダストという通り名が喧伝され過ぎてしまい、殊更大きな男だと印象付いてしまっていたのかもしれない。そんな事に惑わされるとは西部の男の名折れだ。そうも思った。

男は、スワンソンと正対した。二人の間は三ヤードばかりしか無い。

スワンソンが先に口を開いた。「何かお探しか?」

「ピンカートンの男を探している」

「そして撃つのか?」

「故あってな」

「なら、今日の相手は俺だ」スワンソンは上着を撥ね、ベストに付けた探偵社のバッジを男に翳した。

「ああ」男は軽く頷いた。その言葉には早く始めようぜ、というニュアンスが含まれていた。

　しかしスワンソンは焦らなかった。焦らす気も無かったが、焦る必要も無かったからだ。他の男なら早々に応じて銃を抜き合っていたかもしれない。凡百の男達なら。だが、スワンソンはそうではない。それを証拠に男もスワンソンには「先に抜け」とは言わなかった。言わせなかったのだ。

　互いに男と認め合った、というところか…。

　今から果たし合う相手との会話は無用だが、スワンソンはもう少し話したくなった。なにより目の前にいるのは伝説のガンマン、ジェイク・ザ・スターダストだ。

「お会いできて光栄だ」

「俺もだ。テリー・ウェイン」

「テリー・ウェイン？」

「違うのか？」

「ああ。違うね。何故、奴の名前を知っている？」

「故あると言ったぜ。ピンカートンの探偵さんは一体、何人出てくる気だ？　他のに、用は無えんだが」

「ピンカートンが狙いではないのか？」

「誰でもいいってワケじゃねえ。人を血に飢えた人殺しみたいに言わないで貰いたいね。俺の標的は、テリー・ウェイン一人さ」

「その故とやら、聞かせてもらおうか」

男が口を開こうとしたその時、厠の中央の扉が、勢いよく開いた。

「あっ」違う、まだ早い。とスワンソンは続けたかったが、もうどうしようもない。銃を突き出し、出てきた次男坊が男に狙いを付けた。

男が銃を抜く。速い。スワンソンも舌を巻いた。

しかしスワンソンも並の男ではない。すぐさま銃を抜きにかかった。

男の素早い銃は、次男坊が引き金を引き切る前に、彼を星屑に変え、銃口をそのまま右にスライドして撃鉄をファニング（連射するため掌で扇ぐ様に撃鉄を強制的に畳み込む技）させ、スワンソンをも撃ち抜いた。

一瞬立ち遅れたスワンソンの銃弾は月夜に向かって放たれ、倒れ込んだ彼の骸は今朝、三男坊の棺桶が置かれた場所と寸分違わぬ場所に横たわった。

策に溺れたのかもしれない。

普通に果たし合いをしていれば、こうはならなかったのかもしれない、と胸を撃ち抜かれながらスワンソンは思った。

腕に明確な差は無かったはずだ。予定と違うタイミングで飛び出してきた次男坊に舌打ちした、その一瞬の遅れが趨勢を決定づけた。勝負とは紙一重の差だ。その差を摑む者と摑めぬ者がいる。今までの自分は、全ての紙一重の差を摑んできた。それが今日、摑めなかったのだ。どうして今日に限って…否、そうではない。全ての者が『今日に限って』を感じて死んでゆく。長い…若しくは短い人生の中で『今日に限って』を感じる瞬間が、いつかどこかで訪れるのだ。勿論、感じる間も無く死んでゆく者もいるだろうが、自分の場合、今日初めて『今日に限って』を感じた。そしてもう感じる事は無いだろう…。しかしジェイクの奴、テリー・ウェインだと…。あのブロンソンとこの若いの、何かやらかしやがったのか？　そんな事を考えながら、大地に体を打ちつけたスワンソンは、星屑に変わった。

三男坊と四男坊の葬式が終わった昨日の夕方から、酔えるはずもないのにチビチビと酒をやり、サルーンのバーに入り浸っていた俺たちブロンソン組の四人は夜の遅くに、正確には午前三時過ぎに三発の銃声を聞いた。音源は店の裏手。スワンソンが言った通りの時間に、言った通りの場所から聞こえてきた。スワンソンから聞かされた作戦通りだ。

スワンソンがジェイク・ザ・スターダストの前に立ち、便所の中に隠れていた次男坊が、これを討つ。

しかし、これなら銃声は一発で済む筈だ。だが俺たちは三発の銃声を聞いた。何かがおかしい。仲間たちと顔を見合わす。他の皆もそう思ったようだ。酔う程も飲んでいないし、飲めなかったから聞き間違うはずもない。また耳鳴りに悩ませられる程の持病を持った年寄りもいない。確かに三発誰かが撃ったのだ。

スワンソン達が？

恨みを晴らすために仕留めた後にジェイクの死体にもう二発ぶち込んだ？　考えづらい。彼らはそんな事はしないだろう。死人の体を傷つける等という行為は西部の男の流儀に反する。そして何より弾の無駄使いだ。

という事はジェイク・ザ・スターダストが？

俺たちは表のスイングドアを勢いよく撥ね開け、全速力で店の裏手に回り込んだ。

サルーンとウエスタンフェデラル銀行との間の空き地。夜露に濡れる大地の上にスワンソンは横たわっていた。

彼ほどの手練がきっちり胸を打ち抜かれ、バッジを胸に飾られて。

しかし次男坊が居ない。どこへ？

皆で辺りを探す。

「ここだ。ここに居る」マクギブンが中央の厠の中を覗き込み言った。

皆で厠の中を覗き込んだ。次男坊は体を腰からくの字に折り曲げ、自らの体重で木製便器を破壊して、汲み取り前の汚物の中に体のほとんどを漬け込ませ、事切れていた。

「最悪の死に方ランキング記録更新だな」朝になり、検分に訪れたビリーが、開口一番言った。

仲間の死だ。抗ってやりたかったが、抗いようのない現実を突き付けられていたので「ああ」とだけ答えた。

「まったく…引っ張り出す者の身にもなって貰いたいもんだぜ」とビリーが、苛立ちが溜息を和姦したように言った。

確かに。

朝一番から現場を一見した保安官に何時ものごとく半ば強制的に、この大役を仰せつかったのだろう。役目とは言え、彼が気の毒に思えたので「まったくだな」と同意だけはしておいてやった。これで気休めくらいにはなるだろう。俺からの言葉のプレゼントだ。

「いや待て。お前もやるんだぜ」

は？

ビリーは次男坊の死体を指差し、続けた。「よく見ろよ。俺一人で引っ張り上げられると思うか？　この糞まみれを」

人の仲間を随分な言い方である。

「糞まみれじゃねえ…」と言って、フト思った。コイツの名前は何だっけ？　いつもスワンソン家の次男なんてブロンソン組の仲間内では呼んでいたので、彼の本名を知らない。だから言い淀んでしまった。

「じゃなきゃあ何だ？」言い淀んだ事で、ビリーに言葉を継がせる隙を作ってしまった。「これを糞まみれ以外の言葉で表現する国語力が、お前にはあるのか？　俺には無いね。敢えて表現するなら、これは糞まみれ中の糞まみれだ。『糞』と『まみれ』の間にもう一つ『クソ』を付け加えてもいい案件だぜ」

抗えなかった。スワンソン達から作戦の概要を聞かされていただけに尚更。作戦を簡単に要約すると、こうだ。弟分達が殺られた時と同じように深夜三時スワンソンが厠へ行き、ジェイク・ザ・スターダストの前に体を晒す。彼が自ら囮になりジェイクを誘い出す手筈だった。ここでスワンソン自らがジェイクを倒せれば申し分ないが、もしそれが果たせなくとも厠に隠れていた次男坊がジェイクの不意を撃ち、仕留め切る。多少、西部の男の道に悖るかもしれないが必殺の作戦。ピンカートン探偵社の手練二人による二重の網のはずだった。

が、どこかで齟齬が生じたのだろう。結果としては二人共が討ち取られた。特に次男坊などはジェイク・ザ・スターダストに気づかれぬ様、昨日の夕方から深夜まで長々と厠に身を隠し続けた挙句、撃ち殺されたのだ。

だから最悪の死に方と言えた。彼の後半生は、と言っても実際は最期の半日だけだったが…便所に捧げる形となった。捧げ尽くした挙句、その糞の奈落に堕とされ死んだのだ。

だから抗えなかった。ビリーの言う通り糞まみれの死だ。次男坊の体には一切触れたくは無いが、遠くから祈ってやりたくなった。健やかなる休息を、と。厠の奥から引っ張り出す方と引っ張り出される方、どちらが幸せか、を考えながら。

ビリーとの、ほんの短時間の話し合いの末、人力で次男坊を引き上げることは無理だと判断した。仮に数パーセントの可能性があったとしても、それは積極的に無視した末の判断だった。

「お前の、あの小汚い馬を連れてこい」ビリーが言った。

随分な言いようだ。テメエが紹介して半分見繕った馬だぞ。

ただ、小汚いか、小汚くないかは扠置いて、馬で引き上げるのは良いアイデアだと思ったので、預けていた厩まで行って愛馬を連れてきた。豹のようなブチの柄からレオと名付けたこの俊馬に、便器に挟まり事切れた糞まみれの男を引っ張り出す作業に従事させるとは思いもよらなかった。気の毒だが、これも大事なお役目だ。我々が楽をする為にも彼の馬力に大いに貢献して貰わねばならない。

体をくの字に折り曲げ便器に塡った次男坊の、僅かに外へ突き出した両手足の首にロープを巻きつけ、その先をレオの鞍に結びつけた。

便所から伸びる四本のロープ。それを引っ張る俺の愛馬。うまくいくだろうか？

とりあえずロープの結び目を再確認したビリーがゴーサインを出すので、レオの尻を乗馬鞭で勢いよく引っぱたいた。

前足を高く掻き揚げ、雄叫び上げたレオが前進を始める。彼の足に打ちつけた蹄鉄が大地を嚙み、便所の前の空き地を抉った。

「もっと引っぱたけ！」ビリーが厠の中を覗き込みながら叱咤を飛ばした。次男坊の体のどこかが便器に引っかかっているのか、うまく出ないようだ。

世話が焼ける。

レオの尻を鞭でしばき上げた。二発、三発と。

ぐぐぐ、と前進が始まる。

「いいぞ。もうちょっとだ！」と言ったビリーが素っ頓狂な声を上げた。「あっ」

しかし馬は急には止まらない。

レオに便所の淵から引っ張り出された次男坊は、そのまま糞まみれの体をウエスタンフェデラル銀行の壁際まで引きずり回された挙句、その身を晒した。

ただでさえ糞まみれな上に空き地の泥まみれにもなり、ロープも絡まり、馬にも蹴られ…と散々な無機物が横たわった。

きっと彼が今の自分を省みる事が出来れば、生まれの不幸を呪った事だろう。

その後は、遅れてきた棺桶屋と共に、空き地中が水浸しになるくらいの水を使い次男坊の体を洗浄して（繁盛しているのだから、と言いくるめ、その作業の大半を棺桶屋に押し付けた）棺桶の中に収めた。

当然といえば当然だが、彼のバッジはベストの脇の辺りに付いたままだった。天下のジェイク・ザ・スターダストとはいえ、糞の中に手を突っ込んでまで拘泥しなかったという事か。しかしビリーは「こだわりを捨てやがった」と勝手気ままに息巻いた。だがビリーの気持ちも分からんでも無かった。俺もジェイク・ザ・スターダストには意地でもこだわりの作業、我らピンカートン探偵社への挑戦的メッセージを糞の中ででも叩きつけて欲しかった。との思いを感じたからだ。俺も手前勝手ではあるが。

三発の銃声の謎もすぐに解けた。保安官によってスワンソンの死体が握っていた銃のリボルバーを検めた所、銃弾は一発足りず、その弾は空き地に転がっていた。

この事によって

一発は次男坊の体に。

もう一発はスワンソンの体に。

三発目はジェイク・ザ・スターダストを撃とうと、スワンソンが発射したが、それより先にスワンソンが被弾し、スワンソンの放った銃弾は虚空に向け発射されたと判断された。

これで銃声通り発射された弾は三発。

よってジェイク・ザ・スターダストは無傷だ。

棺桶が都合四つ。ピンカートン探偵社の精鋭と謳われたスワンソン組が全滅した。一人の男の手によって。

葬式も二日連続で執り行われる事になった。神父ももういい加減まとめてやれよ、と思った事だろう。本日の葬式出席者であった俺たちブロンソン組の四人の葬式を明日、明後日と行う予定でスケジュールを空けていない事を願い、俺たちの身を案じて神に祈ってくれていれば、この教会にも多少の寄進を申し出てもいいな、と思った。持ち合わせが無いのが悩みの種ではあったが、それは言うまい。

葬式の後、タネヒルの許に向かった。もう誰に気兼ねする事も無かろう、という気になったからだ。二日前には八人いた仲間が今は四人にまで減っている。討手がジェイク・ザ・スターダストだった場合（俺たちには、そうだとしか考えられなかったが）タネヒル達にも、その手が及ぶ可能性が極めて高かったので、老婆心ながら、とは言っても彼らとは親子ほどの歳の差があるが…注意喚起を促しに出張る事にしたのだ。

タネヒルは相変わらず、家の前のポーチに持ち出したロッキングチェアーに揺られていた。

緊張感の無いその姿に苛立ちを覚える。

「おう」どういう風に声を掛ければいいのか分からなかったので、素っ気無さを前面に出しつつ、舐められぬ様に少し上から声をかけた。

「おう」タネヒルが応じる。彼も素っ気なく返した。

「実は此処に居ることは知っていたんだ」と俺。

「ああ。この間、そこの家の陰から見てたもんな」

気付かれていたのか…。

だが、それについては互いに言及しなかった。

「今日は何の用だ？」タネヒルが聞く。

「身の危険を知らせにね」

「身の危険？　そんなもの、ずっとじゃねえか」

「まあ、アンタの場合そうとも言えるが…」

「何だ？」

「ご存知か知らねえが、ピンカートンのエージェントが何人か殺られてね。相手はジェイク・ザ・スターダストだ」

「ああ」とタネヒルは頷き「昨日、今日と教会で葬式だったらしいな。出席した方が良かったか？」

彼は知っていた。それを踏まえて「死んだのはアンタの見知らぬヤツだ。アンタの見知った顔の奴等はみんな生きてる。だから出席の義理は発生しねえ」そう言ってやった。

「そうかい。ただアッチモアで見知った顔の奴が死んでも出席の義理は発生しねえがな。どうしても呼びたいのなら招待状でも持ってきてくれ」

「アンタの葬式の方が先になる可能性もあるんだぜ。それを伝えに来た」

「余計なお世話だ」

「余計なお世話だぁ？」

「俺たちは元々、身を晒してる。ヤツに来てもらいたいんだ。お前たちもそれはよく知ってるだろ」

「そんな甘いモンじゃねえんだよ。ジェイク・ザ・スターダストは。確実に殺られるぜ」

「余計なお世話だと言ったぞ」

「死にたいのか？」

「死にたくは無い。しかし死を恐れてはいない。何故か分かるか？　人はいつか死ぬからだ。全ての者が必ず一度。一人だけ二度目を勝手に始めた奴が居たがな」

大工の倅の事だ。だが、まあいい。

「基本は一度だ。皆が経験する。だから恐れる必要はない。早いか遅いかの違いがあるだけだ。だから、その一度の死に価値を付けなきゃならねえ。俺の場合はこれだ」

と彼は翼を広げるように両手を大きく広げ、元から大きな体をより大きく天下に晒した。

ジェイク・ザ・スターダストの的になる事が価値なのか？　否、その後ジェイク・ザ・スターダストを倒すトコまでひっくるめて人生の価値を高めようという論陣だ。ただ其処までたどり着けるかが怪しい。たどり着けなければ、ただの犬死だ。所謂クソのような価値の死という事になる。ベテランの割には見通しが甘くねえか？　残り少ない人生の価値を高めるためには四の五の言っても始まらぬ、と？　多少の障害は無視して突き進む、と？　俺から言わせれば生き急ぐとはこの事だ。

「アンタそれじゃあ、アホだぜ」思わず口に出た。

「アホで悪かったな。しかしお前から助言を貰うとは思わなかった」

「俺も助言する気も無かった。ただ向こう見ずが過ぎるぜ」

「向こう見ずとは言ってくれる。きちりと勝算があってやってるんだぜ」

「どんな勝算だい？」

タネヒルがチラリと屋内へ目をやった。

家の中からジイさんがいつものウィンチェスター銃を構えて俺の方を見ていた。

そりゃさっきから気付いていたさ。俺だって馬鹿ではない。タネヒルが居るって事はジイさんも居るって事だ。そして俺の背中の友達ウィンチェスターライフルもあるって事だ。来た時から射程の中に収められている事くらい弁えてる。それを踏まえて言ってやってるんだ、と。お前らと同じような事を考えていたピンカートン探偵社の精鋭（スワンソンと次男坊）もジェイク・ザ・スターダストには、いともアッサリと片付けられた旨を伝える。

理解したか？

「俺たちは違う」

言うと思った。

「どう違うんだ？」吐き捨てるように聞いた。

「お前らは所詮、飼い犬だろうが」

言ってくれる。黙っているのも癪なので抗った。「アンタらが野良犬なのか捨て犬なのかは知らねえが、俺たちの事はせめて猟犬と言って欲しいね」と。

「若いの」タネヒルがため息気味に口を開く。

　若造呼ばわりはもうたくさんだ。

「俺は犬の種類の話をしてるわけじゃないんだ」

　テメエが言い始めた事だろうが。呆けてやがる。

「処世感の問題だ」タネヒルは続けた。「如何に生きるか、の。お前たちは会社からの仕事や人からの依頼で動いている。抗いたい所もあるだろうが、お前たちのモノの出発点はこうだ。だが俺たちは違う。自分で決めて始めている。今回のジェイク・ザ・スターダスト狩りについてもだ。ここが決定的に違う。だから誰にも止められる筋合いはねえ。俺がテメエで決めた。だから止められるのも俺だけだ」

　テメエで決裁する男ってヤツか…。

　確かに惚れ惚れする。鼻が明後日の方向に向いていなければ、もっと格好良かった事だろう。こんな鼻にした奴に恨み節の一つでも言ってやりたくなった。

「だから余計なお世話なんだ。分かったか?」タネヒルが言った。

「ああ」

「じゃあとっとと帰れ。じゃないとお前も撃ち殺すことになるぞ。こっちにはお前を撃ち殺す理由だってあるんだからな。本来は」

　チラリと家の中のジイさんを見る。

「あのジイさんが撃つってのか?」

「なら本望か？」

「撃たない方に賭け…」

ズドンッ！　撃ちやがった。

弾は俺の鼻先数インチの所を掠め、向かいの家の壁にめり込んだ。

「撃たないと思ったか？」タネヒルが聞いた。

体が動かせない。下手に動かすと今度は俺の体に銃弾をめり込ませかねないと思ったからだ。

俺は、顔は動かさず目だけを動かして家の中を覗き見た。

銃口から硝煙燻らすジイさんがチョコンと先程まで引き金に添えていた右手の人差し指を上げ、ニヤケながら挨拶してきやがった。

「それが慢心だ」タネヒルが言った。「ピンカートンの若いの。価値観はお前の中だけにあるものじゃねえぞ。100人居りゃ100人の中にある。だからテメエの価値観や流儀を押し付けるなら、それ相応の力を示さなきゃならねえ。それが無い奴にあるのが過信と慢心だ。今、お前はその二つを兼ね備えていた。だから殺されかけた。分かるな？　だが殺されなかった。何故だか分かるか？　俺達が、そう決裁したからだ。分かったら行け」

犬の様に追っ払われた。

勝手にしろ。放って置く事にした。ジェイク・ザ・スターダストが俺たちの方に食いついてきている以上、彼らにはもう餌としての価値も無くなっているのだから、別に頓着する必要も無いのだ。だから捨て置く事にした。

兎に角、今日の俺は忙しいのだ。タネヒルやジイさんにかまけている時間などは本来なら一秒たりとも無い状態だったのだから。

午前三時にスワンソンと次男坊が死に、朝一番からその検分と後処理に駆り出された。俺とビリーが糞まみれと格闘している間に、ブロンソンがピンカートン探偵社本部にサム・スワンソンと次男坊死亡の報告電報を入れた。俺たちとしてはスワンソンと次男坊も三男坊、四男坊と同じくキャマロの地で埋めるつもりでいたのだが、葬式が終わる頃合いで本部からの返信が届いた。スワンソンは妻帯者の為、遺体はシカゴに送り返せ、ついでと言ってはなんだが他の三名も一緒の便で送ってくれ、との内容だった。まだ三男坊と四男坊の墓穴も掘る前だったので、その指示には四つ、墓穴を掘らされる辛苦を考えると、全面的に応じてやりたかったのだが、応じるとなると時間が足りない。東部行きの列車は午後二時には駅に着くのだ。それまでに一連の手続きを終わらせておかねばならなかったからだ。勿論その作業は、何時ものごとく俺一人で請け負っていた。にも関わらずタネヒルとジイさんの許へ行き、無駄に時間を潰してしまった。だから、せっかくの心遣いに対して、あのベテラン共は…等と愚痴っている時間ももう無かった。

ウエスタンフェデラル銀行へ行き、受付カウンターの鉄格子越しにピンカートン探偵社のバート・ブロンソンの代理の者だと名乗った。

品定めする様にマジマジとカウンターの銀行員に見つめられ「そちらで暫くお待ちください」と無碍な返事。すぐさま金を用意してくれると思ったのだが、そうもいかないようだ。

俺が銀行強盗にでも見えたのか？　ちゃんとピンカートン探偵社の者だ、と名乗ったはずで、業務内容として銀行や金銭運搬貨車の警備なども行っているので、むしろ銀行とは友好な関係の側の人間なのだが、あの銀行員は俺に危険な男の匂いを感じた、という事だろうか。なら悪い気もしないので放っておいてやってもいい。

しかし、ここからが長かった。あの銀行員は『暫く』と言った筈だ。暫くが長すぎる。向こうに放っておかれた感が否めない。行内の時計を見やる。もう午後一時過ぎだ。このままでは間に合わなくなってしまう。

「ええお預かりしています」と頭取だか、店長だか知らないが年配の銀行員がブロンソンの名を呼び、俺をカウンターに招いてそう言ってくれた。だが、それで終わりはしない。もう一度、たっぷり待たせた挙句、やっとシカゴから申し送られた遺体運搬費用をカウンターの上に差し出した。

受け取ってサインを書いた。字を書くのは久しぶりだ。なんだか恥ずかしい。上手くは書けなかった。練習しなければならない。カウンターの上の受取書を見て感じる。

って、そんな事はどうでもいい。俺には時間がないのだ。

銀行を出た俺は死体運搬費用の入った袋を抱え、駅に向かった。駅舎の窓口の小窓を開け、中の駅員を呼び出す。列車が来ていない今は、手持ち無沙汰で暇な筈なのに小窓の奥にいた三人の駅員たちは中々、事務机から腰を上げようとしない。結構な仕事ぶりだ。急いでいるにも関わらず苛立ちよりも感心が先に来た。そう言えば、この街に来た初日も、こいつらにギャグニー兄弟の死体の管理を頼んでおいたにも関わらず無視しやがったが為に、酔っぱらいのカウボーイたちとの悶着に発展したのだった。あれは俺も鉄道員に対して自分の領分以上の仕事を課してしまった、と反省する部分があったが、今日の窓口業務での怠惰は明らかな労働意欲の欠落を意味している。俺自身もピストル稼業で日銭を稼いでいるような塩梅で、決して労働意欲旺盛な方では無かったが、これは看過できない。労働する姿の美しさや額に光る汗の輝きについて教えてやらねば、と小窓の奥の駅員室の中へ雪崩れ込もうかと扉を探すが見当たらない。小窓から中の様子を見通すと、部屋の一番奥に扉がある。外付け扉だ。駅舎を出てグルリと一周して外からでないと入れない仕組みになっていた。わざわざそれをするのも面倒だと思っていると、駅員がやっと声を掛けてきた。

「汽車なら夜まで来ないよ」と。

は？

彼らの説明をたっぷり聞いた。時間の許す限り（これは皮肉だ）。実際、時間が出来すぎたので、同じ説明を二度させた程だ。

駅員たちの話によると午後二時の列車は、俺のいるカンザス州キャマロのずっと西、ワイオミング州で列車強盗に遭い、到着が大幅に遅れているとの事であった。ワイオミング…行った事は無いが、きっと田舎だ。あまり頭の回らない野蛮な奴等が適当に立てた計画で列車を襲い、運行を妨げたのであろう。ひょっとすると線路ごと吹っ飛ばして一週間ばかし列車が来ないなんて事はなかろうか、と危惧したが、駅員は案ずるな。もう昨日の夜にはカンザスの隣コロラドまでは来ていると教えてくれた。

　これなら彼らの言うとおり今日の夜には到着しそうだ。とりあえず駅員たちにも何か言わなければ気が収まらなかったので、列車遅着の旨、駅の前にでも張り出しておけ、と言って駅を出た。

　駅を出て、はたと気づく。スワンソン達の死体を積み込む貨車の手配をしていない。それをするために駅まで赴いたのに、駅員に無下にされたので完全に忘れてしまっていた。今から、取って返す？　それも些と格好が悪い。だから先にスワンソン達の入った棺桶を引き取りに行く事にした。

　流石に担いで、と言う訳にはいかないので、馬で曳く荷車を借りにビリーの許へ。ギャグニー兄弟を運ぶのに使った荷車があれば運べるだろう。あれを愛馬レオに曳かせる。大分、楽が出来そうだ。問題は一度に四つ棺桶が載せられるか、だが。棺桶の上に棺桶を重ねて載せるのは俺的には有りだが、世間的には多分、無しだ。不信心さを咎められるだろうし、スワンソン達からも地獄の淵から抗議の声を聞かされる事になりそうなので（便所（どこか）

の淵から現れる次男坊からの抗議は特に受け付けたくなかったので)、横並びにして二つずつが限度と思えた。

もう自分の職場の様に保安官事務所の重い扉を開け、中へ入った。

いつもの光景。手前の机の上に足を放り上げ、座る保安官に「なんだ?」と声を掛けられ、

「いや、ちょっと」とお茶を濁し気味に返し「ビリーに用が」と答えて、奥の事務机で書類作成中のビリーの就業の腰を折る。

当然、ビリーは抗議の声を上げる。俺が、彼が作成する書類の量を格段に増やしている団体の構成員なのだから、至極まっとうな権利の行使と言えた。彼が自らの喉を駆使し発声するに値する罵詈雑言の受動者としての役割を担う意味でも、この抗議は甘んじて受け入れなくてはならない。

内容はテメエらの所為でどれだけ書類の量が増えていると思う? という平素の書類の量を知らないので答えようのない質問に始まり、我々、ピンカートン探偵社の不甲斐なさを罵り、街の治安の悪化を危惧し、糞まみれの死体の処理の仕方の一考察を披露するに及び、最後はとっとと街から出て行け、との直線的な要望で幕を閉じた。

彼の話が終わりそうな頃合いで思考を再開した俺は、荷車の貸与を要望し、これの了承を得た。また保安官を交えての場での要望だったため、ビリーの身柄の借受にも成功した。

これは計画通りというよりも保安官の気まぐれから来た僥倖と言えた。

当初の予定以上の猟果を得た。これも日頃の行いが齎した天からの恵みだ。ハレルヤ。

ビリーが荷車の用意をしてくれている間に、厩まで行ってレオを引っ張り連れてきた。今日は朝一番では糞まみれを引っ張り出し、今度は荷車に繋いで棺桶を運ぼうとしている。文字通り馬車馬のごとく働かせている。彼は人を乗せれば俊馬なのに、このような作業ばかりさせるのに些か罪悪感を覚える。

「おい早くしろよ」

俺と向かい合わせでレオの鞍に荷車を繋いでいたビリーが言った。彼の言うとおり彼の仕事も随分増やしているのだが、彼には罪悪感の欠片も感じない。まあ本来、彼が一人でやらなければならない仕事を手伝ってやってもいるので、きっとギブ・アンド・テイクが絶妙のバランスで成り立っているのであろう。

二人で分担して鞍の左右に荷車の引手を繋いだ俺たちは教会へと向かった。

教会の裏口に荷車を横付け、礼拝所の脇に安置してある棺桶を担ぎ上げ、荷車に載せようと思ったのだが、俺とビリーの二人では、どう考えても棺桶は重すぎて担ぎ上げられない。しかもそれが四つだ。途方に暮れる。いっそのこと棺桶ごと死体も分解して運んでやろうか、とも思う。しかしこれは俺的にも無しだ。教会でしていい行為ではない。教会でしていいのは精々、脇の下を槍で突き刺す位までだ。それ以上になると、さすがの大工の倅も許さないだろう。

俺達が困っていると神父が話しかけてきてくれた。ついでなので棺桶運搬の手伝いを頼むと快諾してくれ、神父と修道士の二人にも担いでもらい、なんとか荷車まで運ぶことが出来た。迷える子羊を助けることが本業とはいえ助かった。決してとっとと在庫を処分したかったのではない。彼らはあくまで神の御子を助けたもうたのだ。

やはり荷車には横に並べて二つしか棺桶は並べられなかった。しょうがないので第一陣で三男坊と四男坊を運び、第二陣でスワンソンと次男坊を運ぶ事にした。都合、二往復する事になった。かなりかったるい。しかし俺がその態度を明確に表してしまうとビリーや神父達の士気にも影響が出てしまうので、努めて使命感に燃え作業する男を演じた。彼らも作業に最後まで付き合ってくれたので中々の熱演だったのだろうと思う。

三男坊、四男坊を乗せると一旦、神父たちを教会に残し、ビリーと共に荷車を引き、駅へと向かった。

駅舎の中へ入ると、小窓の横の壁に列車遅着のお知らせの張り紙が張ってあった。仕事が速い。突然の、この労働意欲の向上はどこから来たのか、と訝しむ。小窓の中を覗き込む。駅員がすぐに気づいてくれた。彼が表を指差し言う。「もう張ったぞ」と。

いや、それは分かっている。いい仕事ぶりだ。しかし今、俺が言いたいのはそれではない。貨車だ。棺桶を載せる貨車の手配をお願いしたいのだ。

何故、さっきしなかったのだ？　との指摘を受ける。いや、さっきはお前たちの仕事ぶりや列車の遅着等を聞かされて頭に血が上り気味になり、本来しなければならなかった事がすっぽり頭から抜けてしまっていたのだ。しかし、これを彼らに説明すると、俺がかなりの間抜けに見えてしまう事請け合いだったので、駅舎の外、荷車の前で待つビリーを背中越しに親指でコナし、

「アイツに頼まれてよォ」と言っておいた。当然、駅員たちも街の住人であるから保安官助手をしているビリーの顔は売れていたので、駅員たちも保安官事務所からの仕事と勘違いして、便宜を図ってくれ、速い仕事で早々に貨車を融通してくれた。まさに馬鹿とナントカは使いよう、だ。否、違う。ナントカと鋏は使いよう、の方だ。否、今日の場合、ビリーを馬鹿呼ばわりするのは気が引ける。友好的な協力者であったのだから、大工の倅と保安官助手は使いように改める。

シカゴから送られてきた金では、輸送貨車一両チャーターする正規料金には足りなかった為、牛たちを載せる家畜貨車から一両、融通して貰う事になった。毎度毎度、本社の吝嗇ぶりには頭が下がる。送れ、と言っておいて送り賃すら碌に調べず用意もしないのだから。ひょっとするとわざとやっているのかもしれない。そうなると吝嗇を通り越して、しみったれと言っても言い足りない。こうなると命じられた使命をこなす俺の仕事に対する使命感だけが支えになっている。俺がこの仕事を放り投げると一切、立ち行かなくなる。と言う事実に気づき、勝手に誇らしい気分になった。しかしこれではガンファイターとしての仕事ではなく、補給部隊長のそれなのだが。

その後、もう一度、教会に戻り、今度はスワンソンと次男坊の棺桶を神父たちに手伝ってもらって荷車に積み込み、駅へ戻った。

プラットホームの端、貨車が停まるであろう位置に並べた棺桶が都合四つ。汽車が来るのは夜遅くになるだろうから、ビリーには恭しく礼を言って荷車共々、帰ってもらった。カウボーイに絡まれたこの前の事もあるので、俺はプラットホームを離れられない。このまま汽車が来る夜遅くまでホームで一人、棺桶四つを抱え、待ち続けなければならない。夕闇の中、誰ひとり居ないプラットホーム。並ぶ棺桶たちを見やる。なんだか暗黒魔教の司祭になった気分だ。

適当に呪文を唱える。

棺桶の蓋がカタカタ鳴って、ずるりと蓋が横へ滑り、出てきた青白い、否、鼠色の手が残りの蓋を押し開き地獄のガンマン達が冥府から目覚める。なんてことは無かった。あったら大事だ。

あらぬ事を考え、一人、脳内で舌を出した。

夢想家の気分。ただ暇つぶしには丁度良かった。

太陽が、西の大地の淵へ落ちてゆく。

見るものはこれしかない。

いつ来るとも知れぬ汽車を待つ。もう弛れてきた。時折、駅員が見回りに来てくれたり、牛追いのカウボーイ達が様子を見に来る以外は基本、一人で過ごした。手持ち無沙汰とはこの事だ。

知らない間に、辺りはとっぷりと暮れていた。

はて、今、何時くらいだろう?

時刻を知ろうにも、俺の懐中時計はアッチモアの丘で砕け散って、もう無い。

そう言えばスワンソンが結構な代物の懐中時計を持っていたな。彼の棺桶をこじ開けて、件の時計で時間を調べてやろうかと思ったが、そこまでして時刻を知っても、その時刻が来るたびスワンソンの事を思い出すのも嫌だし(所謂スワンソン標準時というヤツである)、時報代わりに呪い出てこられても厄介なので、堪える事にした。

そのまま夜の闇に抱かれた。どれくらいの時が流れたろう。もう何時かも分からない。話す相手もいない。西部の大地を吹き抜ける風の音がするのみだ。

暫くすると、風の音も聞こえなくなった。無音だ。こうなると、せめてカチカチうるさい秒針の音でも聴きたくなる。

はじめはコツッ、コツッとブーツの踵が床を叩く音。やがてはギシッ、ギシッとホームの板が軋む音が合わさり、聞こえてきた。

その音は徐々に大きくなった。即ち遠くから近づいてきたという事になる。

すわ地獄のガンマンの登場か?

自分で考えた物語だが、思わず想像してニヤけてしまった。

男が近づいてくる。背丈は俺と変わらない位の男。枕木板のホームを軋ませていた黒いブーツに黒いズボン、黒い上着に黒いベスト。中に着ていたシャツは白かったかもしれないが、よく覚えていない。そして黒いステットソンハットを被り、黒いガンベルトに銀色に輝くピースメーカーを差し込んでいた。

兎に角、暗闇の中、銀色のピースメーカーだけが浮かんでいるように見えた。

近づいてきた男が言う。

「おい、ピンカートン」

多分、俺の事。

「あん？」警戒心しかない。

「お前が、テリー・ウェインか？」

何故、俺の名を知っている？

男が俺を頭の先からブーツの先まで見下ろし、もう一度目線を上げ、言った。

「テリー…ウェインだな」

睨みつけながら頷いた。記憶を紐解く。この男に名乗った覚えはない。

「やっと会えたな。棺桶四つ分の手間が掛かった」

男が、俺の足元に並ぶ棺桶を一瞥。

この男が作った骸が四つ。ピンカートンの手練達の死体。

「その二挺拳銃は速いのか？」

男が俺の腰にぶら下がる拳銃をコナして言った。たっぷり余裕の乗った言い様だ。完全にイニシアチブを取られている。

あまりいい状況とは言えない。奴の問いへの返答如何によっては一触即発の事態となる。相手はそれを狙っているし、俺も吝かではないのだが、今は違う。俺の西部の男としての勘が『否』と言っている。

「抜けよ」

男が掠れた声で言った。

抜かない。絶対に抜かない。今、抜いたら確実に死ぬ。

そう思ったし、実際そうだ。

しかし、突然現れて何だ、コイツは?

一瞬にして、こんなシチュエーションに持ち込みやがった。死の淵に誘うといったところか。不思議な魅力だ。魔力と言っていい。

ジェイク・ザ・スターダスト。西部一のガンマン。

俺は今、死の匂いしか嗅いでいない。

抗わなければ。

やっと声を出す。

「名乗らねえのか?　作法ってもんがあるぜ」ジェイク・ザ・スターダストと答えるに決まっていたが、敢えて訊いた。確認だ。決して自分を屠る男の名を訊きたかったからじゃない。

「マーク・ギャグニー」男が答えた。ゆっくりと。

誰だ？　思っていたのと違う名だ。と、なるとコイツに付け狙われる謂われはない。

「ジェイク・ザ・スターダストじゃねえのか？」不格好に思わず訊いた。前につんのめっていたかもしれない。

「ジェイク・ザ・スターダスト？　そのジョークはピンカートンで流行ってんのか？　ジェイクはテメエが殺しただろうが」

ん？　俺がジェイク・ザ・スターダストを殺した？　何言ってる。と言うか吐露するが、俺は人なんて殺した事は一度として無い。仲間たちの前では格好が悪いので、何でも経験済みのようなツラをしているが、牛や馬ですら、よう殺さん男だ。だからこの男は勘違いしている。が、それを悟られても舐められるだけなので、否、今の状況を加味すると殺されるだけなので、突っ張り切る。

「お前は何者だ？」余裕を見せたくて聞いた。ゆっくり地べたギリギリを這うような低さで。本当は鼓動と同じ速さで、声が裏っ返すのも気にせず、とっとと「じゃあ誰？」って訊きたかった。

「マーク・ギャグニー言ったろ。テメエに殺られたフランクとジェイクの弟さ。はるばるテネシーからテメエを殺りに来た。兄貴の仇取らせてもらうぜ」

ギャグニー兄弟！？　あの？　ギャグニー強盗団の？　フランク・ギャグニーともう一

人…。待て。この男は俺がジェイクを殺した、とか言ってたな…。という事はフランクと一緒に死んだアイツがジェイク！　通称ジェイク・ザ・スターダスト？

不味い。色々と不味い。まず彼らフランクとその兄弟を殺したのはゴールドスミスだ。だが、書類作成上、彼らに掛かった賞金の受取人は俺になっている。だから彼は風の噂だか、強盗団の生き残りだかに話を聞き、俺を仇と定め、殺しに来た。御足労な事に遠くテネシーから。彼にとって俺は、不倶戴天の敵ってヤツだ。かなりの必殺の覚悟で来ているし、何より俺の足元のピンカートン探偵社の手練たちの四つの棺桶がそれを物語っている。相当な腕だ。逃れようがない。

実はお兄様方を殺したのは別の人間です。と懇切丁寧に教えてやっても聞く耳すら持たないだろう。彼は俺の血を求め、もうすでに四人も屠っているのだから、ここで俺が仇でないと知っても引くに引けないだろうし、問答無用で俺を撃つだろう。もう彼との一戦に応じなければならないのか…。

そう考えてタネヒルの間抜けぶりが苛立たしく思えてきた。タネヒルは殺害した人間が明確になっている、もうすでに死んだ男を「俺が殺した」と吹聴していただけになる。だから彼の許へは誰も相手にしないし行かないし、永遠に来ない客を待ち続けるだけのオッサンとして天寿を全うする事になる。ロッキングチェアーを揺らし続けるのだ。呑気過ぎる。今の俺の境遇との違いに頭が痛くなる。

「抜けよ」マークがもう一度言った。

今生との永遠の別れ…いや、駄目だ。俺はまだ死ぬわけにはいかないし、死にたくは無い。意地でも抜かない。

「抜かないなら、俺から抜くぜ」

焦れて、という事ではなく俺の力を評価しての申し出だと理解した。広く西部の男の世界では自分から先に仕掛けるのは二流。相手に先に抜かせてから、それを追い越し撃ち抜くのが一流。本物の男という価値観がある。彼の中では俺は、兄二人を屠った男であるからして、先に銃を抜く事も厭わない達人と評価していても、然もありなんである。ただ、この評価はこちらからすると男として高く評価していただけるのは有難いが実際、大迷惑である。

彼が抜いたら最後。俺は自動的に屠られる。勿論、最大限の抵抗はするが。

彼がプラットホームを線路の方へ向けて二三歩、歩み出た。広い所でやろうぜ。という意思表示だと理解した。

彼と相対する理由…。足元の四つの棺桶がその理由だ。仲間を四人も殺されている。不承不承もクソもない。行かなきゃならない。

俺もスワンソン達の棺桶の脇から彼と正対出来る位置まで歩を進める。一歩歩むたびに床がギイギイと軋む。「行くな、行くな」と俺を引き止める様に。

俺も行きたかぁない。でも行かねばならないのだ。

床よ、夜よ、俺も男だ。

男の意地だけで、彼の前まで歩み、踵を返し、正対した。

夜に浮かぶ彼の銀色の銃。彼の右手がこの銃に触れた時、…終わる。

一生、触れずにいてくれたら終わらない。と言うか、始まらない。

間合いを計る。

抜く為の。抜かれる為の。

殺す為の。殺される為の。

生きる為の。死ぬ為の。

俺はどちらか？

彼はこう思っている。自分は前者で、俺が後者だ、と。

俺はこう思っている。自分が後者で、彼が前者だ、と。

ああッ、もう駄目だ。駄目元で先に抜いてやろう。という気になる。兎に角、ただ、くたばるだけは嫌だ。駄々っ子じゃないが、そう思う。

刹那すら永遠に感じる。

この永遠は、終わらない永遠ではない。彼が終わらせる永遠だ。俺が始めた永遠ではない。彼が始めた永遠だ。

始めも終わりも彼のものだ。俺のものは一つもない。

だから、待つものは死しかない。

いや、もう先に抜いちまえ。俺の心がそう叫んだ。アッチモアでもジイさんが言っていた。必要なのは銃の腕じゃねえ『意思』だ、と。受け売りだが使い切る。戯言を心の中から消す。心の中が澄む。混じりっ気のない覚悟。両手を動かした。意外にもすんなり動いた。俺なりに論じる。ガンファイターの血がそうさせたのだ。

彼が応じる。銃を抜きにかかる。速い。俺よりも格段に。

だが、それ以上にはならなかった。

汽笛が鳴り、機関車の額に付いたライトの灯が彼の体を包み込んだからだ。待っていたものが来ただけだったが、万に一つの僥倖と享受した。

明かりの中、露わになる彼の全身像。

地獄のガンマンではない。一人の男だ。

列車が到着した。夜の静寂の中、列車の轟音がまるで聞こえなかった。彼の存在が脳の大半を占め、聴覚が機能していなかったのかもしれない。

俺たちの脇先に列車は入線した。機関車が脇の下から蒸気を吐き切る。俺たち二人は蒸気煙の中に抱かれた。

「命拾いしたな」煙の中、彼が言う。

「お前が、な」突っ張り切った。

蒸気煙が晴れた時、彼はいなくなっていた。俺は生き延びた。ただそれだけの夜だった。

否、四つの棺桶を見下ろした。それが何より大事だ。俺はまだ棺桶の中には入らなかった。確実に片足は突っ込んでいたが。

「って事は、どういう事だ？　俺がジェイク・ザ・スターダストを殺してたって事か？」ゴールドスミスが顔を突き出し、訊いてきた。

「そういうこったろ」と俺。

「アイツが、ジェイク・ザ・スターダストねえ…、俺にはケチな列車強盗にしか見えなかったが」

見るもなにも、視認する前に撃ち殺しちまったろうが。

「納得いかねえが、おめでとうと言うべきか？」マクギブンが眉間に皺を寄せながらゴールドスミスに言った。

「めでたかねえが、言いたいなら拝領するぜ」とゴールドスミスが請け負った。

サルーンの丸テーブル。翌朝、仲間たちにすべての謎が解けた、と報告した。

ジェイク・ザ・スターダスト。

ケチな列車強盗に尾鰭はひれが付き、こんな男がいればいいという西部の男たちの夢や欲望が、やってもいない殺しも彼に押し付けた挙句、造り出した産物だったのかもしれない。実際、俺たちも二十二人目、二十三人目、二十四人目、二十五人目と彼に押し付け、より大きな存在に仕立て上げていたくらいだ。

そして新たな脅威について語った。現れた本物の遣い手マーク・ギャグニー。

「で、そのマークってのが、ギャグニー兄弟の三番目なのか？」

「意外と四番目かもな」ゴールドスミスの問いにマクギブンが答え、「何人兄弟なのか聞かなかったのはお前のミスだ」と俺に言ってきた。

知るか。

「だってお前よォ、そいつ倒したら、また何とかギャグニーってのが、仇討ちに来るかもしれないぜ」

「おう。より強いのが、な」とゴールドスミス。

黙って聞いてりゃ、好き勝手言いやがる。

「じゃあ、そのマーク・ギャグニーって奴を殺れば一件落着って事だな」黙っていたブロンソンが口を開いた。

「ジェイク・ザ・スターダストを殺ったって事は、仕事はもう完結してるじゃねえか。こっから先は別料金だぜ」マクギブンが頭の中で算盤をはじきながら言った。計算高さは微塵もなかったが。

しかし、その通りだ。会社から請け負った仕事は、もう既にこなし終わっていた。だからもう危険に身を晒す必要はまるで無い。一セントの価値も無い。ただ皆がこれでは物足りないと思っていた。もう仕事は終わった、と言ったマクギブンも。

だからブロンソンの言った言葉に皆がニヤついた。

「ここからは、男の領分だ」

これ以上の理由はいらなかった。

タダ働きではあるが、彼の言葉はそれを凌駕した。

「あん？　マーク・ギャグニぃ？」ビリーが素っ頓狂な声を上げた。

「おう」

「誰だ、それ？　聞いたことねえなあ」

保安官事務所で、もう一度説明をした。

「って事は、書類上は、お前がジェイク・ザ・スターダストを仕留めたって事じゃねえか」

大体言うことは皆同じだ。

「そうだな」と興味無さげに言っておいた。

「ジェイク・ザ・スターダストの賞金、請求するのか？　五〇〇〇ドルだぜ」

「貰えるのか？」

「書類による。まあ期待しねえ方がいいな。ただ、ウチの管内でジェイク・ザ・スターダストが撃ち取られたとなると事だぜ。鼻が高え」

このビリーの態度から見て、恐らく書類は捏造するだろう。

「で、そのマークとか言うのは、どんな野郎だったんだ？」

「兎に角、速かった」かなり掻い摘んだ。

「お前から見たら皆、速えだろうが」

ムカつく。相変わらず人を不快にさせる物言いだ。

理路整然と筋立てて言ってやる。「スワンソン達も殺られた位だぞ」と。

「アイツ等、小便我慢してたからだろ」

むしろ小便を我慢していたら、抜くのも速くなるだろうが。

「と言うかお前よォ、棺桶積み込んだんだよな?」

「ああ」

「一緒に列車に乗れば良かったのに」

「俺は死んでねえぞ」

「棺桶に入るか、入らないかは置いといてよォ、そうすりゃ、そいつから逃げられたんじゃねえか」

「逃げてどうするんだよ?」

「逃げてどうすんだよ、じゃねえよ。格好付けてる場合か?　そいつの的はお前って事だろ?　またお前を的に掛けに来るぜ」

「望むところさ」

「その自信は何処から来るんだ?　その中途半端な腕で」

聞き捨てならないが、好きに言わせておいた。確かに何日か前、駅でカウボーイと揉めた時には彼の世話になった。しかしあの後、アッチモアに行き、ジイさんと。帰ってきてマークと。二度の死線をくぐり抜けた。もう何日か前の俺とは、ビリーが知っている俺とは違う。『意思』が違うのだ。が、彼に言っても分からぬだろうし、俺自身も説明する国語的表現力を持ち合わせていなかったので、伝えようもない。彼の評価を覆すには結局、マーク・ギャグニーを倒すしかないのだ。狂おしいほどに苛立たしい。

保安官事務所を辞した俺は、その足でマーク・ギャグニーの件を伝えにタネヒルとジイさんの許へ向かった。何故、俺がこんな伝書鳩のように皆に事情を言って聞かせに回らなければならないのか不明だが、誰もやらないのでしようがない。彼らとしても阿呆のように、ずっと来ない客を待ち続けるのもナンだし、知っていて教えてやらないのも人間としてデキが悪い。だから伝えに行く事にした。

ポーチに出したロッキングチェアーを軋ませ揺らす阿呆。否、タネヒル。阿呆面には拍車が掛かって見えた。やはり来ない客を今朝も待っていた。そして恐らく、この街に来てから訪れた客も俺一人だろうし、これからも恐らく俺以外は来ない。が、待つ男。阿呆だ。構図として阿呆だ。宇宙的に見ても恐らく阿呆だ、と断じられるであろう。

「また来たのか？」タネヒルが言った。

「ああ。俺しか来ねえだろうから」これは嫌味で言った。

「どうしてそう思う？」

「アンタが待っている男に昨日会ったんだ」

「ジェイク・ザ・スターダストにか？」

「ああ。正確にはマーク・ギャグニーという名だ」

「マーク・ギャグニー？」

「ジェイク・ザ・スターダストことジェイク・ギャグニーの弟さ」

「どういう事だ？　掻い摘んで話せ」

「要は、ジェイク・ザ・スターダストことジェイク・ギャグニーは、もうこの世には居ないって事だ」掻い摘んだ。

タネヒルは当然、ポカンとした。やはり掻い摘み過ぎた。しょうがないので今日三度目の説明をする。

「アンタが狙っていたジェイク・ザ・スターダストは本名ジェイク・ギャグニーって男だ。そいつは俺達がこの街に来るとき乗ってきた列車を襲った強盗団の中に居てよ、俺の仲間のアンタも知ってる口髭のゴールドスミスってのが、そいつの兄貴共々仕留めたんだ。ジェイク・ザ・スターダストだとも知らずにな。だからもうこの世にジェイク・ザ・スターダストは居ない。アンタは来ない男をずっと狙い、待ち続けてたって事になる。で、俺が代わりにピンカートン探偵社のテリー・ウェイン名義で保安官事務所に、そのギャグニー兄弟の賞金首の報奨金の申請をしたんだが、ここで兄貴達の死を知ったソイツらの弟のマークが登場。兄貴の仇と俺を狙ってピンカートン探偵社の人間を次々と的に掛けやがって、こっちは四人殺られ、とうとう昨日の晩、俺の前に現れやがったってとこだ」

「で、どうしてお前は死んでねえ？」素直な疑問。

「どうしてだと思う？」勿体ぶってみた。

「殺ったのか？」過度の答え。

殺っちゃいない。だが、そうとは言いたくない。言うと舐められる、そんな気がした。

「殺ってねえのか」察したようだ。

「邪魔が入ってな」格好を付けておいた。

「そうか。そうだろうな。命拾いしたな」なんか聞いた言葉だ。しかもそうか、そうだろうな、だと。舐めるなよ、デケえの。俺はお前には後れを取ってねえ。銃で以て分からせてやろうか、と思ったら理解しがたい理屈を捏ねてきやがった。

「という事は俺の相手はあの口髭という事になるな」

どうしてそうなる？　目眩がする。どういう計算式で成り立った論法だ？　この阿呆がッ。

「よく考えろ。俺は昔の仲間の仇を討ちたいんだ」

「そりゃ分かる。で、その仇がジェイク・ザ・スターダストってんだろ？」

「そうだ」

「だからジェイク・ザ・スターダストことジェイク・ギャグニーは死んだんだよ」

「そいつを殺したのは誰だ？」

「…ゴールドスミスだ」

「だからソイツを討つ」

　何故？　卒倒しそうになる。堂々巡りを勝手に始めるつもりだ。付き合うつもりはないので、とっとと離脱せねばならない。

「俺の理屈分かったか？」タネヒルが聞いた。

　分からねえ。と言うよりテメエのは理屈ですらねえ。言ってやるべきか、言わずに放っておくべきか？　しかし放っておいて仲間に危害が及ぶのを見過ごすわけにもいくまい。

「俺の、この怒りの持って行き場所が必要なんだ」とタネヒル。欲求の吐露。

　知るか。

「何処へ持っていけばいい？」

「マスでも掻いてろ」言ってやった。

　ニヤリと笑ったタネヒルはホルスターから銃を取り出し言った。「俺のマスはこれで掻くんだ」と。

　キマったのか、キマらなかったのか判断が付きかねたが、何故か格好良く見えた。多分、俺の目はおかしい。西部の男の流儀ってのに犯されているのだろう。落ち着いたら治してくれる病院を探したいと思った。恐らく死ぬまで見つけられないだろうが。

　屋内を見やる。そっぽ向きタバコを燻らすジイさん。タネヒルの理屈を是認するつもりらしい。勝手にすればいい。そう思った。どうせ止めても、やめないだろうし、さらなる理屈を聞かされるのも面倒だ。結局のところ、西部の男たちは皆、死に場所を探しているのだ。

　だから「ゴールドスミスには俺から伝えておく」と言って、丁寧に辞去した。

「んなモン、保安官事務所が許可する訳ねえだろ」昼下がり、事務所の前のポーチの影の中、軒下に張ってあったジェイク・ザ・スターダストの手配書を剝がしながらビリーが言った。

「許可証にサインをしてくれ、なんて俺は言ってねえ」

「当たり前だ。と言うよりそんな許可証自体がねえ。仮にあったとしても、この場で全部燃やしてやる」

「でも本人たちはやる気だぜ」

「あの髭のゴールドスミスって奴もか？」

「ああ」

「ああじゃねえよ。テメエが焚きつけたんだろ」

「な訳ねえだろ。俺にだって理解できねえ」

「しかし、凄まじい逆恨みだな。今世紀最大級だぜ。俺が学校で歴史教師になったら、子供達に年号つけて教えてやりたい位だ」

「まあ厳密に言うと、逆恨みの体も為してねえがな」

「テメエが言うなよ。やるんならヨソの町行ってやれってんだ。なんでお前らは、この街この言葉はひょっとしたら不味かったのかもしれない。その証拠にビリーは俺の方にクッと向き直り、努めて静かに言った。「俺が世話焼きババアに見えるか?」

「いや見えねえ」俺も合わせて静かに言った。

「なぜ見えねえか分かるか? 俺は世話焼きババアじゃねえからだ」語尾には力が入っていた。

彼の言う事は確かだ。しかし悠長にはしていられなかった。もう明日の夜明けと同時に、と日取りまで決まっていたからだ。その件を踏まえて、もう一度彼に訴え出た。

「しかし仇の仇なんて言い出したら、其処ら中のヤツ誰でも撃てるぜ。それに応じるヤツが居るなんて頭に虫が湧いてるとしか思えねえ」とビリー。

「どうにかできねえか?」

「どっちをだ?」

「どっちも」


「町のよろず事は保安官事務所だろ」

「出来ないからって俺のトコに来んな」

「それが出来りゃ苦労はしねえ」

「言って聞かせろ。道理を諭せ」

「やりたかねえが、やりやがるんだよ」

でドンパチやりたがる」

「どっちが症状が軽いと思う？　俺は両方、重症だと思うぜ。所謂、目糞鼻糞ってヤツだ。挑む方は阿呆だし、応じる方は馬鹿だ。両方共つける薬は無え。少なくとも俺の知ってる薬局には無いね」

確かに俺が知っている薬局にも彼らにつける薬は置いていない。しかしどうにかしないといけない。意味の無い自慰行為以下の果たし合いなど。そう思いビリーに知恵を借りに来たのだが、けんもほろろとは此の事だ。

「ブチ込みゃいいじゃねえか」手配書を綺麗に畳みながらビリーが言った。

ハッとする。いい案だ。そうだブチ込めばいい。そうすれば果たし合いは行われない。流石の策士だ。初めて彼の頭の出来に快哉の声を上げた。

「で、何罪でブチ込むんだ？」覆っていた雲がはれ、快晴の気持ちで無垢な質問。

「知らねえ」とビリー。

前言撤回。無策の男め。

「でもよアイツ等、碌な人生歩んでねえだろ？　世間的に言うところの悪党ってのにカテゴライズされる人種だ。いくらでも叩けばホコリが出るだろ。出なきゃ別件でも何でも、とっ捕まえりゃいい」

おおよそ保安官助手とは思えない発言ではあったが、素晴らしい提案と言えたので遵法精神については無視し、積極的に支持した。

「じゃあ保安官にはその旨、頼んどいてくれんだな」

「は？　お前、本気で言ってんのか？　頼める訳ねえだろ。お前は、あの人の恐ろしさを分かっていない」

「じゃあ、どうするつもりなんだよ？」

「保安官にバレないように俺達だけでやるんだよ。書類作って。幸い牢屋の空きはある」

多分バレると思ったが、要は保安官の手を煩わす事無く、自分達だけで最初から最後まで事を遂行するという事だと理解した。なぜ俺がこんなことをしなければならないんだ？　と思ったが、よく考えるとビリーにはもっと無理を強いている。俺が引いた籤は貧乏籤だが、ビリーに引かせた籤はただのスカだ。だからこそ彼の街の治安に対する情熱には頭が下がった。彼の自称する次期保安官候補ナンバーワンというのもあながち法螺では無く、本当にいい保安官になれるかもしれない。そうなるためには腕や人望だけでなく生き永らえる寿命の長さも大事となってくるのだが、俺がこの街に来てからの数日だけでも、これだけ事件が山積しているようでは命が幾つあっても足りないと思われた。この数日の事件のほとんどを、ピンカートン探偵社が生産している事はかなりの高棚の上に置き、所感を述べた次第だ。だから心の中の保安官選挙ではビリーに投票しておいた。

（米国では、西部時代から現代に至るまで警察組織が未発達の地域では、選挙によって選任された保安官によって治安が維持される）

「面白えじゃねーか。受けて立ってやるよ」あまり冷えていないビールをグイッと飲み切り、ゴールドスミスが言った。

　これが約一時間前、俺がタネヒルからの言伝を伝えた後の彼の発言。酔っての発言ではない。素面での発言だった。だから余計に性質が悪かった。

　やはり言うべきでは無かったと後悔した。アッチモアでの経緯もあり、どっちにしても衝突するのは目に見えていたし、タネヒルだけが必殺の覚悟でコンセントレーションを高め、用意の整っていないゴールドスミスが不意を突かれる等という事態を、俺が黙っていた事によって作りたくはなかったし、やるのならお互い完璧の状態で…と思ったからだ。本当はゴールドスミスが一笑に付して突っぱねるのを期待して言ったのだが、見通しは甘かったと自ら認めざるを得ない。一縷の望みにかけた自分が馬鹿だった。そりゃあこうなる。結果的にこの果たし合いのプロモートをした様なものだ。

　ゴールドスミスは自慢の髭についたビールの泡を、人差し指でこそぎ落とし髭の形を整え「期待していろ」と言った。

　自分の期待していた内容とは、正反対の方角に舵を切った事を宣言した瞬間だった。


　そして今、俺は教会にいる。ビリーと保安官事務所の前で別れた後、サルーンから消えたゴールドスミスを追って、やっと教会の礼拝堂のベンチに彼を見つけた。やはり彼も人の子。この期に及ぶと信心深くなるものかと思い、白壁に凭れて彼の丸くなった背中を後ろから眺めていた。当然、祈りを捧げているものとばかり思っていたが、手元を覗き込むと、どうも違う。銃の手入れをしてやがる。

何故ここで？

恐らく誰の邪魔も入らない所でしたかったのだろう。幼き頃、母親に神の家で銃火器を扱ってはいけません等と教わる人間はいない。本来、教えられるまでもない事なのだから誰も言われないのだ。俺も言われた記憶がない。よって咎める所以は無いので捨て置くしか無かったのだが、彼の思考回路に罰当たりという記号が無い事だけは明確に窺えた。

そして彼も果たし合いに向けて必殺のコンセントレーションを確実に高めている。

「おうテリー。柄にもなくお祈りに来たのか？」リボルバーに弾を詰め直したゴールドスミスがこちらに振り向き、整った髭の口角を上げながら言った。「俺に賭けとけ。今、マクギブンが客を募集してる。金欠なんだろ？　稼ぐチャンスだぜ」

当然、彼は自分が負けるなんて思っちゃいない。果たし合いへと拍車がかかっていた。

ビリー、俺たちはアイツ等を止められるのか？

サルーンに戻ると、奥の丸テーブルに陣取り賭博客に囲まれて賭け札を切るマクギブンに声を掛けられた。勿論、賭けの誘いだ。「十対一だが、どっちに賭ける？」と訊かれたので「十の方」とだけ答えておいた。

マクギブンには「お前は分かっている」と肩を叩かれ多分な賞賛を受けた。テーブルの上の札の束を見るにかなりの盛況なのは窺えたが、恐らくは一方にばかり賭け金が集まっていた為、賭け自体が御破算寸前だったのだろうと推測できた。もしマーク・ギャグニーにピンカートンの精鋭達が屠られていなければ、ピンカートンの名の威光も些かの陰りも見せず、賭け率はもっと離れていただろうし、賭け自体が挙行されなかっただろう。ま、マークが現れなければ、この果たし合い自体が行われなかっただろうから、マークによって始まり、マークによって行われる運びとなったイベントとさえ言えた。皮肉だ。ジェイク・ザ・スターダストの亡霊が彼らを死地に誘う。構図的にはそうとも言えた。

日が暮れ始め、タネヒルはロッキングチェアーから立ち上がり、臭い方の足を引きずりながら家の中へ入る事にした。もっとも臭くない方の足があれば、の話だが。

タネヒルは、もう屋外で身を晒す必要も無くなったと悟った。待ち人は来ないと知らされたからだ。狙った獲物が死んでいた。よくある事だ。獲物を狙っていた男が死んだ。これもよくある事だ。西部の世界だ。待っている男が来ない事もあれば、待っていない男が来ることもある。幸運の日もあれば、不運の日もある。そして今日は後者の日だった。

「お前がタネヒルか？」

ドアのノブに手をかけていたタネヒルは、声の方へと振り返った。小柄な男が一人立っていた。黒いステットソンハットに黒の上着、黒のベスト、黒いズボン。腰に差した銀色のピースメーカーだけが嫌に眩しい男だった。タネヒルはピンときた。こいつがジェイク・ザ・スターダストの弟のマーク・ギャグニーだと。

「だったらなんだ?」そう言ったタネヒルは、一見してマークが只者でない事を悟った。

これを西部の男の嗅覚と呼ぶべきか。商売女が何気ない仕草や立ち姿で、童貞や経験の足

りない男と馴れた男を瞬時に見分ける嗅覚に似ているのかもしれない。タネヒルは、商売

女が目の前にいる男の泣かした女の数まで言い当てるのと同様に、目の前のガンマンの

屠った男の数のおおよその見当を付けることが出来た。

　この若さでかなりの数の男たちを屠っている。そう見極めた。

「オッサン、おふざけが過ぎるぜ。俺の埒外でジェイク・ザ・スターダストを撃ったなん

て吠えてくれてたらしいな。俺も今はピンカートンの野郎達と事を構えてて忙しいんでな、

残念ながらテメエの相手してる暇がねえが、ただ挨拶だけはしとかなくちゃと思ってよ」

「いい心がけだ」じわりと背中に汗をかきながら言った。久しく感じなかった感覚。西部

の大地を踏みしめた。そう言っていい感覚だった。

　タネヒルの言葉に、マークは帽子のつばを人差し指と親指でチョンと摘み会釈した。タ

ネヒルから一瞬たりとも目線を外す事無く。

洗練されている。西部の男として。タネヒルはマークの仕草を見て、そう思った。

「暇が無えんなら手っ取り早く今やるか?」まず応じないだろうと思いながらタネヒルは

訊いた。

「物騒な事言いなさんなよ。家の中のジイさんにブチ抜かれる気はねえよ」マークは放っ

た言葉に反して感情の機微を微塵と感じさせる事なく言った。

流石だ。全てが見えている。目の前の男だけでなく二手三手先までもが。コイツは生き残る男だ。そして若いながらも死線を潜り生き残ってきた男だ。長い西部での無頼生活の中で、目先の事象にだけ囚われて命を落とした男を今まで嫌というほど見てきた。そういった凡百の男達とは一線を画す手合いだ。腕が立つのは勿論だが銃が速い、遅いではない、もっと上の次元に生きている。だからピンカートン探偵社の手練たちを屠ったというのもフロックではない。確実に力量の差で倒している。彼等の死体は見ていないが、そう言い切れる。このふてぶてしさは自信と余裕だけではない確固たる『意思』が作り出したものだ。タネヒルの西部の男の履歴からくる心覚が、そう評価した。

「兎に角、俺の獲物はアンタじゃねえ。アンタの獲物も俺じゃねえ。だろ?」

「ああ」タネヒルは頷いた。

「聞いたぜ。ピンカートンの野郎と果たし合いするんだってな。どういう流れかは知らねえが、そいつがアンタの獲物ってわけだ」

タネヒルはもう一度頷いた。

「最後に一つ尋ねるが、俺はどっちに賭けりゃいい?」

「俺に賭けろ」

明確なタネヒルのディールの指示にマークは「寄進してやるよ」と請け合った。結局はこれだけで終わった。二人の間には銃弾は飛び交わなかった。互いに敵ではないと確認し合ったに留まったと言うべきか。

「テリー・ウェインが尾けられたな」去ってゆくマークの背中を見送るタネヒルに、外へ出てきたジイさんが言った。

「ああ。でも会えてよかった」

「命のやり取りをしないならな」

「万事そうじゃねえか。俺とアンタだってそうさ」

「違いねえ。しかし良かったのか？　ヤツに自分の兄貴を殺したのは、本当はゴールドスミスという男だと教えずに」

「構いやしねえだろ。ゴールドスミスは俺の獲物だ」


ゴールドスミスは、その後もずっと教会のベンチに佇み続けた。一晩をここで越えるつもりのようだ。

扉の隙間から、顔を上下に並べて中のゴールドスミスを窺っていた俺たちは、何とかしようと骨を折っていた。

「教会屯罪なんて罪はねえのか？」

「あったら神父が真っ先にブチ込まれるだろうが」俺の練りに練った独創性溢れる罪状製作をビリーが理路整然と突っぱねた。

「ベンチ不正使用罪」

「日曜礼拝のガキ、しょっ引かなくちゃならなくなる」

「受け売りだがな」

「夜間礼拝罪」

「神の御心は何時いかなる時も迷える子羊の傍に寄り添われる。受け売りだがな」

「神の存在を信じていないッ。これは罪になるだろ」

「それをどうやって証明するんだ？　そもそも、お前は神の存在を信じてるのか？　めでてえ野郎だ。そこらの神父だって信じちゃいねえよ。アイツらだって商売でやってやがんだから」

「じゃあ教義商売罪」

「それで捕まえられるのは、やっぱり神父だけだ」

「じゃあ、どうやってブチ込むんだ？」

「兎に角、動かねえ事にはどうしようもねえ。教会に座ってるだけの野郎、捕まえるわけにはいかねえだろ」

「凶器所持罪ってのはどうだ？」

「そんなの、お前も俺も持ってるじゃねーか。それも表通りじゃなくて部屋の中じゃあな。第一、銃の不法所持なんて人より多めにぶら下げているお前が、言えた義理じゃねえぜ」

「じゃあ駄目か……」

「大体この街では保安官が銃の所持をうるさく言わねえからな。フロンティア精神だ、なんて言ってな」

「自由闊達過ぎるぜ。この街は」

「っまあ銃ぶら下げた男の一人や二人ぐれえ、ぶっ放せるって自信が、あの人にはあるかなんだが」

「そうなると捕まえる術がねえな」

俺はそっと教会の扉を閉めた。ゴールドスミスは動かない。そう断言できたからだ。俺たちの話し声は彼の耳に届いていたろうが、彼はピクリとも動かなかった。死神の様に。大鎌をピースメーカーに持ち替えて、その時が来るのをじっと待っている。死の香りを嗅ぎたいがために…そんな雰囲気を彼の背中から感じた。

そうなるとブチ込むのはタネヒルだ。

「保安官助手まで連れて、どうしたってんだ?」俺とビリーを居間に通したタネヒルは、ジイさんに言ってコーヒーを淹れさせた。目の前、キッチンテーブルの上に差し出されたブラックコーヒー。ためらいなくビリーが手を付けたので俺もしょうがなく口にした。アッチモアのジイさんの店で飲んだコーヒーと同じ味。いい豆を使っていると言っていたが、嫌な思い出が蘇る、ただただ苦いコーヒーだった。

「旨いだろ?」タネヒルが聞く。

旨くねえ。

ビリーは「コクがある」とか抜かしてやがったが、やはり旨くねえ。認めてはいけない味だった。

四人がけのテーブルにタネヒル、ジイさん。俺、ビリーと向かい合って座った。本当の事を言うと別に話すことはない。ただ殺し合うな、と言いたいだけだ。

「マーク・ギャグニーがさっき来たぜ」とタネヒルが言い、

「お前が尾けられたんだろうぜ」とジイさんが添え木をした。

彼の顔を思い出す。顔はよく見ていない事を思い出した。しかし彼に白昼堂々と追われていたとは薄ら寒い。

「昼間のマーク（ヤツ）は開店休業中なんだ」と自分に言い聞かせるように突っ張った。勿論、誰もまともに聞いてくれちゃいない。

「お前と違って律儀な奴でな、挨拶だけしに来よったわ」何しに来たんだ、と聞いた俺にジイさんが答えた。これほど頻繁にテメエらの所に来ている俺が律儀じゃないとする理屈に、まず抗議したい気分に駆られた。どう考えてもマークよりは律儀だ。その上、本来ならどうでもいい田舎町のジイさん連中の身を儚んで、今も何とか事態をより良い方向へ持っていこうと苦慮している俺を律儀さに欠けるとは、何様のつもりだ。しばき回してやりたい気分だ。

「まあ誰が律儀かは扠置いといてよ」ビリーが言った。話を進めようとする意図は読み取れた。

が、扠置いとく事ではない。断じて。

「で、連れ立って何の用で来たんだ?」俺の心を置き去りにビリーにタネヒルが聞いた。

「頼み事があってね。是非、協力していただきたい」

「何が言いたい？　保安官助手」

「キャマロ保安官事務所としては、私闘による果たし合いは看過出来ない。それを言いに来た」

「わざわざ知らせていただいて、ご苦労だったな」

「律儀なもんでね」ビリーは嫌味に嫌味で返した。少々ガキっぽかったが、俺とは一味違う大人の対応だった。

「安心してくれ。保安官やアンタに迷惑かける気はねえ。粛々とやるさ」とタネヒル。

「死体の後片付けは誰がやると思ってんだ？」

「儂がやるさ」ジイさんが口を開いた。「アンタの手は煩わさねえ」

「ゴールドスミスが死んだ時は隣のテリー・ウェインにやらせりゃいいだろ」タネヒルが言う。「アンタは高みの見物してればいい」と。

　これではビリーの出る幕はない。

「まだ街の治安は乱れてないだろ？」とタネヒル。「もし乱れる事があったら、それはどちらかが銃でブチ抜かれて死んだ時だ。その時に責任を負わしゃあいい。死んだ方に。そうすりゃ全てが丸く収まる。兎に角、アンタの仕事は銃が火を噴いてからだ。それまでは誰も彼もが善良な市民さ」

　分かったような分からないような理屈だ。世の中に屁理屈という言葉があれば、正にそれに値する打って付けの言語表現であった。まるで理論武装も出来ていない。端からする気もない。ただもう決めた事だから黙っとけ、という明確な意思表示であった。

「よ〜く分かった。ただし街の外でやれ」

ビリーは最後の一線だけは譲らなかった。後はもう付き合うのも邪魔臭くなっている事がありありと窺えた。ただし街の外で挙行した場合、勝敗が付いた後、そのどちらか屠られた方の死体を葬儀及び埋葬の為に、街の中まで搬入するという作業の手間が加算されるので、実を取ると街の中で、さっさとやってくれた方が手間が省け、都合がいいという事に言った傍から彼も気づいていたが、押し切った。もう一セントにもならない無駄な意地と理屈の張り合いに終始してしまっていた。不毛だ。尻の毛すら抜け切り、生えない程のコーヒー一杯の価値すら見出だせないクソのような時間になってしまっていた。

夜半過ぎ、十対一あった賭け率は三対一にまで接近した。

「こういうもんさ。山っ気がある奴が欲を搔く」酔客達を搔き分け、たどり着いたサルーンの壁に張られた賭け率の表を見てビリーが俺に言った。

大きく稼ごうとした奴らがタネヒルに賭け替えた事を意味していた。ビリーの解説によると、この後、果たし合いの寸前、つまりは今夜の夜明け前には、もう少し接近し、胴元の配当金の配分作業も計算が容易な簡素な物になるだろう、との事であった。

その胴元たるマクギブンは賭けの注文に追われ、夕方からずっと忙しくしていた。彼は

今回の果たし合いをどう思っているのだろうか？　ゴールドスミスとの付き合いは俺より
ずっと長いし、しかもただの付き合いじゃない、ピンカートン探偵社の中での付き合いだ。命の切った張ったの文字通りの死線をくぐり抜けてきた仲だ。そんな間柄の男が果たし合いをするってのに、その対決をネタにした賭けの胴元に自薦他薦問わず就任する神経が俺には分からなかった。

「因みに自薦だ」聞いた俺に、マクギブンが言った。

なら余計に不味い。

「持ち前の計算力に因るところもある」とも言った。

彼の計算力を誰が高く評価しているのかは甚だ疑問だったが、自薦という事なので、彼本人のみが過大に評価している事だけは窺えた。

「テリー・ウェイン、何が不満だ？」

「仲間が果たし合いをするんだぜ、なんとも思わないのか？」

「どう思いゃあいい？」

「…」答えに窮す。

「だろうが。どう思いようもねえ。やるのは奴だ。俺には何もしようがねえ。じゃあ稼がせて貰う以外に何がある？　奴が勝ったらお前のおかげで稼がせて貰いましたよ、と酒の一杯でも奢ってやればいいし、もし負けたら奴の墓に花の一本でも手向けてやればいい。それでチャラだ」

明らかに精算出来る均等性には欠いた按分ではあったが、マクギブンの言葉には納得させる整合性があった。勿論、世間一般の整合性では無く、西部の男としての整合性だが。しかし、それでいいのだ。誰もそれ以上は望んでいない。タネヒルもゴールドスミスも自分で決めたのだ。こうする、と。こう生きる、と。だから誰も何も言うまい。妙な馴れ馴れしさもいらないのだ。勝手にやらせるしかないのだ。

「どうする？　まだブチ込む算段考えるか？」とビリーが訊いてきた。

「いや、もういい。ブチ込まなくても。俺も見届けたくなった」素直に言った。二人共に死んでもらいたくは無いが、死にてえってんなら、しょうがない。俺が止める義理も何もない事に今、気づいた。多少遅かったが、遅きに失したという事も無かろう。と自分に言い聞かせた。

暗闇の中、教会のベンチで一晩、抜き身のピースメーカーの引き金に指を添えて両の手で抱え込みながら瞑想し続けたゴールドスミスは、入口扉の上に設えられたステンドグラスから入り込んだ朝陽が、中央の通路を照らし出すのを眺めていた。徐々に伸びるその光は説教台を照らし、その奥にある大工の倅の像を浮かび上がらせた。

何の感慨もない。彼の偽りもない心境だった。第一、勝負の前夜を過ごす場所として、この場所を選んだのも迷える子羊だからではない。死地に赴くガンファイターだからだ。動物で括るなら血に飢えた狼と言ってもよかった。誰もいない場所でなければいけなかった。暴発寸前の自分を誰にも触れられたくなかったからだ。触れられるとそれを亡きモノにしてしまいそうな気がした。別にこれはセンチメンタルな衝動から来るものではなく、あえて自分を狂気に仕立て上げたからで、そういう状態に自分を仕立て上げるのが好きだから。また、そういう状態に自分を置く事が好きだから。というだけの事だった。

だから大工の倅が朝陽に照らされているのを見ても、何の感慨も催さなかった。ただ、時間がきたな。と思ったのみだった。


たっぷり寝たタネヒルは朝陽が昇る寸前にむくりと起き上がり、潜水の折にたっぷり飲み込んだ潮水を、海面に上がると同時に噴ききる大鯨の様に息を大きく一つ吐いた。そしてベッドの縁に腰掛けて、着ていたロングジョンズの上からシャツ、上着と着込み、最後にズボンをえいや、と穿き込んだ。ガンベルトを巻き込む段になると台所からコーヒーの匂いが漏れてきたので、ガンベルトの位置を決めると、台所へ向かった。

騎兵隊時代からの仲の男がコーヒーを淹れて待っていてくれた。まだ夜が明けきらぬ前に自分より早く起き、用意していてくれたのだ。決して年寄りだから朝が早いというわけではない事はタネヒルも分かっていたが悪態をついた。

「年寄りは朝が早いな」

「お前もじき眠れなくなるさ。それより先に永遠の眠りが来なければな」

タネヒルは、この朝に言うジョークでは無いコーヒー以上に苦いカウンターのハードブローに笑うしかなかった。

思えば青雲の志で入隊した騎兵隊を抜け出た後の人生は、死に場所探しの人生だった。銃の腕だけを頼りに法を破り、金を奪い、時には女を犯した。死に場所を探すが故に人並み以上に生を味わった。そして命のやり取りをし、時には追われ、時には奪った。自分でも無茶をしていると思っていたが、一旦手綱を緩め田舎に引っ込んでみると、無頼の人生それが無茶でなく自分の人生そのものだと自覚せざるを得なかった。そんな時、昔の仲間がジェイク・ザ・スターダストと呼ばれる売り出し中のガンマンに撃たれて果てたという話を風の噂で聞いた。正直、殺された仲間の事など、どうでもよかった。もうずいぶん前に別れた仲間だ。死の直前に彼がどこに住まい何をしていたのかさえも知らない仲になっていた男だ。ただ、その話を聞いた時、田舎に引っ込み、押し付けていたはずの心はさざ波立った。自分の生きるべき場所へ波は小舟を運んだ。そして海流は舟を然るべき港に横づけたのだ。タネヒルはジェイク・ザ・スターダストを討つと決め、大海原へ打って出た。自分の死に場所は田舎町の片隅ではなく西部の荒野だ、と。

人生は上手くはゆかない。死に場所と定めた相手は既になかった。だからその相手ジェイク・ザ・スターダストを屠った男が最後の相手だ。そう決めた。男もタネヒルに応じてくれた。中々の男だ。漢と称してもいい。応じる義理も無かったが、彼は応じたのだ。西部の男として、否、だからこそ。

タネヒルはいつもの苦いコーヒーをグッと飲み込んだ。苦さも熱さも口内を抜け喉の中途を過ぎる頃には感じなくなっていた。だから、どうというわけではない。これがいつもの感覚なのだ。コーヒーを飲む。苦い。熱い。と感じる事こそが。そしていつか感じなくなる。その日が来る。いつかは知らない。今日なのか、明日なのか、今この瞬間なのか。それが無頼の…西部の男の定めだとタネヒルはもう一度確認するように心に焼き付けた。

コップに残った最後の数汁は飲むのが堪えた。いつもならスッと一気に飲み干せるものが飲み干せなかった。だが残すのは嫌だったので無理に胃の中へねじ込んだ。ただ、いつもと同じように飲み切りたいという意地だったのか、立つ鳥跡を濁さずではないが、綺麗に身の回りを整理しておきたかったのか、自分でも判断が付き兼ねたが、敢えて答えは出さないでおく事にした。答えを出さなかったからとて禍根を残すわけでもあるまいし、こんな事にいつまでも感けていても特段、実りもない。それならば他の事に脳みそを使いたいと思ったからだ。とは言っても、もう考える事は何もなかった。身の回りの物はアッチモアの町に全て置いてきたし身一つだ。相棒には別れの言葉を言う気もない。となると成る事も言う事もなく、手持ち無沙汰なのでコーヒーの感想を言うことにした。

「クソ不味いな」

ジイさんは笑った。「随分、熟考が過ぎたな」と。

タネヒルは、騎兵隊の頃から飲んでいるコーヒーの味を今、初めて評価した。二十年以上になる。ずっと特に感慨も持たず飲んでいた。でもよく考えると、ただただクソ不味い。新たな発見だった。

新大陸を発見した男は、旧来の価値観の権化とも言うべき、決闘の場へと向かうべく腰を上げた。二十年以上の付き合いの仲間の無言の見送りを受け、西部の荒野への扉を開けた。

ステンドグラスから侵入した朝陽は礼拝堂の大半を夜の闇の中から解き放っていた。もう一度、リボルバーの中身を見定めたゴールドスミスは弾倉を回転させ銃身に収め込んだ。外が騒がしい。今、気づいた。物見の客が詰めかけているのだろう。ゴールドスミスは銃をガンベルトに仕舞い込み、朝陽に照らされたベンチの間の通路を扉へと歩み、観音開きの扉を両手で押し開けた。


ジイさんをセコンド代わりに引き連れ、大通りまで出てきたタネヒルは早朝にも関わらず通りの両側を埋め尽くすほどのギャラリーを見て閉口した。これでは見世物じゃないか。ギャラリー共は口々に「爺さん頑張れ」だの「お前に一〇〇ドル賭けた」だの勝手気ままにタネヒルに声をかけた。

「大盛況だな。え？」ジイさんが言った。

「奴らのためにやるんじゃない」タネヒルの偽らざる心境だったろう。しかしテメエ勝手なモノではあるが皆の期待を双肩に背負い込んだのも事実であった。

知ったこっちゃ無いが邪魔臭い事になったな、とタネヒルは思った。

眩しい。教会の観音開きの扉を開けて出てきたゴールドスミスは目を細めて辺りを見やった。街の大通りの両側は早朝にも関わらず、ギャラリーで溢れていた。通りの真ん中に突っ立つタネヒル。彼の許へと三段ほどある石造りの階段をゆっくりと下った。

ギャラリーの中、俺とビリーを助手役に任命した胴元のマクギブンはボードウォークの縁に腰掛け、直前まで賭けに応じ、こまめに帳簿をつけながら賭け札を配給し続けた。ギャラリーの数を見るまでもなく、一体幾ら儲けて帰るつもりだ、という位のかなりの実入りが期待できる内容だった。

自然、俺たちも忙しく働いた。だから保安官が俺たちの真後ろまで来ていた事にも全く気付かなかった。

「ビリー、これはどういう事だ?」咳払い一つした保安官が、ビリーの凝っていない肩を揉みほぐしながら訊いた。

「いや…これは…」

答えに窮するビリーに保安官は「この街じゃ果たし合いは認められちゃいねえ」と言いながらも「しかし、こうなっちゃしょうがねえ。ウチも稼がして貰う」と言い、マクギブンに「儲けの三割は街に税として収めてもらう。いいな」と為政者の権限を行使した。恐らく気付いていていながら黙認していたのも、この魂胆があっての事だったのだろう。

「そりゃないぜ、保安官」マクギブンは抗議をした。自分の才覚で築き上げた一晩の苦心の作を鳶に、否、鷲か鷹に油揚げをさらわれたのであるからして当然だ。しかし保安官は取り合わず「ショバ代だ。安くしておいた」と適正価格が分からぬので、それが高いか安いかの判断は付き兼ねるが、彼が労働力の対比を鑑みると一番儲けるのは明らかな事を言い放ち、「誤魔化されねえように、その帳簿は後で提出してもらう」とビリーに、その監視と提出後の帳簿の記載不備及び粉飾等の確認、検算を命じ保安官事務所へ引っ込んだ。

「クソのようだ」二分前と比べ、明らかに労働意欲を無くしたマクギブンが保安官の背を見送りながら、大通りに唾を吐く様に言った。「臭うくらい麗しいぜ」

マクギブンは虎の子の帳簿を私設秘書に渡すかの様にビリーに委ね、自分の取り分に対する就労時間は超過したと、果たし合いの観戦を決め込んだ。それからの胴元稼業はビリーが受け持った。ミミズが這った後のようなマクギブンの難読文字で書かれた帳簿をパラッと一瞥しただけで理解し、マクギブンの後を継ぎ業務を遂行出来るなど誰にでもこなせる事ではない。彼の頭の回転の速さが窺えた。

なおも客の足は止まらない。なぜか俺がビリーの下働きになった。流れとは言え、またも軽輩仕事だ。嫌になる。

「マクギブン、オッズはどうなった？」ずっとサルーンの二階に入り浸っていたブロンソンがギャラリー達をかき分けやって来て、マクギブンの隣に腰掛けながら訊いた。

「保安官助手、幾らになってる？」

マクギブンに聞かれたビリーはサッと計算して「一対二・六」と言った。

「二・五でいい。計算し辛え」と言った後、「二でもいい。〇・五分せしめても…」

「そりゃあ保安官が許さねえよ」ビリーはピシャリとはねつけた。彼の職務への厳格さと保安官への忠誠心には頭が下がる。これにはマクギブンも折れざるを得ず、二・五で折り合いがついた。

「で、賭けるのか?」マクギブンがブロンソンに訊いた。

「勿論」

「どっちに賭けるか聞くだけ野暮か?」

「お前ならどちらに賭ける?」

「義理がなければタネヒルに賭けろ。オッズがいいから儲かるぜ」

「悩むところだが、今日は義理を重んじとく。ゴールドスミスに一〇〇だ」

「保安官助手、切ってやれ」

マクギブンに言われ、ビリーが発行した賭け札を胸ポケットに仕舞ったブロンソンは通りの真ん中で、差しで向かい合う二人の男を眩しそうに見やった。

男二人に挨拶はなかった。スッと背中を向けたタネヒルに背中を合わせたゴールドスミスが訊いた。

「何歩だ?」

「五歩」そう言った後、タネヒルは鼻から大きく息を吐き出した。少し変な音がしたが、鼻が曲がっているのでしょうがない。ゴールドスミスはタネヒルが動き出すのを黙って待った。

暫しの間。

そしてタネヒルが動き出すのに合わせてゴールドスミスも動き出し、二人は同時に西部の大地に一歩目を踏み出した。

ギャラリー達も固唾を呑んだ。

二人は二歩目をほぼ同時に刻んだ。

息もせず見守った。俺も、ビリーも、マクギブンも、ブロンソンさえ。

二人は三歩目を踏んだ。

二人の間は都合六歩分の開き。かなり距離が開いてきた。

そして四歩目。事は起きた。

ゴールドスミスが四歩目の前に振り向いたのだ。

「あっ」思わず声が出た。

四歩目を刻んだタネヒルが、撃鉄を起こしながら振り向く。

ゴールドスミスの銃が火を噴いた。

ズルしやがった。

ゴールドスミスの放った弾丸は、きっちりタネヒルの胸元を撃ち抜いた。花が散るように、というような可憐なものではなかった。一度、後方に揺らめいた巨木は一発鳴り響いた銃声の後の無音の荒野へ、ゆっくり前のめりに崩れ落ちた。

こんな死に方があるのか…

もう見栄も衒いもない。大地に突っ伏したタネヒルは満足だった。ベッドの上でなく、西部の大地の上で事切れることを。生涯を終える事を。異議を唱える気もなかったし、ゴールドスミスに感謝さえしていた。使い古した表現だが走馬灯の様に自身の人生の場面、場面がスクラップブックの如く思い出されるのかと思ったが何も脳裏に巡らなかった。でもこれでいい。満足だ。クソのようだが、これが西部の男の死に方だ、と思いながらタネヒルは冥府に落ちた。

「反則じゃねーか！」
「賭けは不成立だろ」
「認められねえ！」
「ふざけんなッ」
「けじめ付けろッ」

ありとあらゆる事を口にし、ギャラリー達は騒ぎ立て、罵詈雑言の雨を降らせた。暴動寸前の状態でゴールドスミスや胴元たるマクギブンや俺達に押し寄せる。このままでは身の危険を感じた。

おもむろにマクギブンがホルスターから銃を取り出し、空に向けて弾丸をぶっ放した。

「うるせえ。文句あんのかッ、この野郎ッ！　賭けは成立してんだよッ。ゴールドスミスの勝ちだ。ガタガタ抜かす奴は前に出てこい。ピンカートン探偵社が相手してやるぞッ。馬鹿野郎」

これだ。我が探偵社の評判を悪くしているのは。確かにギャラリー達は静かになった。が、しかし反発の芽を確実に発芽させてもいた。きっと行く先々の街で我々の悪名を喧伝して回るに違いない。また商売が為難くなった。今後の職務遂行にも支障を来すだろう。ピンカートンの名を語るとともに嫌悪の目で見られるのだ。

頭が痛い。マクギブンの事ではない。ピンカートン探偵社の一員としては迷惑な話だが、これはもう放っておく。胴元業は彼の自営業だ。知ったこっちゃない。勝手にやれ。問題はゴールドスミスの方だ。どう考えてもフェアではない。クソだ。クソ中のクソだ。果たし合いで、あれは無い。果たし合いとは、もっと男と男の間で行われる神聖なものである筈だ。だのに、ですのに…だ。やはりクソのようだ、としか言葉が出てこない。あれで死んだタネヒルはどうなる？　浮かばれない。彼の名誉は？　一生…まあもう死んではいるが、地に堕ちたままだ。失地回復してやりたい気分になる。かと言って俺がゴールドスミスを討ち取るのも道理から言って違う。今の果たし合いを見た直後の西部の男なら誰だって、そういう衝動に駆られるだろうが、それでは根本的解決にはならないし、結論から言えば人殺しの人殺しでしかない。クソを殺したクソにしかならないのだ。

タネヒルを屠ったゴールドスミスが、俺たちの方へゆっくり歩み寄ってきた。

「テリー、何か言いたい事あんのか?」ゴールドスミスが不服顔を隠さなかった俺に訊いてきた。

「あるね。非道いモノを見た。ありゃ何だ」直截に言ってやった。

「非道い? お前はガキか?」

ガキだぁ? お前は男ですらねエじゃねえか。怒髪天を衝いた。果たし合い直後の人間にこんな事をするのはどうかとも冷静であれば思ったかもしれないが、そんな事はお構いなしに殴りかかった。しかし拳骨がゴールドスミスの顔面に触れる事はなかった。マクギブンとビリーに羽交い締めにされて止められたからだ。

マクギブンが言う。「やめろ、テリー・ウェイン。あれはフェアだった」

フェアだった? あれのどこが? お前も見てただろ。それとも何か? 賭けを成立させたいが為に西部の男の誇りを蔑ろにしてでも強弁を張っているのか? だとしたらガッカリだ。

「いや、あれはあれでアリだ」ビリーも言った。

本気か? 見識を疑う。

「別にルールなんてモンはねえぜ。果たし合いに」俺を抱えていた力を緩めながら、冷静な口ぶりでビリーが言った。シニカルですらあった。そのシニカルはゴールドスミスではなく、むしろ俺にその七割、八割方、向けられていた事に鈍感な俺でも気づいた。

そう言ったビリーに、整った髭の口角を上げて応えたゴールドスミスは、マクギブンに後ろから羽交い締めにされている俺の脇を抜け、サルーンへと向かった。

ブロンソンはこの間、一言も口を開かなかった。彼にまで何かを言われたくはなかったので、そうしていてくれて有り難かった。

マクギブンを振りほどく。

「大人になれ。テリー・ウェイン」肩を抱かれ、マクギブンに言われた。

十分、大人だ。

「二人の間で成立していたのであれば、あれはアリだ」

成立してたのか？　何を見て、そう言う？

「二人だけの世界だ。俺たち外野がどうこう言う筋合いじゃねえ」マクギブンが自身の理屈を述べた。

確かに果たし合いは二人だけの世界だ。他の誰もが犯しちゃいけねえ。純粋無垢な神聖不可侵な世界だ。しかしタネヒルは納得していたのか？　あの行為を、否、あの暴挙を。しかし、それは誰にも分からない。勿論、俺にも。だから口出ししちゃいけない、という事か。俺にも、マクギブンにも、ビリーにも、他のギャラリーの誰にも。二人だけの世界だ。だからタネヒルが死んだ今、異議を唱えられるのは、この世にゴールドスミスのみだ。だから彼が然りとすれば、それが答えだ。世界の全てと言ってもいい。だからフェアなのだ。俺は全身全霊で納得したわけではないが、角を引っ込めなければならない。それがタネヒルへの敬意にもなるからだ。どっと疲れた。下らん理屈に振り回された印象しかない。俺は決闘の折、ああはしない。それは強く思った。あんな事をする位なら死んだ方がマシだ。ただ気づいた事もある。死ぬと語る弁を無くすという事だ。逆に生き残った者は語る弁を有す。この違いは大きい。そして結果は残る。何年か後には内容などは語られず、ただチャールズ・ゴールドスミスという男がボブ・タネヒルという男を決闘の末、屠ったという事実のみが伝えられるのだ。

しかし、これが現実だ。強者が生まれ、弱者が消える。勝者が残り、敗者が去る。これを歴史と呼ぶのだ。だから生き残るためには、名を成すためには勝たなければならない。それをゴールドスミスは実践したのだ。大騒ぎしたが、ただそれだけの事なのだ。

噛み締めた。世知辛いが噛み締めた。彼らの言う大人になれたのかは分からないが。

ギャラリーの末席に加わっていたマークは、自身の兄を倒した、と吹聴していた男と実際に彼の兄を殺害した男との決闘を見届けた。面白いものを見た。彼の脳裏に浮かんだ感慨だ。彼にとっては別にどちらが勝とうが、どうでもよかった。賭けてすらいなかったし金銭的な損得もない。この街で一番純粋に果たし合いを見守った人物と言えたかもしれない。ただ口々に不平を唱えながら酒場や宿舎へバラけてゆくギャラリー達の中、最後まで大通りに残り、一際大きなタネヒルの死体が、葬儀屋によって、いつの間に設えられたのか彼の体にピッタリ塡る棺桶に収められ搬出されるのを見送った。何故か自分が屠ってきた男達には全く湧かなかった感情だが、前日に話した男の最期なのだから見送ってやるのが西部の男の礼儀のように思えたからだ。マークはフト目線を上げた。通りの向こう側に自分と同じくタネヒルを見送る男が目に入った。

テリー・ウェインだ。

昨日、対峙した男。向こうも自分に気づいたようだ。マークは、帽子のつばに手をやり会釈だけしておいた。そして、こう思った。奴とも決着をつけねばならない。こんな衆人環視の下ではない、どこかで。

マーク・ギャグニー…。何故、奴がいる？　違和感を覚えた。それはこの場所に…タネヒルとゴールドスミスとの果たし合いの場にいるからなのか、闇夜でない太陽の下にいるからなのか判断がつきかねたが、兎に角、奴はここにいるべきではない。相応しくないと思えた。

通りの向こう側で帽子のつばに手をやり会釈する男。勿論、隙はない。俺も挨拶を返すべきか…。ひょっとしたら非礼に当たるかもしれないが放っておいた。また大人気無いと言われるかもしれないが、奴に数インチ単位の愛想の欠片すらくれてやる気になれなかったからだ。

午前の内にタネヒルは共同墓地で荼毘に付された。場所は丁度空きのあったギャグニー兄弟の墓の背向かい。西部の大地にポッカリと開けられたデカイ穴。彼の遺体を放り込む為の穴だ。生前は巨体を有していただけに墓穴もそれに準じた立派なものだった。

彼の棺桶が墓穴へと下ってゆくのを、帽子を取って見送った。マークには湧かなかった感情。最期を迎えたタネヒルへの敬意から素直に脱帽した。

彼の葬儀に参列したのは俺とジイさんの二人だけだった。ボブ・タネヒル。二十年以上もの間、この西部の荒野を渡り歩いた男。果たし合いの観覧にあれだけの人数を集めた男。その死の瞬間を街中の人間に見せ付けた男。しかし彼が大地に帰る時、見送ったのはたった二人だけだった。

虎は死して皮を残すと言うが、彼は何を残したのか…？　何も残してもいない俺が言うのもなんだが、最期を見送るのがたった二人というのは流石にシケている。勿論、周りの仲間たちは皆、とうの昔に鬼籍に入っているからだ、という事情はあるだろうが、二人だけというのは如何なものかと感じた。俺はこんな葬式は嫌だ。参列者たちが列を作って俺の棺桶に薔薇の花を一輪ずつ投げ込んでいくような様式の葬儀を所望する気はないが、俺が義理を感じて出席していなければ、ジイさん一人に見送られる形になっていたかもしれない葬式なんてあんまりだ。死して皮を残すことの難しさを痛感した。

流石にサルーンのバーにテーブルを並べて現金の授受を行うのは危険だと判断したのだ

ろう。マクギブンはウエスタンフェデラル銀行に掛け合って、行内の窓口の一つを特設窓口として開設させて貰い、賭け金の配当作業を行った。ここなら銀行だし防犯対策もしっかり為されているので現金を奪われるリスクも随分軽減できたし、銀行側としても大きく稼いだ者にはその場で、現金を持ち歩くことの危険さを説き、預金の案内をし、大口顧客として取り込めるという商機が見いだせたので、両者にとって利害が一致した渡りに船の策であった。

窓口対応を仰せつかったマクギブンの前には大量の札束が溜まった。もっともその奥で精算作業をするビリーによって、その売上金のうちの三割は保安官事務所経費として上前を撥ねられるのだが、それでも尚、かなりの額が彼の手元には残る計算となった。だから自然と配当金を客達に支払う彼の顔は満面の笑みを湛えていた。おおよそ拳銃稼業に従事している人間とは思えない顔である。平素の会話の内容の大半が、皮肉か人殺しの話で占められる男の愛想尽くしの表情であった。

昼過ぎ、葬儀の参列を終えた俺は銀行に赴いた。タネヒルの方に賭けていたので受け取る配当金も無かったのだが、サルーンに行き、ゴールドスミスと二人きりになるのも嫌だったので、こちらに来る他なかったからだ。もうこの時間になると配当金の受け渡しも粗方終わっていたので行内も閑散としており、売上金の計算にマクギブンとビリー。預金残高の引き上げに成功した行員たちと二手に分かれ、札束の勘定を一心不乱に行っていた。札束を数える音が二マイル先でも聞きとれそうな位だった。

「邪魔していいかい？」

「おう、テリー・ウェイン。葬式は終わったのか？」目線は札束のままマクギブンが言った。

「ああ。俺とジイさんの二人しか出なかった」

「葬式までシケてたな」

「穴、デカかったろ？」ビリーが訊いてきた。

「穴？」

「墓穴さ。タネヒルが倒れた時、思ったのさ。ああ面倒な方が死んだなって」

「どういう意味だい？」マクギブンが聞いた。

「だってあの巨体だぜ。通常の倍の大きさの穴掘らなきゃ収まり切らねえだろ。だから手間かかる方が死んだなってさ」

掘り出された墓穴を思い出しながら言った。「確かにメガトン級の穴だった。みんなに見せてやりたかったよ。俺とジイさんの二人しか見なかったが、州指定史跡に認定したい位の穴だった」

「墓掘り人達には、日当弾んでやったのか？」とビリー。

「知らねえ」

「お前、州指定史跡掘って貰ったんだぜ。墓掘り人達にゃ、学術員手当は別途付けてやらなきゃいけねえだろ」

「そんな手当あったのかよ」

「少なくとも掘った面積分、割増料金は支払ってやるべきだったな」

「ジイさんが払ってるさ」希望的観測を述べた。

「あのジイさんが、そんなタマか？　俺には、シケたジイさんにしか見えなかったぜ」

「シケてるが道理は弁えているさ」

「なら、いいがな」

　果たしてジイさんは割増料金を奮発したのであろうか？　吝嗇に励んだがために墓掘り人達にすら、タネヒルが死して尚、不興を買う事がなければいいが。

「あのジイさんの世話焼いてやれよ」ビリーが言った。「きっと仇取るとか言い出すぜ」

　俺も危惧していた。きっと言うだろう。

「その時は真っ先に知らせろよ」マクギブンが札束から顔を上げて言う。「また胴元になって儲けなきゃいけねえからな」

「今のは保安官事務所としては聞かなかった事にする」とビリー。

「都合のいい耳だな。どうせまた三割、上前撥ねるんだろ？」

「今度は保安官（あの人）、四割って言うかもな」

「ケッ」マクギブンが俺に向き直り、無駄に真剣な顔を作って言った。「兎に角、無駄死にさせるな」と。

　その言葉の意図はジイさんの生命の営みを慮っての事なのか、儲けにありつきたい故の商魂の逞しさから出たものなのか、それとも両方の意味を兼ね備えたハイブリッドなものなのか、そのどれとも違うのか、マクギブンの顔の真剣さから一番目の意味だと判断した。これは俺の願望に因るところが大きいが、俺がそう思うのだから、それでいいのだ。そして、俺はジイさんの許へ向かった。

主のいないロッキングチェアーがポーチに放置されていた。腰掛けてみた。座り心地がすこぶる悪い。『揺れる』ではなく『軋む』だ。彼を乗せて数日ですべての部位に歪みが生じたのであろう。

「なんだ、何しに来た?」くつろげないロッキングチェアーから擂粉木音を発生させ続ける俺に、屋内からジイさんが出てきて言った。

「様子を見に」

「今、お前の様子を見て、聞いているんだが」

「俺はいつもどおりさ。ジイさんが生き急がないか、様子を見に来たんだ」

「この歳で生き急ぐも何も無いだろ」

「それもそうだが、仲間が死んだんだ。心配もするさ」

「お前に心配される謂れは無いぞ」

「俺がしなきゃ、この世界で他に誰もしないだろ」

「して貰わなきゃいけないものか?」

「どうせなら、して貰った方が良くねえか？　人生の彩りにでも」

「お前の心配が彩りか？」

「最後に一花って考えてるだろ？」

「彩りにか？」

「ああ」

ジイさんは否定も肯定もしなかった。という事は肯定したという事だ。彼は当然、やると思っていたし、またそういう男でいて欲しかったので明確な答えが得られずとも、そう判断出来たので嬉しかった。

ただ無駄死にをさせては駄目だ。その点は留意しないといけない。このジイさんはあっさりと死んではいけない男なのだ。タネヒルは存外あっさり死んでしまったが、俺は男には男の死に方がある、そう考えている。だからこのジイさんには、タネヒルのような最期を迎えさせてはならないのだ。そして、もし彼が死んだら、恐らく参列するのは俺だけというアメリカ大陸発見以降では指折りのシケた葬儀が待っている。こんな葬式には俺も参列したくない。後世の歴史家に、合衆国建国史上最もシケた葬儀に参列した男として、歴史画に阿呆面晒すように描かれ、訳知り顔で語られるのは真っ平御免だ。

そのまま、ジイさんが早まらないか見張るわけではないが、夜まで旧タネヒル邸と言うべきジイさんの家で過ごした。無言で向き合い続けられるほどの仲でもないし、そういう仲になる気もない。互いに、特にジイさんは長時間の鑑賞に耐えられる顔でもないので、隙間を埋めるように二人で語らう。俺にはジイさんに語るほどの話や経験を持ち合わせているわけではないので、直ぐにジイさんの独演会になった。話の内容はアッチモアで聞かされた話と全く同じ内容。辛うじてタネヒルと出会ってからの冒険譚が追加されていたので眠らずに済んだが基本、退屈な話だった。

二度同じ事をするのは人並み外れて滅入る性質だ、ということを今更ながら痛感した。

リラックスし過ぎだ。我ながら、そう自戒しながら目を覚ました。相手はほんの数日前アッチモアの町で監禁した、されたの仲だった男だ。胸襟を開き切ってはいけない男なのだ。なのに、彼の前で酔いつぶれて寝てしまっていた。確かに今日は寝る事も叶わず賭けの胴元の手伝いに駆り出され、夜明けと共に果たし合いがあり、その後も睡眠を取る時間がなかった。が、それは言い訳にはならない。彼の前では何度目かの痴態と言える。数えるのすら憚りたい。きっと、あの最後に出てきたお手製のバーボンというヤツが、いけなかったのだろう。台所の奥の棚の上から赤子を抱く様に持ってきたソレを、目の前にあったコーヒーカップに半分ほど注がれ「自信作だから飲んでみろ」と言われた。市販の豆を使ったコーヒーですらあの出来だからお手製の造酒となると少々、想像力に欠ける人間でも、そのクオリティーには懐疑的にならざるを得ないだろうし、実際俺も丁重に辞退した。専門カップに注がれたソレの色からして不味そうだったからだ。琥珀色ですらなかった。

的な事は分からないが、醸造し切っていない混じりっ気のある砂漠の雨を溜めた様な色をした、おおよそ人類が摂取するべきでないと断言できる液体であったからだ。

「勧められた酒を飲めねえのは、男じゃねえ」ジイさんにそう言われた。

男でありたい。斯く思う。しかし、この酒を飲む事がそれに繋がるのかは、甚だ疑問だ。

その旨を進言した。

「四の五の言うな。取って置きだぞ。それともお前、酒が飲めないのか？」

そんなガキではない。酒ぐらい浴びるほど飲むさ。

「飲めよ。酒が飲めない男は舐められるぞ」

アルコールを受け付ける体質かどうかの話では無く、泥水を進んで飲む必要があるかないかの話だったのだが、論点は明らかにすり替わっていた。西部の荒野で、何日も飲まず食わずのロングトレイルを強いられていたのであれば、飲めと言われなくても、奪ってでもがぶ飲みするだろうが、ここはキャマロの街中だ。飲料水には事欠かない場所なのだ。だから飲む必要などは全くないし、酒にしたってバーに行けば上質なものが並んでいる。だから飲み水としても、酒としても摂取する価値が無いものなのだ。だが、舐められるわけにはいかないので、敢えて一気に飲み干してやった。どうだジイさん。これが男の飲みっぷりだ、と。よく目に焼き付けとけ、と。

呑んだ後の記憶がない。

目覚めた時はキッチンテーブルを抱え込むように伏していた。口角から頬にかけてが、妙にひんやりした。涎に濡れていたのだ。しかしこれが功を奏したとも言える。このベットリとした感触で深い眠りを妨げられ、ドアを開け、出てゆくジイさんに気付く事ができたからだ。

ドアの横の窓から見える外の景色は暗闇だった。こんな時間に屋外に出てゆく用も無いはずだ。だが出てゆく。ウィンチェスター銃を小脇に抱え。銃が必要な用事とは何か？考える必要もない。やっぱり行きやがったとしか言い様がない。このまま眠ったふりをして、黙って行かせてやりたい気がしないでもないが、それでは俺がこの家を訪ねた理由が無くなってしまうし、言われるがままに酒をあおり、酒に呑まれて用の一つも果たせなかった間抜け、と後ろ指を指される事になってしまう。否、自分の事は後回しでいい。ジイさんの身を案じる方が先だ。

俺を起こさぬよう細心の注意を払い、静かにジイさんがドアを閉め切るまで眠ったふりをする。意外と寝たふりをするのも難しかった。こういう事は練習のしようも無いのでどうしてもぶっつけ本番になってしまう。上手くやれたか不安ではあったが、ジイさんが気付かず出て行ったところを見ると案外上手くやれたのだな、とほくそ笑むに至った。が、これで終わってはいけない。これで終わってはただの間抜けだ。ここからが大事なのだ。ただ家で、行っちゃいけないと止めるのではなく。キチンと道理を弁えさせて相互理解を深めなければならない。でないとジイさんは今日止めても、また何度も何度も同じ過ちを繰り返すだろう。彼が死ぬまでずっとだ。その度に止めに入るのは流石にかったるい。実の息子であってもそこまでの義務感はきっと見出だせないだろう。だから今日の一度で乾坤一擲の止めを決めなければならないし、決めると決めた。そしてミスったらもう知らんふりをする事も同時に決めた。だから今日、決めるのだ。分かりづらい理屈かもしれないが兎に角、今晩が勝負の時とした。

　ジイさんが行ったのを確認し、むくりとテーブルから頭を上げ起き上がった。頭がズンと重い。肩や肘が何故か痛く動かしづらい。同じ体勢にして動かずにいたからか。首関節も回す度にゴキゴキと音を立てた。立ち上がり、グッと伸びをして全身の筋肉を伸ばしきった後、脱力し体中を弛緩させた。だるいが動く。悠長にもしていられないので、これで良しとしてジイさんの後を追うべく、表のドアに手をかけた。横の窓から辺りを窺う。ジイさんはいない。まだ近くにいるだろうと思い、ゆっくり静かに開け放った。屋内の光が暗闇を切り裂く。見られてはまずい。さっとドアを閉めた。今度は薄くドアを開ける。屋内の光が細く暗闇を斬る。その隙間から外を窺った。やはりジイさんはいないようだ。ギリギリ自分の体が絞り出られる分の隙間だけドアを開け、滑り込ますように闇の中へ体をねじ込んだ。後ろ手でドアを閉める。これで完了。俺も闇の中の住人に転居した。

　ジイさんを追い、闇の中を彼が歩いて行った方へと歩みだす。ウィンチェスター銃を持った後ろ姿は直ぐに見つかった。後は尾けるのみだ。建物の脇に身を隠し、彼が角を曲がれば忍び足で近づいて間を詰めた。中々堂に入っている。それもその筈。よく考えりゃ俺は名義上、探偵だった。

ジイさんが歩いてゆく先を見定める。大通りだ。大通りに向かって歩いている。やはり美味くない方向に向かって舵を切っている。このまま大通りの酒場に入って軽く一杯なんて事は考えにくい。それならば、家で例のお手製の自信作と、恐らくは俺のみにだろうが喧伝するクソ不味い泥水バーボンを呷っていればいいわけで、そうした方が経済的にも醸造するという手間への対価という意味でも有意義だろうが、そうしなかったという事は、それ相応の事をするという事だ。それが想像力の正しい使い方と言えた。

街の真ん中を大河の様に横たわる大通り。その両岸に設えられたボードウォークの上を酔客たちがぶらつく中、店の明かりが届かず、向こう岸の見えない大河を、ウィンチェスター銃を小脇に抱えたジイさんが渡河してゆく。夜の大通りの印象はそんなだ。俺も岸からジイさんの行方を探った。勿論、溺れ死ぬ事は無いが、どこに上陸接岸するかは見定めなければならない。

しかし、いくら治安のよろしくない西部の街といっても大通りをライフル片手に往来する奴はいない。なのにどうだろう。誰も彼を咎めもしない。酔っているからなのか、他人に著しく興味が無いからなのか、一人必死にやっている自分が馬鹿らしくなる。

が、ジイさんの軽挙をたしなめるのが俺の今晩の勤めだ。暗闇の中、渡河する後ろ姿を追う。向こう岸、この不夜城たるキャマロの大通りで唯一、夜半に流行らぬ場所。つまり教会に向かっている。ゴールドスミスを求めて。俺の知る彼は全くもって信心深い男ではないので、彼が今晩も教会に居る（そこ）かは分からないが、ジイさんとしては虱潰しに一晩かけてゴールドスミスを追い詰めるつもりなのだろう。手間のかかるやり方に思えたが、これがジイさんの流儀と後ろ姿にニヤリとしてしまう。

ジイさんが大通りを渡り切り、教会の扉へと続く三段ほどある石造りの階段を上り、扉の向こうに消えた。

もしゴールドスミスが教会に居たら…不味い。

俺は急いで大通りを駆け抜けた。無駄死にリストに余分な名を刻まぬ為に。

駄目だ。心臓が唸る。クソバーボンの所為だ。先程からの頭痛の種もこれだ。クソの様な悪酔い。溺れ死にそうだ。息も絶え絶えに渡り切り、石段にたどり着く。たった三段の石段さえ仰ぎ見るかの如く上る羽目になってしまった。これではどちらがジイさんか分からない。

ゴールドスミスが…いた。

両開きの扉の左側の方を押し開けたジイさんは礼拝堂のベンチに人影を認めた。

ゴールドスミスが…いたのだ。

ジイさんは影から目を離さず、後ろ手で扉の鍵を閉めた。退路を絶った。必要が無くなったと言った方が的を射ていたかもしれない。

ジイさんの来訪に気付いた影の男が、視線だけ寄越し言う。

「何だ、ジイさん。俺に用か？　それとも教会に用か？」

「教会に来たのは二十年ぶりだ」

「じゃあ、また二十年後にも来られるようにしな」

「もう教会に用はない」

「まだお祈りも済ましちゃいないぜ」

「祈るのはお前の方だ」

「俺が祈る必要があるか？」

「最期ぐらい敬虔になってはどうだ」

影の男はニヤリと笑い、言った。「ジイさん、バプティスト派か？」

「教会には縁が無いと言ったぞ」

「なら、何しに来たってんだい？」身をよじり、ベンチの背もたれに肘を引っ掛け、振り向きながらゴールドスミスが言った。

ウィンチェスター銃を構えるジイさんの影が、大工の倅の像に被さった。

「シブいが、そういうの年寄りの冷や水って言うんだぜ」

ジイさんは反応を示さなかった。ただ真っ直ぐゴールドスミスに正対し、ウィンチェスターのレバーを返した。そして不味い、と思い床に伏したゴールドスミスがコンマ数秒前まで座っていたベンチを44口径弾で撃ち砕いた。

銃声が鳴った。と同時に何かが砕ける音がした。耳に入ったその音で、忍び足で石段を恐る恐る上っていた俺は、一足飛びで石段を駆け上がった。

忍ぶ必要すらなかったのだ。阿呆らしい。そして教会の扉に手をかけた。開かない。鍵が掛かっている。ジイさん、舐めんなッ。助けにきてやってるのに、なにしてやがるんだ。苛立ち紛れにドアノブを蹴り飛ばした。

ゴールドスミスの背中に後頭部に、吹き飛ばされた木屑が降り注いだ。

相手はやる気だ。おめおめと、この身を捧げる気もない。ゴールドスミスは床に這ったまま、腰のピースメーカーをまさぐった。弾はリボルバーに六発、満弾装塡してあった。だが起き上がってぶち込む事は出来ない。起き上がれば恰好の的になってしまう。こっちが照準を合わせて引き金を絞る前に、既に構えて待っているウィンチェスターの餌食となって終わりだからだ。

ひとつの場所に留まっているのも不味い。ぶち込まれたらヒキガエルのように生涯を終える。そんな羽目は御免蒙る。誰もが思うところだ。狩る側に回らなければ、次の葬式の名義人は自分になるのだ。抗うべくゴールドスミスは匍匐でベンチの下を動き回り、位置を変えながらジイさんのいる方へ頭を向け、ベンチの足の隙間からジイさんの位置を窺った。

扉の前でジイさんにぶっ放させたのは正解だった。あの位置からなら最後尾のベンチまでも何歩かはある。ベンチの上に乗っかられて姿を追われたのなら、無様なほどに丸見えだろう。もう二弾目が体を貫いているはずだ。

だが、まだ二発目は発射されていない。ベンチが軋む音も聞こえない。

ゴールドスミスは推し量った。ジイさんの足は床の上にある。

ゴールドスミスは視線を巡らせた。右に左に。相手より先に捉えなければ、死ぬのは自分になるのだ。

礼拝堂は静寂に包まれた。息を殺し、銃を持った子羊が獲物を狙う。きっと教義に反していた。しかしながら、そんなものは拝む余裕のある者の戯言だ。今、この瞬間の命が欲しい。霞み始めたゴールドスミスの視界にジイさんの足が入った。通路を自分が元に居た方へ向けて歩いている。

要領としてはこうだ。這ったまま、あの足を撃ち抜く。右足か左足かは拘らねえが、足を撃ち抜かれ、跪き倒れたジイさんの体がベンチの足の隙間に現れた時、止めの一撃を加える。これは二発でも三発でもいい。屠り切るまでブチ込む。ただ初発の足への一撃は完璧に一発で撃ち込まなくてはならない。機動力を完全に削がなくては。これをミスると、自分の位置がバレ、反撃の痛打を食らう可能性が著しく高くなるからだ。

ゴールドスミスは銃把を握る右手に左手を添え、銃を固定し、銃口の上の照星をジイさんの足に真っ直ぐ合わせた。

通路をジイさんが近づいてくる。

ゴールドスミスは足の捌き方だけで悟った。自分の姿を追い、用心深く辺りを窺いながらジイさんが歩いているのを。

結論、まだこちらの位置は摑んでいない。

足の動くリズムに合わせて微妙に銃口を調節する。そしてリズム通り右足が床に着地したと同時に、ゴールドスミスは引き金を引いた。

四度目の蹴りでドアを蹴破った。と同時に二発目の銃声が鳴り響く。聞きたくなかった音。徒労感すら感じながら俺は、教会に雪崩れ込んだ。

「テメエら、好き勝手に殺し合いしてんじゃねえッ！」

誰の心にも響かなかった。

遅きに失したのか。もう命のやりとりは始まっていた。

右足の踝の中心を撃ち砕かれたジイさんが、痛みと奪われた歩行機能と付かれた不意から立っていられなくなり、西部の男の向こう意気から来る暫しの踏ん張りの後、跪くのが見えた。

礼拝堂に新たな銃声が木霊し、跪いたジイさんの左足の膝が撃ち抜かれる。ジイさんの膝は血しぶきを上げ砕けた。

銃声は何処からだ？　何処から撃っている？　撃っている男が誰かは分かっている。ゴールドスミスだ。彼しかいない。ジイさんを撃つ理由を所有するのも、ジイさんをこれほど正確に射抜ける腕を持つのも。

「ゴールドスミスっ、やめろッ！　殺す必要はねえだろッ！」

返答代わりの銃声が響いた。

右の踝、左の膝と撃ち抜かれたジイさんが耐え切れず床についた左手に、これが答えだ、と鉛玉がめり込んだ。

通路。自身から漏れ出した血の池に身を宿すジイさん。一見して分かる。このままでは長くない。だが、死んで欲しくはない。ゴールドスミスが潜む場所、射出点はあたりがついた。ベンチの下に隠れている。ジイさんの撃ち抜かれている場所が低い事から割り出せた。ジイさんもそれは分かったのだろう。だからベンチの下に身を晒さぬよう踏ん張っているのだ。右踝に、左膝に、左の二の腕に弾を喰らいながらも。その場に倒れこむと腹に頭に致命傷となる最終発を喰らう事になる。最後に発揮する生への執着というものが、彼の命を細々とだが繋いでいた。

「もう、たくさんだ」俺は叫んだ。

血の海へと近づく。ジイさんの荒い息が聞こえる。ゴールドスミスの気配を探る。撃ってはこない。ブーツに嫌な感触。血の池に片足を突っ込んだ。本当は嫌だが儘よ、と今にも荒げる息が止まりそうなジイさんに近づいて、後ろから両脇に手を入れ起こしてベンチに座らせた。

ジイさんも抗わなかった。否、もう抗えなかったのだろう。

「ゴールドスミス、出てこい」恐らくと、あたりを付けた辺りに向けて声をかけた。

口髭の男がベンチの間から姿を現す。

「テリー、邪魔するな」

「もう勝負はついてる」

「ついちゃいねえ。まだジイさんは生きてるじゃねえか」

「死んだも同然だろうが」

「死んじゃいねえ」ジイさんが息も絶え絶えに俺を睨み付け、言った。

「ほら見ろ。ジイさんはまだやる気だぜ」

「何が出来るってんだ?」殺し合いたがる阿呆二人に言ってやった。「両足も左手だって利かねえじゃねえか」

「右手が残っている」細い声でジイさんが言った。

「ジイさんの言うとおりだ。右足、左足、左手と撃ち抜いたが、まだ右手は残ってる。現に見てみろ。右手にまだウィンチェスター抱いてんだろうが」

ジイさんを見下ろす。確かに右手に抱いたウィンチェスターの引き金に人差し指を添えている。まだジイさんには殺傷能力があるという事だ。

「まだ死んじゃいねえという事だ」ゴールドスミスが、この阿呆の宴の開催の趣旨と来賓の挨拶を述べた。そして宴はまだ終わっていない、とも宣ったのだ。

ゴールドスミスが俺たちの方に近づいてくる。

「もうやめろ。無意味だ」意味なんて求めちゃいないのは分かっていたが、口から出た。

ジイさんは頭を振った。そして最後の力を振り絞りウィンチェスター銃をゴールドスミスに向けて構えた。

銃声が鳴った。

ゴールドスミスのピースメーカーの銃口から煙が上がる。

ジイさんの胸が赤く染まった。

「これが『意思』か？」ジイさんに尋ねた。

「これも『意思』だ」ジイさんは言った。言った後、薄く笑ったジイさんは動かなくなった。

ゴールドスミスが銃口を吹き消しながら、俺に近づく。

「邪魔するな」

「何をォ」

「俺じゃねえ。ジイさんの邪魔をするな」

「…」

「そう言ったんだ」

銃を仕舞ったゴールドスミスの顔は、いつもの顔よりほんの少しだけ慈悲深い顔だった。

「ジイさん、死にそびれるトコだったぞ」

この一言は蛇足だと俺は思った。

「後は任せた」と言い、帽子を拾って出てゆくゴールドスミスを見送った。狂おしいほどに人殺しの背中だった。

「冴えねえ野郎だ」

「上手く纏めろって言ったのに」

何故かこの日も、ウエスタンフェデラル銀行の窓口前の事務机に酒場の主人から儲けのお礼にと、提供されたウイスキーボトルを並べて入り浸っているマクギブンとビリーに抗議の声を浴びせられた。

彼らとしてはタネヒルVSゴールドスミスで味をしめ、その再現としてジイさんとゴールドスミスの一戦を催し、再度の濡れ手で粟を期待していたので、そのプロモート権を当人死亡の為、奪われたのだから何か言わずにはいられなかったのだろう。しかし言いたいのは俺の方だった。

「何か俺に言う事はないか？」

「ご苦労さん、はおかしいだろ。結局、何もしてねえんだから」マクギブンが言った。

抗えない。あれほど苦労したのに。

「しかし夜中にねェ…」ビリーが口を開いた。「朝まで家の中に押し込めときゃ、ジイさん死なずに済んだし、俺たちも態勢整えられた」

その態勢が保安官事務所職員としてなのか、賭けの胴元としてなのか判断する事すら許されなかった。一言加えられたからだ。

「止めに行って、酔っ払っちまってたら、どうしようもねえ」

死刑宣告よりもキツイお言葉。

だが真実だ。俺はクソの役にも立たなかった。儲けを絶たれたマクギブンにも、助言をくれていたビリーにも、命をなくしたジイさんにも、殺生を犯す羽目になったゴールドスミスにも。賭けられなかった街の住人達にも。俺の不手際で皆に迷惑をかけたのだ。

事情も知らず、突っ立つ俺に銀行の頭取が俺の分の椅子を持ってきてくれ、どうぞと勧めてくれた。俺も銀行からは上得意様の一人と認定していただいているようだ。今、この世で唯一俺を評価してくれている人たちであろう。

マクギブンが座れよ、と促す。

とりあえず座る。手持ち無沙汰から何気なくウイスキーに手を伸ばした。

「また酔っ払うぞ」ニヤケ面でビリーが言った。

手を引っ込めた。禁酒を誓う。

「で、ジイさんの葬式はどうなったんだ?」興味があるのか、無いのかマクギブンが訊いてきた。俺にウイスキーボトルを差し出しながら。

結構。と手で制しながら答える。

「流石に教会には頼み辛かったから、その場で棺桶に入れて、墓まで運んだ」

「そりゃそうだろ。神の家でドンパチやっちゃ。その上、お宅でご祈禱の一つでも、なんてテメエ勝手にも程がある。賢明な判断だ」

「俺もそう思ったから、店開くのと同時に葬儀屋に行って葬式、手配して…」

「お前、毎日行っててんじゃねえか？」とビリー。

確かに毎日行っている。

「明日は誰の葬式に出るつもりだ？」

「俺や保安官助手葬式、でない事を願うね」とマクギブン。

「毎日出るんなら、いっその事、墓場に住んじまえばいい。その方がゆっくりできるぜ。墓掘り人が穴開け始めたら、おう…もうそんな時間か、って起きて出ればいいんだから」

「そりゃいいや。テリー・ウェイン、そうしろ」

この二人、いつの間にこんなに仲が良くなったのかは知らないが、一緒に仕事をこなしたことで、きっと連帯感が生まれたのであろう。しかし今の俺にはとても迷惑な事であった。抗えないのをいい事に、この二人のネタにされ、酒のアテとして扱われてしまっていたからだ。

ついでに言うと俺は葬式出席をライフワークにした覚えはないし、する覚えもない。知り合いが毎日のように死ぬから出席したまでの話で、万人と同じく出来うるなら葬式なるものには出席したくないと思っている。なにせ陰気臭い。人が死んでいるのだから陽気に振る舞うなど以ての外、というのは理解できるのだが、皆が皆、本当に喪失感を宿し、物故者に悼み哀れんでいるとは思えないのだ。偽善や欺瞞、精神上の扮飾。むしろ演劇の要に駆られる。

素すら入っているのではないかと訝しんでしまっていた。だから、あの雰囲気は嫌いだ。決して好き好んで出席しているわけではない。声を大にして何度も言いたい。そんな欲求に駆られる。

「今日のは、どうだったんだ？　やっぱりシケてたのか？」マクギブンが訊いた。

『今日のは』というのと『やっぱり』というのに些か引っかかったが、「墓掘りを除けば、出席者は俺一人だった」と答えておいた。

「タネヒルの時は二人。ジイさんの時は一人。順番から言うと、次はお前で、出席者は〇人という事になるな」マクギブンが葬式にまつわる総評と今後の展望を軽やかに述べやがった。

ちょっと待て、明らかに誤った方程式及び算出方法である。マクギブンに作成依頼をしても、今の式のグラフは作れないだろう。仮に2、1、0という下降直線の図を描けたとしてもタネヒル、ジイさんと来て、その次にテリー・ウェインなる名が来る道理がない。仮説としても成り立ちようがないし、成り立たせない。何故、俺が死なねばならない。しかも列席者が0とは。せめてお前達は出ろ、と言ってやろうかと思った。否、それでは俺が死ぬことになる。やっぱりダメだ。嘆かわしい。

彼らに会いに来たのはこんな話をする為ではない。ジイさんのありき日を偲んで語り合いたくもあるが、その相手は断じてこの二人ではない。と言うよりジイさんの事を語り合う相手はもうこの世にはいないのだ。だから俺の心うちに仕舞っておくことにした。ジイさんの萬一切全てを。だから今、彼らと話したかったのはジイさんの葬式の後に起こった話だったのだが、これを語ってやろうかで悩む。こいつらに話してやるべきか？　しかし俺も黙っていられる性質ではないし、話すとするなら彼ら以外には無いと思えたので、秘密を告白するように俯き加減で、小声で話し始めることにした。

「実はよう…」

「何だ？　テリー・ウェイン」マクギブンが直ぐに食いついた。

「葬式の後、マーク・ギャグニーに会ってよォ」

ビリーも俺の方を見る。やはり皆が興味のある事柄のようだ。

「何だ、それ？　面白すぎるぞ。聞かせろよ」マクギブンが急かす。まあ待て。話さないワケではないのだから。

ジイさんを墓穴に安置する際、マークが墓場に現れたのだ。朝一番という時間だが特に違和感は覚えなかった。墓場という場所柄が彼に似つかわしく自然に調和していたからかもしれない。こちらは墓掘り人二人に出席者の俺一人。向こうはたった一人でぶらついていた。勿論、普通なら朝も早い、人っ子一人足を踏み入れない時間帯に葬式をしていたのだから、最低でも一瞥程度はするだろうし、当然そうなると俺の存在にも気付いていただろうが、彼はあれほど付け狙っていた俺を無視して行ってしまった。いつかのような帽子の鍔を摘んでの会釈も無かった。だから余計に不気味に感じた。

「何だよ、それ？」あまり面白くない話にマクギブンが抗議の声を上げた。「間接照明すら当たってねえ」

「そう言うなよ」

「殺ってねえのか?」

「てっきり張り合ったたって話かと思った」とビリー。「確かにやり合ってたら、お前は此処には居ねえ」

「いや、居なくなっていたのは奴の方さ」突っ張った。マークは確かに手練だが、奴より下に見られるのは嫌だ。

「よく言うぜ」

「しかしよォ、奴はそんな時間に何しに来てたんだ?」とマクギブン。

「兄貴の墓参りだろう。一択だぜ」俺より前にビリーが答えた。

「随分、兄貴思いじゃねえか」

「普通、兄貴の墓が近所にあったら、墓参りくらい行かねえか?」ビリーがマクギブンに聞く。

「俺は行かねえ」

「アンタが不信心なんだよ」

「お前は行くか?」

「行かねえ。俺には第一、兄弟が居ねえ」

「一人っ子かよ」

「どうでもいいだろ。そんな事」

ホントにどうでもいい。

「で、マーク・ギャグニーは本当に墓参りだったのか?」マクギブンが訊く。「だから挑んできやがらなかった、と」

「墓って言っても、俺とビリーで適当に掘って、墓標を立てただけのものなんだが…」

「それで十分だ。親戚でもねえ人間が墓掘って建ててやってんだから。奴からは感謝の言葉を貰わなくちゃいけねえくらいだ。貰ったか?」

「いや。貰っちゃいねえ」

「貰ってこい。是非貰ってこい。それが人の道理だと教えに行ってこい」

「無駄に殺し合いを奨励して死人を増やさないでくれ」話の腰を折るようにビリーが保安官助手の顔で言った。

「急に真面目ぶるなよ。散々儲けといて」

「儲けたのは俺じゃねえ。保安官事務所だ。悪の片棒担いだみたいに言わないでくれ。俺の懐には一つも入ってねえ。入ったのはウイスキーくらいさ」と言って、ここは飲むタイミングだ、と思ったのか半ば義務でも感じたように、カタカタとウイスキーボトルをグラスの縁に当てながら注いでチビリと飲み、俺にボトルを勧めた。

固く辞退する。禁酒中だ。

「俺は放っときゃいいと思うぜ。マーク・ギャグニーとやらは」ビリーがウイスキーグラスを傾け、醸造酒の味が分かる歳でもなかろうに、しみじみと言った。

「そうはいかねえ。我々、ピンカートン・ナショナル探偵社の者としては。四人殺られてるんだ。落とし前付けなきゃならねえ」マクギブンが丸い目を少し尖らせて言った。

「でも、その原因を作ったのはピンカートンの探偵さん達だろ？」

「詳しく言うとゴールドスミスだ」

「マーク・ギャグニーはその敵討ちをしただけの事で、特段、悪って訳でもねえぜ。若干、殺し過ぎだが」

四人ともなると、若干ではないが。

「まあ確かにやり出しっぺは俺達だが、四人殺られたとなると統計学的に間尺が合わなくなっちまってる。それは均等にしなきゃならねえだろ」

「均等ならいいのかよ？」

「俺の思う均等ならな」

多分、マクギブンの思う均等は他者の思う均等とは一線を画す物だ。恐らくは彼の側へ多分に寄り添ったものであろうと思われた。

「その均等がマーク・ギャグニーを倒せば、なるって考えてるのか？　ピンカートンの探偵さん達は」

「悪いか？」

「悪ィだろ。善と悪なら悪の方だぜ。完全に。アンタら唯でさえ評判悪いんだから自重というものも覚えた方がいい。世間の目というものが味方しない。物語的に言やぁ兄貴の敵討ちのマーク・ギャグニーの方が善玉だぜ。絶対に。この話、表に出りゃ皆がマークの肩持つよ」

「あの殺し屋にか？」

「ああ」

マーク・ギャグニーも、ピンカートン探偵社の者に殺し屋呼ばわりされたのではたまったものではない。マクギブンも人を殺し屋呼ばわり出来る程、品行方正では決してないし、殺した男の数では年齢的見地から西部の世界に身を置いている期間の長さを鑑みるに、マークよりは多いのも間違いないのだが。

「世間すべてを敵に回しても、男にはやらなきゃいけない事だってあるぜ」マクギブンが細かい事情などはテメエ勝手に扠置いて、かなり格好いい事を言った。だが彼の丸く人懐っこい顔がそれを格好いいとは思わせなかった。きっと同じセリフをゴールドスミスあたりが言ったら、かなりシブイ風合いになったろう。これだけで股を開く女も出てくる位に。

「その心意気を拝聴させて貰って言うのも僭越だが、腕は凄腕だろうがマークなんて殺っても一セントにもならないぜ。若くて名前も売れてねえんだから。やるだけ損だ。骨折り損の草臥儲けってヤツだ」

「こればっかしは金じゃねえよ。保安官助手。やるか、やらねえかで、やるってヤツだ」

なんとなくニュアンスで捉えたが、後半は意味がよく分からぬ表現だった。だが、不退転の決意を述べるのには適した表現と言えた。

俺たちはやるのだ。やるかやらねえかで、やるのだ。

「じゃあ墓場で逢ったのに何でやり合わなかったんだって話になるぜ」ビリーが俺に向かって言った。それを言われるとつらい。特に理由はない。敢えて申さば、なんとなく、だ。こういうのには間合いというものがある。相手とこちら双方の『やる』という意思が合致しなければ始まらないものだ。互いにそういう気分にならなかったという事か。墓場という場所柄が一見、お誂え向きに思われるが、実は前向きに向き合う、果たし合うには気分的に退潮する空気を孕んでいる場所と互いの本能で感じ合ったからかもしれない。

此処ではない、と。今ではない、と。

「で、マーク・ギャグニーは墓参りに来てたのか？」マクギブンが再度訊いてきた。気になってしょうがないようだ。

「いや、ぶらついてただけだ。手には花も持ってなかった」奴の姿を思い出しながら言った。

「男が、花持って墓参りに行くか？　普通」ビリーが口を挟んだ。

「いや、花持っていようと無かろうと、それは墓参りのスタンスの違いでしかねえ」マクギブンが、ビリーの教条主義的な発想を窘めつつ言った。「墓参りの定義は拝んだか、拝まなかったか、だ」

マクギブンの言を鼻でフンッとはやったが「拝んでたのか？」とビリーがボトルを机の端に片付け、肩を入れ込む様にして俺に聞いてきた。

「見てねえ」そんな事、気にもしなかった。マークがいた。やるのか？　やらねえ。墓参りか…。じゃあな。こんな感じで捉えていたからだ。

俺の答えを聞いてマクギブンもビリーもガックリきていた。彼らからすれば俺と違いマーク・ギャグニーと邂逅した事がないだけに、彼の事を未知の生物の様に捉えている節があった。何をやらかすのか分からない不気味な存在。だから一挙手一投足、何をしていたかが分からぬと不安なのだ。今度はいつ、また遭遇するのか分からぬのだから会った時に決めなければ、との思いが強すぎるのだ。俺はそこのところは、また近いうちに雌雄を決する時が来る。放っておいてもその時は来る。という半ば運命に導かれるものと考えていた。所謂、ザ・ディスティニー・デイってヤツは。

彼らと違い生身のマーク・ギャグニーを知っているという点で、肌で感じたという点で俺は彼らよりマークを討つのに一歩前を行っている存在とも言えよう。これは何物にも代え難い経験で、文字通り命のやり取りをした中で得たイニシアチブ、優先順位と言える。だから、別に誰に非難されようがいいのだ。もう俺とマークの世界になっているのだから。他の者は介在しない。他の者は存在しない。二人だけの世界だ。

どうやら、あのジイさんも死んだようだ。墓穴に入ってゆく小振りな棺桶を見てマーク・ギャグニーは、そう悟った。

参列者はテリー・ウェインのみ。よく葬式に出張る奴だ。趣味にしているのか？　と頭の中で訝しむと思わず吹き出してしまった。ただ、そのうちの半分以上の原因を作っていたのは自分なので笑えた義理では無いのだが。それに気づいて口角を意識的に下げた。

昨日の夜、場末の酒場で居合わせた酔っ払いから、郵便貨車を吹っ飛ばした列車強盗二人の墓が郊外の共同墓地に有ると聞き、訪れたのだが、朝一番から奴の顔を見る事になるとは。

兄たちが齎した僥倖なのか。

正直、兄二人には悪いが墓さえあるとは思ってもいなかったので、拝みに来たという訳ではなかった。眉唾物の墓があるなら、どんなものなのだろうか、と見に来ただけだった。墓はやっつけ仕事で設えたといったところの粗末なものだった。ピンカートン探偵社の連中が建てたと聞いたが、作ってもらっただけ有難いと感じるべきか。奴らに頭を下げる義理もないので願い下げるか、墓標だけは刻んでもらった義理は義理として報いるべきか。

鉛玉が全ての答えになる世界だ。

まあ、どのみちブチ殺すんだからどうでもいい。

墓掘り人くらいしか邪魔のいない場所で出会ったのだから、さっき決めてしまっても良かった。墓場という場所柄、後々の面倒も大して掛けずに済む。お誂え向きとも言えた。

だが違った。朝っぱらだからなのか、葬式中だったからなのか、相手…相手には不足ない。ヤツを倒しにこの街まで来たのだから。なのに、銃は抜かなかった。今ではない。と感じたからだ。奴も抜かなかった。きっと同じように感じていたのだ。阿吽の呼吸とも言える。奴とは、もうそういう関係なのかもしれない。ただ、いつかはやり合わなければならない。そのいつかが来るまでの関係だ。兄たちの墓にも、誰の邪魔のない時にでも拝みに行くとしよう。

遺品整理にジイさんとタネヒルが根城にしていたあばら家に来た。借主の名義はボブ・タネヒル。まあ、どうでもいいが。家主からは処分するから必要なものがあれば持って行ってくれと言われた。家主からすると俺が唯一の葬式参加者且つピンカートン探偵社の人間という事で、後々いちゃもんを付けられたくないからなのか丁寧に一声かけてくれたのだ。別に声かけ一つ無かったからとて暴れるわけも無いのだが、どうもピンカートンという名は悪名ばかりが先行しているようだ。今回ばかりは、この悪名のご相伴に与れたとも言えるが。

屋内に、屋外はもっとだが見るべきものは無かった。台所の棚にクソ不味いコーヒーになる事を免れた豆と忌々しいクソバーボンのボトルが置かれていた。これがこの家の全てといっていい。アッチモアの町から身一つで出てきたのだから当然といえば当然なのだが、あまりの金品の無さに感嘆の声を上げたくなる。シケるにシケたとはこの事だ。アッチモアの町の彼らの住処に行けば、それなりに金目の物もあるかもしれないが、あの町にはもう行くことは無いだろうし、小銭を稼ぐために行く気もない。

二つあるベッドルームも覗いたが、金目の物は何もなかった。金目じゃない物もだ。得たものと言えば、ただどちらの寝室にも設えてあったこの小さなベッド、そのどちらを使っていたにせよ、タネヒルはどのような体勢で寝ていたのか、と思いついた疑問くらいだった。ひょっとしたら寝られなかったのかもしれない。だからロッキングチェアーに身をゆだねて昼寝に勤しんでいたのかも、と考えても詮無い事を頭に浮かべた。

結局、彼ら二人の遺品からはジイさんの最期を看取った時、横に転がっていた例のウィンチェスター銃だけ貰うことになった。正直言うとあまり見たくない物で、性能ならもっといいライフルは店に行けばごまんとある。思い入れがなければいちいちぶら下げる必要が無いものなのだ。マクギブンからは「価値のあるものだから貰っておけ」と言われ受け取ったのだが、骨董品としての価値など俺はライフルには見出だしていない。ただジイさんの手入れは完璧だったのでゴールドスミスとの一件を見るまでもなく、使用するには過不足無いものであった。ただこれを持って歩けば懐古主義のオールドガンマンとして扱われそうなのが玉に瑕だ。

しかし貰った以上、使いこなせるようにしておかなくてはならない。とりあえず試し撃ちをしようと思い立ち、的になるものを探して何もないと結論づけた屋内をもう一度、家探し的に検めた。大きさ的に適当な物でなくてはならない。出来れば人の頭くらいのサイズがベストである。二つのベッドルームや居間を検めたが、結局、台所の日用品くらいしかない。まずバーボン瓶を手に取る。頭の中でシミュレーション。ライフルを構える。瓶に狙いを定める。発射。瓶にライフル弾が当たる。四方八方に飛び散るガラス片。……一発撃って終わりだ。弾が掠っただけでも四方八方に飛び散って終わるだろう。その後の後片付けも面倒そうだ。塵取りや箒を今度は探さなければならなくなる。だから却下だ。横にあったコーヒー豆の入った缶を手に取る。大きさは直径五インチ高さ六インチほど。頭の大きさよりは少し小さいが悪くない。蓋を開けて中身を確認。半分ばかし煎った豆が入っている。ほんのり香ばしい匂い。これがどうしてあの不味いコーヒーへと変貌を遂げるのか。ジイさんが生きているうちに聞いておかなければならなかった疑問の一つであった。指で金属缶の腹を弾いてみる。それなりに硬い。強度的にも悪くはない。意外とお誂え向きの物があるじゃないか。これに決めた。俺はコーヒー缶を片手に家を出た。

となると今度は、試し撃ちできる場所を探し求め歩く。当然、街中でぶっ放すワケにはいかない。テメエ勝手にぶっ放す者もいるだろうが（俺の周りには特に多い）しかし俺は、住民の平素の生活を脅かすような真似は慎むべきだと考えているので、出来るだけそのような行為は弁えたい。無論、そのような事を一度もした事が無いなどと言うつもりはない。不測の事態ならやむを得ずである。が、ただの試し撃ちに他の者を巻き込みたくは無かったし、慣れない銃での試し撃ちだったので、上手くいくかも分からなかったから誰にも見られたくなかったという側面も無くはなかった。

しかし、この街で人気のない所となると、そうそう見つからない。流行っている街というのもそれはそれで考えものである。まさか馬を駆って町外れまでゆくのも大層だし、駅の反対側の馬囲いのところでやるのも人はいないが馬や牛が多いし臭うし、一発撃つごとに断かれても面倒なので、また共同墓地に行く事にした。こうなると皆が言う様に通ってしまっている。本当に住んだ方が早そうだ。

通い慣れているので道も迷わず、共同墓地にはすんなり着いた。ほんの数日前初めて来た街なのにどういうわけだ？　とはならない。来てからほぼ毎日通っているのだから。

共同墓地は思ったとおり、真昼間だから、まあ朝も夜もだが誰もいない。ただ、こちらには好都合。的となるコーヒー缶をどこに置こうかと考える。地べたではダメだ。出来れば人の頭の高さくらいの位置に缶を据えたい。だが来てみると墓地には背の高い物体が無い事に気付いた。当たり前だが墓場にあるのは墓だけだ。コーヒー缶を小脇に抱え立ちすくんだ。どうするか…。墓標の上に置くしか無い、という結論に熟考とは言えぬ暫しの思考時間の後、早々に達した。少しであっても墓の上に物を置くのが適当かどうか等、思慮を巡らすという事が肝要である。それが分別というものだ。

さて、どの墓の上に置いたものか…。知らない人間の墓の上に置くのも付き合いが無い分、顔も浮かばないので特段わだかまりはなくて良いが、礼に非ず。知っている人間の墓の上の方が許して貰えそうな気がして気分的に置き易かった。咎められても後で謝ればよし、という気になったからだ。とは言っても、もうこの世にはいないので咎められる事もないし、タネヒルやジイさんなら遺族もいないので面倒が起こりようもない。ほんの少しと、もし人に見られていたら、罰当たり者め、と思われるか、うるさ型の奴なら常識とかいう旗を掲げ、ガタガタ道理を説いてくるかもしれないが、それを回避する意味でも人気のない場所を選んでいたので、その心配も杞憂に思えた。ほんの少し感じた遠慮も、生前に「死んだら墓の上にコーヒー缶乗せて試し撃ちしますよ」とひと声かけておけば感じずに済んだのに、と今更ながらに思った。ただ生前にそんな事を言っていれば、それだけで血を見る事態になったと思うが。

隣り合うタネヒルの墓、ジイさんの墓と順に墓標の上にコーヒー缶を置いてみたがジイさんの墓標の上の方が安定性が良かったのでジイさんの墓標の上に置く事にした。上部が湾曲した櫛型の墓なので上にコーヒー缶を置くと、なで肩の男のように見える。高さは丁度、俺の腰の位置くらい。想定していた高さよりは随分低いがしょうがない。

弾倉を確認しながら二〇ヤードばかり離れた。弾はまだ十分入っている。弾種はピースメーカーと互換できる44口径。同じ弾が使えるだけに勝手は良い。片膝ついてウィンチェスター銃を構えた。アクションレバーを返し排莢、次弾を薬室に装塡。照星の先にコーヒー缶を捉える。狙いを定め、引き金を引いた。

乾いた銃声。

「あっ」

やってしまった。墓標の肩を掠め取った。墓が欠けた。不味い。なまじ新しい墓だから（昨日建てたのだから新しいのは当たり前だが）一箇所、欠けるとすごく目立つ。当てるつもりは勿論無かった。墓に当たるなんて考えもしていなかった。これはいくらなんでも不味い。ひどすぎる。死者への敬意もへったくれもない。いけない人だと後ろ指を指されるケースだ。俺の腕が悪いのか、慣れていなかっただけなのか、はたまた銃の性能が悪いのか、その全てなのか、どれか二つの組み合わせなのか…もう一度、墓標を覗き見る。やはり右肩の部分が削り取られている。威力は確認できた。石をも破壊する威力だ。出来れば別の機会に確認したかった。

もう欠けてしまった物はしょうがない。テメエ勝手に忘却の淵に落とし込み、もう一度アクションレバーを返した。墓標を襲った先ほどの弾の空薬莢が飛び出し、次弾が装填される。狙いを定める。もう意地だ。絶対、この場所から的に当ててやる。既に傷モノになっているんだから墓にまた当たったって知るものか。向こう傷は男の勲章だ。あの世で会ったらジイさんにそう言ってやる事にした。

先程より少し上、少し左に軌道修正。呼吸を整え、引き金を引いた。乾いた銃声。さっきよりいい音の様にも聞こえる。弾はコーヒー缶の真ん中を貫いた。直径一インチにも満たない穴からコーヒー豆が勢いよく雨後の滝のようにこぼれ落ちる。ジイさんの墓は差し詰め滝壺。瞬く間にコーヒー豆まみれになった。

レバーを前に撥ね、空薬莢だけをはじき出して墓に近づいた。コーヒー缶を確認。バッチリ真ん中を捉えている。いい銃だ。初弾の事は忘れて悦に入った。

缶の中のコーヒー豆が流れ落ち終わったタイミングで墓の前にしゃがみこみ、まじまじと墓石を見やった。右肩の部分が抉り取られている。取られていると言うか、俺が抉り取ったのだが。

破片は粉々に砕け四散してしまって、もう無い。細切れを集めて噛す気も無い。修復不可能。とりあえず破損した箇所を撫でてみた。直る事はない。当たり前だが。せめてもの思いやり上の愛撫であったが、この思いは伝わらないし、実らないだろう。

墓標の周りには缶一杯分のコーヒー豆が転がっている。拾って帰ろうか逡巡。とりあえず手のひらで寄せ集めて墓標の前にコーヒー豆の山を作った。見ようによっては東洋の盛り塩の様にも見える。鉄道敷設工事の東洋人がやっていたのを一度見ただけだったが、確かこんなだった。魔除けか何かの意味だったから丁度いい。故人も味に関しては無頓着過ぎたがコーヒー好きだったので供え物としても最適だし、喜んでくれるだろう。

そうなると形よく供えてやりたくなった。コーヒーの山を綺麗に盛る。真円錐に近い形の苦心の作が出来上がった。

出来栄えを確認する俺に影が重なった。男の影だ。懐に何かを持っている。人に見られた。と言うより墓場に来て無言で近づく男だ。危険な香りしかしない。不味い。ゆっくり顔を上げた。事を荒立てぬように、相手に銃を抜かせぬように。手はコーヒー豆に添えたままだ。

相手を見やる。

ゴールドスミス。花を持って立っている。

「何してるんだ？　お前」ゴールドスミスが言った。そう言った彼の言葉の方に照れを感じた。花を持つ自分を見られてバツの悪そうな男の言い様だった。現に視線も逸らし気味であった。

仲間であった。ホッと一息。

「アンタは墓参りか？」この場に花を持って現れたのだから、それ以外は無いと断じられたが訊いてやった。

「お前のように墓場に別件では来ねえ」墓標の上のコーヒー缶。抉れた墓標の右肩。俺の脇のウィンチェスター銃。集めて作ったコーヒー豆の山と順に見て、俺が此処で何をやっていたかを大体見当をつけてゴールドスミスが言った。

俺としては答えに窮する。「墓参りの一環ですよ」とも言いづらい。

彼は抉れた墓標の右肩を摩りながら

「二発目で決めたのか？」と訊いた。

「ああ」

「人の墓使うんなら、一発で決めろ」

人の墓を使うな、とは言わなかった。流石だ。何が流石かは分からぬが流石だ。

「俺が見る前に傷モノにしやがって」

「じゃあ葬式に出れば良かったじゃねえか。新品が見れたぜ」

「出る義理はねえ」

お前が殺したのだから誰よりも義理は発生している。ただ殺した相手の葬式に出るという事に対して道理が合わないというだけだ。

「と言うより、その日のうちに新品じゃなくなるのがおかしいとは思わないのか？」ゴールドスミスが訊いた。

おっしゃる通りです。私が破損させました。

「まあ俺やお前が来なきゃ、もう誰が来ることもない墓だがな」

だから気にするな、位の言い様でゴールドスミスはこの件にケリをつけた。

俺も、もう何も言うまい。ゴールドスミスの手の中の柄にもない花についても茶化してやろうかと思っていたが、言わないでおいた。彼が跪いて、持ってきた花をコーヒー豆の山の山頂に突き刺すのも黙って見届けた。その為に拵えた山では無かったのだが、彼の思うがままにやらせた。

無作法が無作法を咎めるのは無作法だと思ったからだ。これに関しては作法に準じていたように思う。

「俺をどう思う？」ゴールドスミスが目線を墓標に据えたまま言った。

「ジイさんとのヤツは有りだが、タネヒルのは無しだ」思ったまま言った。「もう蒸し返さねえが、気に入らねえ」

「俺が死んだ方が良かったか？」

「誰も死ぬ必要はねえが、最終的には力ある方が生き残ればいいと思ってる」

「だから俺が生き残った」

「ああ」これ以上、何も言わない。

「順番が変わっただけとも言えるがな」

確かにその通りだ。人は皆いつか死ぬ。寿命なんてものは、その順番がいつ来るか、の違いでしかない。俺にしたって何度か、その順番を早められそうになりながら何とか踏張っているだけでしかないのかもしれない。そして誰かの順番を早める時も来る。それが西部の流儀だ。

西部の一端の男になるという事は、そこら辺をもう少し達観できなければならないのだろう。

ゴールドスミスはジイさんの墓標に向き合ったまま黙りこくってしまった。唯でさえこの男とは会話が長続きしないので、黙られると間が持たない。彼の様子を見ていると長くなりそうだ。本来、拝まなくてはならない墓だって一柱だけではない。ジイさんの、タネヒルの、フランク・ギャグニーの、その弟のと、この共同墓地だけでも彼が屠った者の墓標が四つもある。彼が四つ全てに拝む気なのかは知らないが、それを敢行するとなると、かなりの時間を要す事になる。彼に付き合い、その間ずっと待っているのも弛れるし、癪だ。このままではもう試し撃ちも出来ないし、彼が拝み終わるのを待っていたところで、その後の展開も特にない。だから早々にその場を辞する事にした。拝む彼の邪魔をせぬ様、そっとウィンチェスター銃を拾い上げ、忍び足気味に後ずさる。

「おい、テリー」拝みながらゴールドスミスが俺を呼び止めた。

何だ？

「空き缶持ってけ」

無視して帰った。


あの様子だとゴールドスミスは当分の間、共同墓地から帰ってこないだろう。という事は駅前のサルーンにゴールドスミスは居ないという事だ。もし居たら事(コト)だが、突然双子になる事も無いだろうし居ない方に有り金全部賭けていい位に断じられた。今日はもう他に熟さねばならない用事も無いし時間も持て余すほど有している。だからサルーンで先ほど禁酒を誓ったので酒は飲めないが、プロのバーテンの淹れる美味いコーヒーでも飲みながら娼妓の順番待ちでもしようという気になった。有意義な時間の使い方である。

まだ午後の日差しの残る中、ウィンチェスター銃をぶら下げ大通りのボードウォークを闊歩する。治安的にはあまり良くないんだろうが仕方ない。

「おい、街中そんなモンぶら下げて歩くんじゃねーよ」

保安官助手の声に振り向いた。

「貰ったんだよ」と論理立てて説明。

「知らねーよ。貰い物なら撃っていい、という理屈は通らねえぜ」

ライフル片手に歩く俺をすぐに発見して、職務質問をかけるビリーの保安官助手としての仕事ぶりには辟易しながらも頭が下がる。俺には出来ない芸当。

「本来、銃器の所持には保安官事務所の許可が要るぜ」と言うビリーに、続けてウィンチェスター銃の提出を要求された。

ここは抗わず素直に応じる。

ビリーがじっくり検分する。なんの事はない。年代物のウィンチェスター銃を持ってみたかっただけだ。銃床を肩に当て構えながら彼が言う。「撃ってみたか?」

「ああ」

「どうだった?」

共同墓地での一発目の着弾地点については忘却の彼方に追いやり「癖って言やあ、狙いよりはチョイ左のチョイ上に軌道修正する必要がありそうだが、手入れも行き届いていて良いブツだった」と数多くの銃と添い寝してきたベテラン兵の様に評論しておいた。

「だろうな」片目をつぶり照星を覗き込んだままビリーが異議も唱えず同意した。彼もかなり気に入っているようだ。現に「おい、俺にも試し撃ちさせろよ」と言ってきた。

街中での銃の所持及び発砲は禁止されている、と彼に教えてやる。無知とは恥ずかしい物ではないと。

「なら、お前は何処で試し撃ちしたんだ?」とビリー。

「共同墓地だ。あそこなら昼間でも人はいない」

「じゃあ今から行こうぜ」かなり積極的に彼が言った。

「今はゴールドスミスが居るからダメだ」

「ゴールドスミス？　何してんだアイツ、そんなところで」

「墓場でする事と言えば、墓参りだろ。銃の試し撃ちをする奴も一部いるが」

「アイツが墓参りってタマかよ」

「でもしてるんだから、しょうがねえだろ。現に俺だってアイツが墓参りし出したから追い出されたようなもんさ」

「まあ墓場じゃ、墓参りする奴の方に優先権はあるからな」

「だろ？　だから譲ったんだ」

「でも、もう終わってんじゃねえか？　行ってみようぜ」

どうしても試し撃ちしたいらしい。

が、俺も用事がある。「ダメだ。サルーンで女の順番待ちしなきゃならねえ」野暮用どころではない重要案件だ。

「んなもん、今度にしろよ」

コイツは分かっていない。俺が何日、おあずけを食らっているか、を。だが、粗末なモノを無理に勃たせようとするな、だとか、使っていなければそれが普段になるのだから、そのままにしておけ、だとか放言し、しつこく食い下がるので、こちらも折れて折衷案を出してやった。「夜、順番が来て一戦、終わったら行こう」と。

彼はその後も、しばらく粘ったが不承不承納得し、夜、彼がサルーンに迎えに来て、一緒に共同墓地まで試し撃ちに行く事で折り合いがついた。

まったく世話の焼ける男だ。

俺はビリーからウィンチェスター銃をもぎ取り、サルーンへ早足で向かった。焦っているつもりはなかったが、順番は出来るだけ早い方がいい。この早足が待つ時間を短くするのだ。そう思うと足は勝手にピッチを上げた。期待に胸は膨らんだ。サルーンに着いて順番待ちの列を見るまでは。


サルーンのスイングドアの形を縁取る夕焼けが、店の中に差し込む。無駄に眩しい。一セントにもならない西陽とはこの事だ。カウンターに体を預けながら入口の方を見やって忌々しげに吐き捨てた。ここでは直射日光を浴びてしまうし、いい加減立っているのもしんどい。コーヒーカップ片手に奥のテーブルへ移動。身内でバカ騒ぎしているカウボーイ達を避け、やっと一つ空いた席を見つける。コーヒー一杯で粘ってやろうかと思っていたが、今持っているカップはかなりチビチビ飲んでの三杯目だ。店に入った時はコーヒーを味わうつもりでいたが、今はいかに時間をかけて飲むかの方に注力してしまっていた。

先ほど一度、ビリーがスイングドアの向こうに姿を現したが、俺が「まだだ」と顰めっ面を見せてやると、鼻で笑いながら姿を消した。

俺だって待ちたかぁ無い。こんな事の為に列を作るのも下卑ていると思っている。でも、もうどうしようもない。

俺の順番はまだ来ない。

ゴールドスミスは、辺りが暗くなり始めてからようやく重い腰を上げた。図らずしも重くなってしまった腰を上げた、と言った方が正しいかもしれない。思いのほか長居してしまったからだ。まあ自分の屠った男の墓が四つもあるのだから普通に拝んでも、通常の墓参りの四倍は掛かる計算になる。その上、普段はしない事をしたのだ。彼自身、墓参りとは何をする事なのか、何をどのように行えばいいのか分からずにいた。馴れぬ事はするべきではない。故に無駄に時間が掛かってしまった。いつもなら屠れば屠ったきりだ。その後など知りもしない。知ったところでどうにもならないし、骸になど興味もない。それは今も同じなのだが、後輩格のテリー・ウェインに非難されたのが何故か心に一つ爪楊枝ほどの槍として突き刺さった。だから墓参りくらいしようという気になったのだった。別に言い訳がましく皆に見せびらかすつもりも無かった。自分ひとりで行って自分の中の溜飲を下げたかっただけだ。だからテリー・ウェインに見られたのはバツが悪かった。彼が自分に気づく前に立ち去ろうか、とも考えたが、それもおかしな話だ。こちらに負がある訳でもない。堂々としていればいいのだ。形としては彼を追い出すような形で自分ひとりの空間を産み出すことになった。それもようやく終わりを迎える。

立ち上がったと同時に、銃声が轟き、ジイさんの墓標の上に置きっぱなしにされていたコーヒー缶が宙に舞った。それはカラコロと音を立て、ゴールドスミスの足元に転がり落ちた。

ゴールドスミスは足元のコーヒー缶を見下ろした。都合、二つの風穴。44口径。テリー・ウェインがウィンチェスター銃で開けた初っ端の穴とほぼ同じ大きさの穴から二発目も44口径と見極めた。

「お気に召したかい?」墓標の向こう側、十歩ばかり離れた場所から、頭のステットソンハットからブーツの先まで黒尽くめの若い男が、指先をピースメーカーの用心金に引っ掛けクルクルと回しながら言った後、回転する銃をむんずと掴んで、コレで撃ちましたよ、と掲げて見せた。

「随分なお行儀だな。お気に召すと思ったか?」と口角を上げ言ったゴールドスミスは銃を素早く抜き撃ち、足元のコーヒー缶に命中させ、男の足元に弾き飛ばした。

「アンタ、ピンカートンだろ? 名は確かゴールドスミス。その墓に何の用だ?」男は自分の足元に届いたコーヒー缶を撃ち抜き、ゴールドスミスの足元へ弾き返す。

「お前に言う必要があるか?」と言い、ゴールドスミスは、またコーヒー缶を弾き返した。

「俺の兄貴の墓でね」男はコーヒー缶を撃ち返した。

穴ボコだらけのコーヒー缶は先程までほど勢いよく転がらずゴールドスミスの足元に到達した。

兄貴の墓…ギャグニーの弟か…。

確かに凄腕だ。

それは認めるが、いけ好かねえ。だからゴールドスミスは言ってやった。これ以上言うと遊びでなく果たし合いになると分かり切って。

「俺が殺った男の墓だ。此処の二つと其処の二つ。テメエの兄貴の分も」空き缶を踏んづけ、蹴飛ばした。明後日の方へ。もういらない。遊びは終わった、と。

マーク・ギャグニーの顔色が変わる。初めて見る顔だが、ゴールドスミスには、ありありと分かった。

「…テリー・ウェインと聞いたぜ」

「書類上は、な。後は考えろ」

「アンタが殺ったってのかい？」

「どうする？　兄貴の仇を討つか？」

「アンタには俺とやり合う理由があんのか？」

「いけ好かねえ。それが理由だ。それともピンカートンの仲間たちの仇討ちだ、とでも言って欲しかったか？」

「いや、下らねえ付録はいらねえ。真っ当な理由だ。気に入った。先に抜けよ」そう言ったマーク・ギャグニーは銃をホルダーに仕舞い直した。

「テメエが先に抜け」ゴールドスミスも銃を仕舞い込みながら言い返した。

「いや、アンタだ」

「俺は先に抜かねえ。そう決まってる」

「その割にゃ、タネヒルのオヤジ相手に随分な事してたじゃねえか」

「勝つのに、手段は選ばない性質でね」

「じゃあ、恰好付けずに抜きなよ」

「いつから俺より上手（うわて）になったんだ、坊や」

「言ってくれるね。シブいよアンタ。前近代的なシブさだ」最後は低く抑えて言った。「もう、この世にいらないシブさだ」と。

だが抜かなかった。どちらも。挑発にも乗らなかった。

墓場。男が二匹。

「兄貴はケチな列車強盗だったが、自分は違うと言いたいのか？」ゴールドスミスは二章目の挑発に乗り出し、言った。

「ケチな強盗相手じゃねえと、銃は抜けねえか？」

洒落くせえ野郎だ。いい加減、撃ち殺してやりたい。ゴールドスミスは思った。ただ先に抜くのは真っ平御免だ。死人に軽んじられたくはなかったからだ。死人というのはこれから撃ち殺す自分の目の前にいるギャグニー兄弟の弟のマーク・ギャグニーとか言うガキの事だ。

撃ち殺したはいいが毎晩、枕元に現れて「先に抜いて勝ったつもりなんて非道いじゃないですか」等とグダグダ言われては、たまったものではない。だから完膚なきまでに倒さなければならない。理論ではなく感覚だ。感覚がゴールドスミスにそう命じた。

「どうしたオッサン。抜かねえのか？」

「何度言わせる。先に抜くのはお前だ」そう言いながら、ゴールドスミスは対峙するマーク・ギャグニーを品定めした。

一見して分かる。こういう場面に慣れた男だ。銃を抜き撃つ前瞬間の今、肩肘張っていない。落ちた肩のラインからそれが窺えた。この瞬間に気張らない奴というのは厄介だ。西部の男の世界で生きてきた経験からくる感覚が、そう告げた。

奴からは、どう思われているかが気になった。自分の肩は落ちているだろうか？舐められると付け上がられる。上手に立てなければ負けだ。負けは勿論、死を意味する。

「このままじゃ埒が明かねえ。俺の方が一歩譲るよ。二人同時に、ってのはどうだい？」マークが言った。

頭をフル回転させて真意を探る。経験から判断。他意は無さそうだ。応じてやる。ゴールドスミスはそう思った。

「いいだろ。合図はどうする？」

マークが徐ろに銃を抜き放った。その弾は明後日の方向で役目を終え一息ついていたコーヒー缶に命中し、コーヒー缶は安住の地から地獄の淵に呼び戻されたかのように転がり、マークの動きに反応して銃把に手をかけたゴールドスミスのブーツの先に当たった。

「その缶使おうぜ」マークが言う。「投げてくれ。落ちた瞬間が合図だ」と。

「いいだろう」こういうのは嫌いではない。無駄な手数も。この一つ一つが男の階段だ。

ゴールドスミスは、ひしゃげ何発もの銃弾を浴び、穴だらけになった足元のコーヒー缶を拾い上げた。手のひらで弄び、何度か軽く宙に浮かしてみる。手のひらに返ってくるたび、軽く重さを感じた。これがいい。感じるたびにコンセントレーションが高まる。手のひらから、この感触が消えた時が勝負の時だ。何度目かの後、ゴールドスミスはコーヒー缶を宙へ、闇と星が支配する夜空へ高く投げ上げた。

ふたりは目を凝らし、コーヒー缶の行方を追った。コーヒー缶は、急角度の放物線を描き、ふたりの男のちょうど中央に落下してきた。感覚が研ぎ澄まされたのか、ゆっくりと。ふたりの男にはそう見えた。

構える。ふたりの男はその瞬間に。

マークが先に抜いた。地に着く前に。

ゴールドスミスは応じた。それならそれでいい。

が、マークの放った弾丸はゴールドスミスではなく、地に着きそうだったコーヒー缶に命中し、コーヒー缶を宙へと、もう一度跳ね上げた。

舐めるな、クソガキ。ならばそれで、応じてやる。ゴールドスミスもマークが跳ね上げたコーヒー缶が落下してきたのを撃ち抜き、再度、宙へ跳ね上げた。これで有利だ。勝った。そう思っていい。奴が放った弾は計五発。六連発のピースメーカーには一発しか残っていない。その一発は缶が落下した瞬間に放つ一発だ。だから缶が落ち切る前に止めを食らわして終わりだ。そう思い、マークに向けて引き金を引こうとしたゴールドスミスは、それより先に自身のではない銃声を聞き、胸元を弾丸で抉られた。

コーヒー缶が着地し、鈍く虚しい金属音を響かせた。

「勝負にズルはいけねえよ」一撃必殺の銃弾を浴びせた銃口から上がる硝煙を吹き消しながら、マークが言った。

両膝を折って崩れ落ち、前のめりに倒れこむゴールドスミスの肩口を、歩み寄ったマークは蹴り飛ばし、仰向けに倒れさせた。お前は前ではなく後ろ向きに倒れるのだ、と言わんばかりに。

ゴールドスミスは、光をなくした双眸でマーク・ギャグニーを見上げた。その頭上には星空が輝いていた。これが、彼が人生の最期に見た景色だったかは分からないが、チャールズ・ゴールドスミスは星屑に変えられた。


またビリーが覗きにきた。

だから俺が此処にいるという事は、まだ順番が来ていないという事だろうに。

「向こうへ行け」と手で払って、追い払う。しかしビリーは店の中へ入ってきた。

「行こうぜ。今日の仕事は全部片付けたからよォ。時間が余ったからブーツまで磨いちまった」

「俺のは、まだだ」

「の、ようだな」

「分かったら帰れ」

「俺の都合を優先する気は無えのか?」

「まるで無え。少なくとも俺の都合が終わるまでは芽生えねえ」

「いつまでかかる?」ビリーは店内の男たちを見回して「今、何人待ちだ?」と聞いてきた。

数えたくもねえ。数えたところで、その先に幸せはないからだ。それは、この店内の男たちの数をざっと目で追ったビリーにも理解できたはずだ。だから彼は言った。「諦めろ」と。

何故(なにゆえ)、諦めねばならん。阿呆か。ふざけるな。

「でもよォ、今晩中には無理だぜ」

「明日未明になったたって、俺は構わねえ」

「お前の性への衝動の純粋さは評価してやるが、俺は大いに構うね。迷惑だ」

「お前が諦めろ。試し撃ちなんて別に今日じゃなくてもいいんだから」

「何言ってる。今、此処に銃がある。じゃあ今、撃ちに行かないでどうする? そりゃあ男じゃないぜ」

「よく聞け。今、此処に女がいる。行かなきゃどうする。男じゃねえだろ」

「いねえんだよ。テメエの分はッ」

言ってやった、という顔をしたビリーは俺の脇、丸テーブルに立てかけてあったウィンチェスター銃を攫い、テーブル上の通算五杯目のコーヒーカップをカウンターのバーテンに返して「行くぞ」と言った。

分かってはいたが諦めざるを得ない現況を認め、立ち上がる。五杯のコーヒーを投入した腹はちゃぷついた。数時間の戦いの対価がこれだ。腹を撫でながらビリーと共に店を出た。

まあ、何もしないよりは、ウィンチェスター銃でもぶっ放してた方が気も紛れるだろう。

知らぬ間に、辺りはとっぷり暮れていた。随分、長い間、首の上に間抜け面を乗っけて待っていたものだと我ながら辟易する。今の俺は娼妓待ち時間ランキングなるものがあれば、中西部でもトップランクに食い込むであろう。下手をすると全米でも指折りとなりかねない。何とか打破し、好転させなければならない現況だ。今もビリーと共にライフルの試し撃ちの為に、共同墓地に向かっている。本日、都合三度目の墓参り。夜の使い方としては俺がガンファイターである、という点を鑑みても有意義とは言えない使い方だ。夜とは本来、そういう時間ではない。睡眠か女かのどちらかに使うべき時間だ。

歩くボードウォークの床の軋みすら恨めしい。所々、腐って踏み抜いてしまいそうだ。とっとと修理して貰いたい。誰が修理するのかは知らないが、多分、修理依頼を訴え出る先は保安官事務所という事になるのだろう。前を歩く保安官助手に今、この場で修理見積もりの算定をさせてやりたい欲求に駆られた。

「おい、こんなに暗くなって的、見えるかな？」こちらの思いを知ってか知らずか、振り向きながらビリーが言う。

今更、何言ってやがる。テメエの夜目の利き具合なんて俺が知る訳が無い。「梟になった気で撃て」と言ってやろうかと思ったが、あまり面白くない言い様だったので止めておいた。

夜空を見上げる。キャマロは交易拠点といっても周りには平原しかない地方都市だ。ニューヨークやボストンとは違う月の光と満天の星が拝めた。今日の月の出なら、俺なら的を射抜けるな、と思った。だから「視力より腕の方を心配しろ」と言ってやった。だが、これは今の俺にも言える事だ。自分の首を絞めたみたいで、また嫌な気分になった。

俺の夜は今日も来ない。それだけは明白な事実であった。

共同墓地。気配なる物は存在しない。死者だけが存在する。否、存在しないから死者なのか。兎に角、生気は無い。昼間もだが夜はもっと陰気臭い。ご陽気な墓場など無いので、この雰囲気はキャマロの共同墓地に限った事ではなく、この世の全ての墓場に共通する印象だろう。夜の闇。ほとんど無音。街の声は聞こえない。痩せた大地を踏む自分の足音と呼吸音。時折、どんな形をしてるのかも分からない動物が遠くで啼いている声が聞こえるのみだ。サルーンから此処までの道のりで夜目だけはバッチリ冴えてきた。夜の闇に支配される事は避けられそうだ。

とりあえずジイさん達の墓を探して歩いた。暗い中、似た様な墓標ばかりで、その中から目当ての一つを探すのは骨が折れる。

とっとと始めたいビリーが「もう、この辺でやろうぜ」と提案をしてきた。俺だってサッとやって帰りたいのだが、第一、的はどうする？　手持ちがない事に、ここにきてビリーは初めて気が付いたようだ。用意の悪い男め。俺が昼間に使っていた的がある、と言って安心させる。だからジイさんの墓を探せ、と。

カンッとブーツが何かを蹴った。金属音だ。音の在処を拾い上げた。ずいぶん穴だらけペシャンコになってしまっているがジイさん家のコーヒー缶だ。こんなに穴だらけにしやがって。一体、何発撃ち込んだんだ？　ゴールドスミスも俺を追い出した後、ここで射撃訓練をしていたという事か。

「おい。テリー・ウェイン」ビリーが俺を呼んだ。

「なんだ？」

「こっち来いよッ」最後の一音は怒鳴りに近かった。

性急な物言いが気になり、小走りで向かう。ビリーが屈み込み、何かを探っていた。

チャールズ・ゴールドスミス。彼の遺体が横たわっていた。

暗闇の中、指でゴールドスミスの首の静脈を探し当てたビリーが血流を測って言った。

「死んでる」と。

それは見て理解した。

ビリーが続けた。「胸を一発。奴の仕業だ」と胸の上に飾られていたピンカートン探偵社のバッジを俺の眼前に差し出した。それは月明かりに照らされて忌々しく反射した。だが、今日はこれだけでは終わらなかった。バッジを重石代わりにし、その下に紙切れが一枚、挟み込んであったからだ。

ビリーが一瞥して、俺によこす。

殴り書き。汚い字。『今夜3時。』とだけ書かれていた。

この時間に来いって事か。

苛立つ。挑戦状。破り捨てた。紙片は風に舞って夜の闇の深い方へと消えた。

「これは挑戦状だぜ」ビリーが言う。

分かってる。

「マーク・ギャグニーからの」

それも分かってる。

「人数集めよう。俺が声かける」

それは大きなお世話だ。辞退した。

「何で？　格好つけてる場合じゃないぜ」

格好じゃない。宛名は書かれていないが、俺に。俺一人に宛てられた挑戦状だ。ヤツはそう思って書いたし、俺はそう受け取った。二人の世界の話だ。ほかの誰も必要ない。俺とマーク・ギャグニーの間の話だ。

ビリーは彼の立場なら当然なのだが「阿呆か」と俺を罵った。もう少し非道い言葉も幾つか吐かれたが、これも受け流した。何を言われようが、もう決めた事なのだ。見逃して貰うしかない。それでもなお彼は「お前一人では到底無理だ。俺が助っ人買って出てやるから、そうしろ」と頑強に言い張ったが、その献身的友情に感謝の言葉を述べるに留めた。とめてくれるな。男の花道だ。

不意をつかれた。ビリーにどつかれ、吹っ飛ぶ俺。どっかの誰かの墓にぶつけた腰が痛い。ついで、立ち上がろうとした所をブーツで顎を蹴り上げられた。これは効いた。頭がクラクラする。

「お前、死ぬだけだぞ。コイツ見てみろよ」ビリーがゴールドスミスの遺体をコナして続ける。「こうなるんだぜ。こんなに強かった奴がよォ。お前、コイツに勝った事あんのか？　無えだろ。奴はコイツを屠る男だぜ。て事は、もう結果は決まってんだよ。目ェ覚ませ。奴に勝とうなんて夢見んな」

「うるせえよ」立てなかった。頭がクラクラして四肢に力が入らない。だから誰かの墓に背を凭れ、へたり込んで搾り出すように言った。

「男の生き様ってのと、無駄死にはイコールじゃねえぜ」ビリーが諭しにかかる。

「それはお前が作った式だ。俺のじゃねえ」

「今のテメエはそうだろうがッ」

「これで尻尾巻いて、その先に何があるよ？」

何も無え。それは俺だけじゃない。ビリーにも理解できたはずだ。ここで立たねば男でなくなる。その後は屍として生きるのみとなる。だから立たねばならなかった。

墓石の頭に手をつき、支えながら俺は立ち上がった。まだ頭はフラついたが直に治るだろう。ケツに付いた土をはたき、身だしなみを整える。

「俺は行く」再度、宣言した。決意を込めて。退路は無い。捨てた。今、この一瞬に。

「勝手にしろ」

「悪いな」

「死んでこい。と言った方が的を射ていたか？」彼が皮肉を言った。ＴＰＯを考えると適当な言葉であったかは怪しいが、俺には有難かった。実際「無事帰ってこいよ」よりは明らかに場に即した言葉だと思ったし、俺の覚悟を揺らがす要素を一インチも含んでいなかったからだ。ビリーは敢えて、そうしてくれた。

死ぬ気は無いが、帰る家もいらない。生易しい温もりなど果たし合いには邪魔なだけだ。ヨロヨロと歩き出した俺に、ビリーが後ろから声をかけた。「おい、これはいらないのか？」ウィンチェスター銃の事だ。

上着の裾を捲って二丁拳銃を露わにした。俺にはこれがある、と。

ウィンチェスター銃は彼に預けておく事にした。決して形見代わりにくれてやったのではない。そう言ってやろうかと振り返ったが、もう既に彼は自分の専有物の様にウィンチェスター銃を両肩の上に這わす様に担ぎ上げ、両手を銃身に掛けていた。誰も「くれてやる」とは言ってはいない。が、もう一悶着起こすのも大人気ない。黙って行かせてくれるのだから、俺も黙って行く事にした。

「死ぬなよ」ビリーが言ってくれた。そんな事、俺にも分からない。

さてマーク・ギャグニーは何処。苛立ち紛れに破り捨てた紙切れには『今夜3時。』としか書かれていなかった。書かれてはいなかったが見当は付いていた。当たっているかは分からない。だが、そこしか思い浮かばなかった。だから俺はあそこだろうと勝手に決めた場所へ向かった。

キャマロ駅。人気のないプラットホーム。駅舎に掛けられた時計が正確ならば、午前三時には、まだ早い。相変わらず一歩踏み出すたびギシギシ軋む枕木を寝かせたホームを中央へ。この間の続きと洒落込むなら此処しかない。

残念ながら、認めたくはないが奴とは気が合う性質だ。きっと奴は此処へ来るだろう。ホームの中央まで来ると駅舎の時計まで目が届かなくなった。これでは時間が分からない。スワンソン達の棺桶を並べて待っていた時のホームでの経緯を忘れ、懐中時計を用意してこなかった自分を罵る。同じミスを二回繰り返してはダメだ。早死する奴の典型だ。深夜の人気のないホーム。時間が分からなくては時間を気にしてしまう。時間を使う事さえ一苦労し、時間を浪費しているだけの時間に囚われた男に成り下がる。

時に惑わされては駄目だ。

時という概念を消しさる。勝つ為に。

午前三時に始まるのではない。もう既に始まっているのだ。

鉄道敷設工事夫の東洋人から聞いた剣士の話を思い出した。

今の俺と同じく、何月何日何時に何処で決闘と約束した二人の剣士の話だ。剣士Aは、約束をしたその瞬間から勝負を始めた。そして約束の日、約束の場所。もう一方の剣士Bは、その約束の期日が勝負の時と捉え、その日に備えて過ごした。確かどこかの島だった。約束の時間に勝負をしに現れたAは、Bの術中に嵌っているとも知らず待ちぼうけを食らい、苛立ちを募らせる。

Aはさんざん待たされた挙句、悠長に船を漕いで現れたBに「遅着とは何事か？」と詰るも柳に風。袖にされたAは怒り心頭に発し、勝負に逸ってサーベルを抜き放ち、収めていたケースを投げ捨ててしまう。

その事を逆に、Bは咎め、言い放つ。

「ケースを捨てたという事は、もう二度とサーベルを仕舞わないという事だ。勝つつもりならば捨てはしない。お前は敗者だ。敗れ去ったのだ」と。

図星を指されたAは冷静さを失い、Bに飛びかかり、一刀のもとに叩き伏せられ果てる……。大体、こんな話だった。

きっと、この二人の剣士の腕の差は紙一重だったのだろうと思う。だからこそ策を弄した。この二人の明暗を分けたのは用意の差だ。約束を結んだ日から始めた勝者と、約束の期日に始まると思った敗者。既に始めている者と、今から始める者。この差。これこそが『意思』の差だ。

だから、俺はもう始めなければならない。

ビリーは大通りを渡って、教会へと続く三段ばかりの石段を上りきり、入口の観音開きの扉に手をかけた。取っ手が無かった。ジイさんが死んだ時、テリー・ウェインが蹴飛ばして壊したままだ。

困ったものだ。治安の事を考えると、教会にはとっとと直して貰いたい。でないと仕事にあぶれた浮浪者やアウトロー連中が、雨風をしのぐために礼拝堂に巣食い根城にしかねない。現に数日前、鍵を掛けていなかったが為にガンファイターの侵入を許し、撃ち合いに発展させ死人が出たところだ。職務とは相反する事をしようとしていながら、保安官助手の立場上、そんな事を思い、取っ手の無い方の扉は蹴り倒したからか、建て付けが悪くなってしまい開けにくかったので、葬式などで棺桶を運び込むために両翼を開ける時以外は締め切りにしている方の扉を開け、ビリーは中へ入った。

整然と並ぶベンチの列。一箇所だけ虫食いのように椅子がない。ビリーは推し当てた。きっとあそこがゴールドスミスが座っていた場所なのだろう。ジイさんがウィンチェスター銃でブチ抜いた場所。古い木材を使い作ったベンチだったので、さぞかし見事に文字通り木っ端微塵に砕け散ったことだろう。現に、あの吝嗇家の神父も継続利用困難と見定め、撤去したくらいなのだから。ただ彼の場合、修理に出しているとも考えられるが。

ビリーはベンチの列の間の中央の通路を、磔にされた神の子に見下ろされながら進んだ。説教台の左奥の扉の向こうに上階へ続く階段がある。用があるのはその先だ。左奥の扉に手をかけると鍵が掛かっていた。此処に鍵を掛けるなら、表にも掛けておけ。神父に防犯意識を説いてやりたい。そう思った。

しょうがないので、ビリーは上着の襟の裏からいつも隠し持っている針を二本取り出した。実はこういうのは得意だ。二本の針をノブの鍵穴に差し込み、こねくり回す。カチリと音がしてドアが開いた。何の事はない。十四まではこれで食っていた。昔取った杵柄。この技術のおかげで保安官に拾われ現職に就く僥倖に恵まれたとも言える腕なのだから。商売道具を襟の裏に仕舞い込み、石造りの階段を上がる。明かりも無く暗い。漆黒と言っていい。踏み面が狭く上り辛い。ブーツの踵が一段上がるたびに空を踏み、ふくらはぎに負担をかけながら上足底の部分だけを使い上るが、蹴込にとんがったブーツの先がコツコツと当たって音を立てる。少々の音はしょうがない。視界が利かないので、この音だけを頼りに見当をつけて上るほかない。

ビリーは狭い二階部分に辿り着いた。階下とは雲壌月鼈の差。二階の小部屋は確か神父の寝室だ。筋から言えば叩き起こしてでも断りを入れるべきだろうが、今晩は割愛した。手間を増やすのは得策でないと思ったからだ。決して邪魔臭さや後ろめたさから来た情動ではない。

ビリーは神父を起こさぬように忍び足で屋上に続く階段へ進んだ。上りきった所に、またドア。勿論、鍵が掛かっていた。この先には釣鐘のドームがあるだけだ。此処から誰が中に入るというのだ。今一度言うが、此処を閉め切るのなら、まず表の扉を施錠すべきだ。まず物盗りなら壁を尖塔の先まで登って屋内に侵入などしない。それが出来るのなら、その身の軽さを活かしてサーカス団に入った方が実入りがいいから、そちらを選ぶだろう。また文句を言いたくなるのを堪えて、ビリーは襟から出した商売道具で鍵をこじ開け、外へ出た。上は思いのほか風がきつく、頬を突き刺す。この風がドアから室内へ入り、中で舞って、神父を起こしかねないと思い、急いでドアを閉めた。下界と遮断。教会のてっぺんの釣鐘堂。鐘以外は何も無い。無理やり有るものを探すのなら、鐘の芯から吊り下がったロープがあるだけだ。このロープを振れば、鐘が鳴る。

ビリーは懐から懐中時計を取り出し、月明かりに晒して時間を検めた。二時五十五分。自分の時計に狂いは無い。断言できた。だからあと五分だ。

この間とは違う。

予期せぬ襲来に心を惑わされる事もない。来ると分かっているのだから。

世界を自分の物にしなければいけない。奴の、マーク・ギャグニーの世界ではなく、自分の、テリー・ウェインの世界に。あの遅れてきた剣士の様に。

神経を研ぎ澄ませる。これをずっと続けるのは酷だが、俺には時間が分からない。

もうそろそろだろうと思い、ビリーは今一度、懐中時計を取り出して時間を確認した。三時丁度。約束の時間。テリー・ウェインとマーク・ギャグニーの対決の時。この街のどこかで対峙しているのであろう。

まったく世話の焼ける奴だ。俺に出来る助けはこれくらい、とビリーは釣鐘のロープを引っ張り、鐘を掻き鳴らした。

鐘の音は街全体に鳴り響いた。街中の皆を起こす事になってしまう。安眠を妨げ、申し訳ないと思ったが、鳴らし続けた。テリー・ウェインに勝負の時を知らせる為に。一鐘だけでも良かったが、その後の音は友人からのエールだ。

教会の鐘の音が聞こえてきた。こんな真夜中に鳴るはずがない。空耳かと思って自分の声を「あッ」と出してみた。聞こえた。という事はこの鐘の音も空耳ではなさそうだ。誰かが鳴らしているのだ。…ビリー。きっとヤツだ。ヤツが鳴らしている。俺が時計を持っていないと踏んで午前三時の時報を鳴らしてくれたのだ。勝負に乗り遅れるな、と。

暗闇の中、遠くからの鐘の音だけが鳴り響き、辺りを支配した。

ガンベルトを締め直す。

そして、奴が現れた。頭の先からブーツの先まで黒尽くめの男。闇夜の住人。黒一色の中に銀色のピースメーカーだけが浮かんで見えた。

マーク・ギャグニー。約束の時間に現れた。

だが彼の姿を見ても臆することはなかった。この間、此処で対峙した時とは違った。彼に世界を支配されなかった。なぜなら、もう俺は勝負を始めていたからだ。

「よく来たな」奴が言った。

「お前が呼んだんだろうが」と俺。

「この時間なら誰の邪魔も無ぇ」

「ああ。男、二人だ」

「メッセージは理解してくれたようだな。うれしいぜ」口角も上げずに奴が言う。

「一つ聞くが、人を殺さねば伝えられない性質なのか？　何人殺せば、気が済む？」

「カタを付けるまで、と言っておこうか。お前と俺の。ついでに言うと二つ質問したぞ」

無視して話を続けた。

「で、ゴールドスミスかい」

奴も前言は無かった様に答える。

「仲間を殺られて気に障ったか？」

「いや、仲間だから擁護はしてやるが、お前らバカ兄弟と同じく、アイツはアイツで殺されても当然の男だ」

「なら、なんで来た？」

「それが、西部の男の道理だからだ」

「キメてくれるな。俺が悪役になったようだ」

「違うのか？」

「正義の道理は俺にあるぜ。兄貴達の仇討ちってな」

「正義のガンファイターを気取るには、お前は人を殺しすぎだ。ゴールドスミスと同じく、恨みを買って殺されるのがオチのダイムノヴェルの主役にはなれない男だ」

「お前はなれるってのか？　その腕で。あの野郎が兄貴達の仇だったんだってな。お前には失望したよ」

「お前の希望の光になった覚えは無い」

「仇面しやがって」

「世の中、テメエの期待通りには動かねえんだよ」

「俺は買ってたんだぜ。お前を」

「応えられなくて悪かったと、謝るべきか？」

「やるだけやってみろよ。受け容れはしねえが」

「お前の墓の前で、気が向いた時やってやるよ」

「ほう、俺の墓を建てるつもりかい？」

「ああ。兄貴達の墓の隣に建ててやるよ」

　言ってやった。口もなめらかに滑った。いい傾向だ。自分の世界に引きずり込んだ、とは言えないが、奴の世界にも足を踏み入れてはいない。

「今日はよく喋るな」奴が言う。

「もう知った仲だろ？　人見知りしなくなったからだ」兎に角、言い返す。奴の世界の淵に誘い込まれぬ様に。

奴が口角を上げる。「光栄だ。だから此処だと分かったのか？」

奴に口角を上げさせた。表情を作らせた。微かに見せる白い歯。これは前回とは違う成り行きだ。僥倖に近い。畳み込むべきと判断した。

「お前と俺の仲だろ？」

「以心伝心ってヤツか？」

「ああ。この間は途中で終わったからな」

「今夜は、邪魔は入らねえ。お前の逃げ場は無いって事だぜ」

「望むところだ。この間の続きと洒落込もうや」

全ての言葉を渋く抑えて言い切った。自分でもよく言えたと思った程だ。しかし言わなければ押し切られていただろう。奴の世界の淵に。奴の好きにさせなかった。俺も好きにはさせて貰えていないが、奴にイニシアチブを取られなかった。俺も取れたとは言えないので俺の世界では無いが、奴の世界でも無い。敢えて言うなら二人の世界だ。

五分の立場の奴が言う。「抜けよ」と。

抜こうか、抜くまいか逡巡する。

この間は抜かなかった。あのまま続けていたとして勝てたか？　否、そうは思えない。

ならば、ここで抜かなければ、この間と同じシチュエーションになってしまう。抜くべきだ。そう判断した。

俺は全速力で駆け出した。と同時に二丁拳銃を抜き放ち、やたらめったらに撃ちまくる。マークが居ると思われる方向へ。もう何処に向かって走っているかも分からない。右に左にと不規則に動き回った。プラットホームに遮蔽物は無い。止まると死ぬ。動かなきゃ奴の的になってお陀仏だ。

マークも応射したが、動く相手にそうは当たりはしない。動いてしまえば早抜きなんて関係ないのだ。これが俺が練りに練り、ひりにひり出した、呼べるかどうかは分からないが俺本人が作戦と称したものだ。

奴も動きながら撃ってくる相手に身を躱しながら、攻撃せねばならないのだから、いつもよりは確実に命中精度は落ちる、と断言できる。火力は二丁持っている分だけ俺の方が断然有利。の筈だ。

奴が撃った弾が俺の足元を抉った。今、俺が気まぐれで方向転換しなかったら右足を着地させていたであろう位置だ。マークは俺の動きを読んで、その先に弾を撃ち込んできやがった。そう捉えた。うすら寒い。コイツはどこまで冷静にガンマンに徹してやがるのか。やっぱり動き回らなきゃ駄目だ。しかも、ただ逃げるだけでなく攻撃に転じながら。

耳が痛い。直近で鐘の音を鳴らすと、これほどの轟音になるとはビリーは予想もしていなかった。先程からビリーが背を預けているドアの向こうで神父が、扉を壊さんばかりに叩き続けている。彼の日課を、かなり時間を前倒しし変更した上、奪ったのだから怒るのも当然だ。納得できる。

鐘撞堂にも街のどこかから銃声が聞こえてきた。テリー・ウェインとマーク・ギャグニーの果たし合いが始まったのだ、とビリーは理解した。何発も何発も連射している。下手くそな撃ち方だ。きっとテリー・ウェインの方だ。

弾幕を張りながら駆け回った。息が上がる。自分自身の浅はかさを呪った。当然、死ぬまで動き続ける事はできない。疲れると意思に反して動けなくなるのだ。それを埒外に追いやりすぎた。

ん？　奴はどこへ行った？　夜の闇の中、マークが消えた。今の弾幕の分、無駄弾を撃ってしまったと後悔する。

自分の事にかまけ過ぎて相手を見失った。もう笑い話ですらない。立ち止まる。二丁拳銃を握った手をだらりと下げ、肩で息をしながら辺りを窺った。

銃声。右足の太ももに鈍い痛み。一瞬、ヒュッと冷えて忽ち熱くなった。

撃たれた？　否、疑問形はいらない。撃たれた。

何処から？　マークの輪郭を形作る漆黒とも言える影が闇の向こうから姿を現す。射程外から射程の内側へ。自分が撃つ時以外は俺の射程の外へ逃げ込んでいやがった。そこまで計算して奴は動いていた。だから奴に弾は当たらなかった。

それだけじゃあない。奴には俺が見えている。夜目だ。夜目が利くのだ。だから夜になると現れる。昼は抜かない。これが奴の勝利の秘訣。

夜は、誰の世界だ？

足の力が入らない。膝から崩れ落ちた。

マークは何発撃った？　勘定する。俺の足にめり込んでいるのも含めて五発だ。奴の弾倉にはもう一発残っている。俺を屠るための一発が。

対して俺は何発撃った？　計算できない。闇雲に撃ち過ぎた。

マークの影が近づいてくる。ゆっくりと。俺に必殺の一発をぶち込む為に。

冷静になれ。ピースメーカーの弾倉を検める。右に一発。左に二発。合計三発、弾は残っている。まだ俺が有利だ。冷静になれ。

枕木の床にへたり込みながらも、両手で二丁拳銃を、肘を真っ直ぐに伸ばして構え上げた。銃の重さで銃口がブレる。こんなに俺は柔ではないはずだ。どうして手が震える？

枕木の床を軋ませ、マークが近づいてくる。微かだった軋音は次第に大きくなってきた。

目を凝らし狙いを定める。奴は一発。俺は三発だ。闇の中、照星の先に奴の姿を形作る影を捕らえた。右のピースメーカーをブッ放す。銃声が響いた。銃声だけが虚しく響いた。

奴は近づいてくる。倒れない。外した…。次いで左のピースメーカーを先程よりじっくり狙いを定めて、引き金を引いた。辺りに銃声が響く。硝煙が霧のように俺の眼前に立ち込めた。

もう俺に視界はない。夜の闇。硝煙の霧。

軋音は近づいてくる。

これで残り一発対一発。ブチ込まれる前にぶち込まなきゃ終わりだ。

視界が利かないのなら、開けていても同じだ。目を閉じ、心を静める。アッチモアの町でとっ捕まった時、ジイさんが言っていた。「見たものだけで判断するな」と。だから視覚だけに頼らない。耳を澄ませ、気配を感じる。心の眼、心眼で捕らえる。

ホームを軋ませ近づく足音。地獄からの使者。音のする方に銃口を合わせ、乾坤一擲の一発をぶち込んだ。

引きずるような銃声が辺りに木霊した。

だが、足音は止まなかった。

外した。心眼…クソの役にも立たなかった。

思わず天を見上げる。頭上には星が瞬いていた。俺は星屑の中にいた。

闇夜の霧の向こうから影が近づいてくる。俺を地獄へ誘(いざな)いに。

二丁拳銃を影に向け。引き金を引いて、引いて、引き倒した。弾はもう出ない。カチカチと虚しく撃鉄が返るだけだ。

「諦めろ。弾切れだ。六発が二丁で十二発だ。きっちり数えた」マークが闇の向こうから言った。

る。

冷静だ。究めて冷静だ。奴は俺から全ての攻撃力を奪った上で、止めの一発を撃ちにくる。

右足の太ももを見やる。ドクドクと流れ出す血。当分止まりそうもない。先に俺の機動力を奪ったという事か。

結局、奴の世界で撃ち合った…。

否、そうではない。現に今、俺はマーク・ギャグニーに早く近づいてこい。と念じていた。

闇の中から姿を現したマーク・ギャグニーが言う。「最後の一発は取っておくべきだぜ」

その通りだ。

近づいてこい。

奴が近づいてきた。

背中のボウイーナイフを指でまさぐる。あった。ギュッと掴んだ。

奴は近づいてくる。二歩前で止まった。

ナイフを繰り出すのはまだ早い。

奴が見下ろしてピースメーカーの銃口を、へたり込む俺の眉間にかざした。

絶体絶命。都合よく白馬の騎士は現れない。デウス・エクス・マキナ。愛しい言葉。俺は自分で未来を切り開かなければならない。

「胸は撃たねえのか？」

「あん？」

「胸に一発撃って、バッジを飾り付けるのがお前の流儀じゃなかったのか？」

「仲間と同じが、いいのかい？」

「そういうわけじゃねえ。統一性の問題さ。お前の」

「ご所望なら」余裕綽々で奴が言った。

銃口がゆっくり眉間から胸に下がった。僥倖。これで奴の手に鋒が届く。俺はナイフを繰り出した。奴の銃を持つ右手の手首を斬りつける。手首の腱を断ち切った。そう判断した。奴が虎の子のピースメーカーを枕木の床に握りきれず落としたからだ。次いで体を目一杯伸ばし奴の懐にナイフを投げ込んだ。そいつは胸の中心に深く突き刺さった。この時初めて気づく、黒尽くめの奴のシャツが白かった、と。その白いシャツはみるみる赤く染まっていった。そしてマーク・ギャグニーは枕木の床に崩れ落ちた。

相変わらず右足の自由はきかなかったが、俺の眼前に落ちていたマークのピースメーカーを這うようにして体を伸ばし拾い上げ、何とか不格好に立ち上がった。

足を引きずりながら、横たわるマークに近づく。銃口を向けながら見下ろした。

一発残っている。マーク・ギャグニーが俺を屠る為に残していた一発。

マークは息も絶え絶えだが、俺に向けて突っ張って口角を上げた。

一発残っている。俺がマーク・ギャグニーを屠る為の一発。

奴が言う。「俺を殺すのか？」

覚悟を問うている。

俺が言う。「殺す。それが『意思』だ」と。

そして引き金を引いた。

夜空に銃声が轟いた。

俺はマーク・ギャグニーを星屑に変えた。

東の空が明るくなって、地平線から朝日が昇り、闇を彼方へ払い除けた。俺の体にも降り注ぎ、俺の後ろに影を作った。振り返る。長い影。マークを見やる。横たわる奴には影は伸びない。俺と奴。光と影。生と死。

銃声が止んだ。勝負がついたのだ。どちらが勝ったのか……。

東の空から太陽が昇り始めた。ビリーの居た高く遮蔽物のない教会の鐘撞堂では、町並みの、その先の平原の、その縁の地平線から太陽が昇る様が俯瞰で見る事が出来た。クソ眩しい。街から闇を追い出す朝陽。確か昨日も昇ったし、明日も恐らく昇るだろう。だが今日の朝陽は違うように見えた。主観だがビリーには、そう見えた。そのように見たかったと言うべきかもしれない。

眩しさから目を背けたビリーは眼下の大通りを、足を引きずりながら歩く男を見つけた。あの阿呆だ。生きてやがる。

ビリーは耳が馬鹿になるのも気にせず、鐘を打ち鳴らした。テリー・ウェインが気付いて、こちらを見上げて鐘撞堂に向かって手を振ってよこしたので、ビリーもしょうがなく応じて手を振ってやった。

喜ばしい。ビリーは思った。この後、長ったらしい神父の説教を聞かされる羽目になるだろうが、それを加味しても喜ばしい。あの阿呆は生きて帰ってきた。万に一つの僥倖だ。それを摑みやがった。大した男だ、と。

「また書かなきゃならない書類が増えたぜ」

キャマロ駅のプラットホームでマーク・ギャグニーの死体を見下ろしながらビリーが言った。彼は教会の上から俺に手を振って応えた後、時報代わりの鐘を撞く為に午前七時に神父が鐘撞堂に登るまで大工の倅の前に跪かされ、延々と説教を食らったそうだ。その事についても長々と愚痴を聞かされたが、黙って聞いてやった。

俺は、と言うとあの後、医者に行き、右足に撃ち込まれた弾をほじくり出してもらい、簡単に消毒しただけで今、此処にいる。本当は絶対安静の状態なのだが、十時の一番列車到着までに実況見分をし、処理しなければならないと言われ、駆り出されたのだ。

ビリーに「どういう風にやったのか？」と聞かれ、身振り手振り付きで話す。結局、彼は職務関係なしに、対決のあらましを聞きたいだけの事なのだ。ただ公式な書類作成に必要だ、と重ね重ね言うので円滑に進める為にも素直に応じてやった。

何とか列車到着前に検分を終え、ビリーと共に荷車にマーク・ギャグニーの死体を乗せ、運び出す。この際、けが人である俺への労りはまるでなかった。その上、愛馬レオまで荷引き用にと持ち主に無断で勝手に駆り出してやがる。

「ゴールドスミスの方はどうなった？」今までは自分の事で手一杯だったが、落ち着くと気になり出してしょうがなかったので聞いた。

「向こうは保安官が検分してる。マクギブンとごま塩のオッサンには伝えといたから、安心しろ」

半日、墓場にほったらかしといて心配するのも安心しろってのも、どうかと思うが、兎に角、ゴールドスミスの死体が烏に啄まれる心配はしなくて済みそうだ。

「おいテリー・ウェイン。このままコイツ墓場まで運ぶぜ」荷車を押す俺に、レオのケツをひっぱたいていたビリーが、マーク・ギャグニーの死体をコナして言った。

「保安官事務所には寄らなくていいのか？」

「寄ったってしょうがねえよ。保安官も出払ってて、誰も居ねえしさ」

「書類はどうするんだ？」

「作るのは俺だ。どうにでもなる。後の手間考えてみろよ。事務所で書類作って、教会に連れてって葬式あげて、共同墓地連れてって、墓穴掘って埋める。面倒だろ。また明日、明後日と荷車出して運ばなきゃならなくなる。どうせコイツの葬式なんて身よりも無えんだから誰も来ねえしよ。お前の馬だって毎日毎日、荷車引いてたら、自分が荷引き馬だと勘違いするようになるぞ」

　俺の許可なく荷引きさせているのは、お前だろうが。そうは思ったがビリーの言うとおりだ。もう葬式に出るのは真っ平御免だ。余りにも出すぎて飽きてしまってもいたので、ビリーの進言を受け入れ、そのまま墓場まで運ぶ事にした。

「ところで相談だがよう」レオの手綱を引きながら、前を向いたままのビリーが言った。

「何だ？　金なら無えぞ」

「金の話じゃねえよ。金の無心ならお前にはしねえ。いや、待て。金の話だ」

「何だ。どうした？」

「コイツの事だ」マークの死体を見て、ビリーは静かに言った。

「ん？」

「コイツをジェイク・ザ・スターダストにしねえか？」

「ん？」

「五〇〇〇ドル」

「んん？」

「お前がジェイク・ザ・スターダストを倒した」

「んんん？」

「悪くねえだろ？」

「ちょっと待て。ジェイク・ザ・スターダストを倒したのは、ゴールドスミスだぜ」

「ゴールドスミスは、もう居ねえ」

「でも、ゴールドスミスだ」

「書類上は既に、お前になってる。賞金請求人テリー・ウェイン。賞金首フランク・ギャグニーとその弟ってな」

荷車の車輪が拳大の石を嚙んで、ガタリと揺れた。

俺が、ジェイク・ザ・スターダストを…。いや、いかんだろ。

「不味くねえか？」

「何を以て？」

「分からねえ」

「阿呆が深く考えんな」

誰が阿呆だ。


共同墓地に着くとブロンソン、マクギブン、保安官の三人がギャグニー兄弟の墓の脇でゴールドスミスの遺体を既に棺桶の中に納めて待っていた。傍らには空の棺桶がもう一つ。多分、マーク・ギャグニーの終の棲家。

「やっと来たか」とマクギブン。「その死体、棺桶の中に突っ込んで、ゴールドスミスの棺桶と乗せ替えよう。ゴールドスミス乗っけて二時の東行きの列車でずらかるからよォ」

「帰るのか？」

「もう用はねえだろ。この街には」

　確かにそうだが。

「マークの棺桶は？」

「墓掘りと話は付けておいた。昼過ぎになったら来て、掘ってくれるさ。ジェイク・ザ・スターダストの立派な墓標建てて」

「ちょっと待ってくれ。その話、皆、織り込み済みなのか？」

「ビリー、話付いていないのか？」保安官が訊いた。

「いや…それは不味いって言うんですよ」とビリー。

「どうして？」

「ジェイク・ザ・スターダストを殺ったのは、ゴールドスミスだって」

「堅えな。坊主」

　この期に及んで、またガキ扱いか。クソ保安官。

「そうなると、そっちの墓掘り起こして、ジェイク・ザ・スターダストだと確認検分しなきゃいけなくなるぞ」と保安官。

「テリー・ウェイン。手間を考えろ。マーク・ギャグニーをジェイク・ザ・スターダストって事にしとけばスワンソン達の殺害の書類から今朝の書類まで全部、ジェイク・ザ・スターダストの仕業って事で書き直さずにスッと通せるし、このまんま墓に納めりゃ丸く収まるんだぞ」マクギブンが理路整然と役所仕事について説明した。

言う事は分かる。俺にとってもありがたい申し出だとは思うが、俺が殺ったのはマーク・ギャグニーであって、ジェイク・ザ・スターダストではない。人の手柄を取ってまで名を売るわけにはいかない。西部の男の流儀に反する行為だ。だから断った。

書類を作り直す羽目になるビリーは、なおも強く翻意を促したが、マクギブンは呆れ返り、ブロンソンは理解を示して頷き、最後は保安官が「勝手にしろ」と言ってくれた。

俺が倒したのはスワンソン達を殺したマーク・ギャグニーで、フランク・ギャグニー及びジェイク・ザ・スターダストことジェイク・ギャグニーを倒したのはチャールズ・ゴールドスミスという書類を再度、作るという事で決着した。

ビリーには恨み節を聞かされたが、俺の耳朶には響かなかった。この後に聞かされたマクギブンの言葉に俺も恨み節を吐きたくなったからだ。

「じゃあテリー・ウェイン、お前が掘り返さねえとな」マクギブンが言った。

ん？

「言ったろ。墓掘り人は昼過ぎにしか来ねえ。列車は二時だ。じゃあ、お前が今から掘らなきゃ間に合わねえだろ。もう一日、この街にいるなんて考えられねえ。二時の列車で俺たちはジェイク・ザ・スターダストを殺ったっていう書類を持ってシカゴに帰るんだ。意地でも間に合わせろ」そう言ってマクギブンはブロンソンと二人、レオにゴールドスミスの棺桶を載せた荷車を引かせ、帰っていった。きっと列車が来るまで、駅前のサルーンでまったり過ごすのであろう。

保安官からは去り際に、ありがたい申し出があった。ビリーを助っ人として供出してくれるというのだ。一人では列車到着時刻までに掘り出す事は叶わなかったであろうが、二人なら十分可能だ。後はビリーがやる気になるかどうかだ。

柄の長いシャベルを手渡され、二人、墓場に残された。

「さあ掘ろうか」俺は爽やかに言った。

ビリーは応じない。そりゃそうだ。保安官の命令とはいえ、嫌なものは嫌なものだ。

だから俺も最大限の善意を示した。

「あのウィンチェスターだがよう…当分の間、お前に預けとくわ」

彼の目を見て反応を待つ。

「…今回だけだぞッ」語尾をかなり強めに、俺の眼前に人差し指を突きたてビリーが言った。

もう次回は無い。俺だって嫌だ。

ビリーと二人して、ギャグニー兄弟のクソ重い石の墓標を引っこ抜いて、脇へ引きずり出した。兄弟まとめてテキトーに埋めちまった事を、今になって後悔する。

「おいビリー。ジェイク埋めたのは、どっちだっけ?」

「知るか」

俺たちは、カンザスの痩せた大地にシャベルを突き刺した。

ジェイク・ザ・スターダスト。五〇〇〇ドルの賞金首の死体を掘り起こす為に。

## 引用、参考文献

モノ・マガジン№２４９（１９９３年９／２発行）
図解フロンティア№42（２０１４年２／10発行）高平鳴海著
アメリカ西部開拓博物誌（１９８７年１／25発行）鶴谷壽著

（了）

著者プロフィール

**中島 秀人**（なかじま ひでと）

京都府生まれ。

大手出版会社主導の既存価値とは一線を画す、オルタナティブノヴェルの旗手。WEB発表中心に活動。近著に、『悪の所業』『全開アイ・ラブ・ユー』『向日町キッズ』など。

# JAKE THE STARDUST

2024年２月15日　初版第１刷発行

著　者　中島 秀人
発行者　瓜谷 綱延
発行所　株式会社文芸社
〒160-0022　東京都新宿区新宿１−10−１
電話　03-5369-3060（代表）
03-5369-2299（販売）

印刷所　株式会社暁印刷



ISBN978-4-286-24937-7